你不知道的世界

带你走进残疾人

庆祖杰 著

南京师范大学出版社

图书在版编目(CIP)数据

你不知道的世界：带你走进残疾人 / 庆祖杰著. ——南京：南京师范大学出版社,2018.3(2024.3 重印)
ISBN 978-7-5651-3648-1

Ⅰ.①你… Ⅱ.①庆… Ⅲ.①纪实文学－作品集－中国－当代 Ⅳ.①I25

中国版本图书馆CIP数据核字(2018)第000931号

书　　名	你不知道的世界：带你走进残疾人
作　　者	庆祖杰
策划编辑	郑海燕　王雅琼
责任编辑	王雅琼
出版发行	南京师范大学出版社
地　　址	江苏省南京市玄武区后宰门西村9号(邮编:210016)
电　　话	(025)83598919(总编办)　83598412(营销部)　83598297(邮购部)
网　　址	http://press.njnu.edu.cn
电子信箱	nspzbb@njnu.edu.cn
印　　刷	江苏凤凰扬州鑫华印刷有限公司
开　　本	880 mm×1230 mm　1/32
印　　张	11
字　　数	243千
版　　次	2018年3月第1版　2024年3月第6次印刷
书　　号	ISBN 978-7-5651-3648-1
定　　价	40.00元
出版人	张　鹏

南京师大版图书若有印装问题请与销售商调换
版权所有　侵权必究

引 言

一

截至目前,我国人口约13.8亿,其中残疾人数量约8502万;江苏省人口约7900万,其中残疾人数量约479.3万;我生活的城市南京人口约800万,其中残疾人数量约51万。

我有个好朋友,我们交往了近三十年,彼此间无话不谈。有一天,我和他说到南京的残疾人数量,他完全不能相信。他说,怎么可能,如果真的是这么多,平时应该经常可以看到。你看,50万辆共享单车就把城市染得五颜六色,满眼都是,可是在这个城市生活了大半辈子,我在街上从来就没有看到过多少残疾人。他们在哪?

我无言以对。他的问题太沉重,太复杂,也太较真。

二

每个人都有残疾的可能,尽管你可能不相信。

四十一岁那年的春天，我左脚的第二三两个趾头很"不负责任"地"约好"一起骨折了，我一下跨入了"残疾人"的行列。我架起双拐，在家和单位之间来回奔波。

我住的房屋是多层，楼高六层，没有电梯，也没有无障碍坡道。幸运的是，当初买的是二楼，挂着拐杖踉踉跄跄十几步就上下楼了。

"身残"期间的某天，我去南京著名的夫子庙的一家酒店参加一个活动。走进去时，双拐在酒店宽敞大堂华丽的大理石上划动实在过于醒目和刺耳，我提出借个轮椅，很职业的大堂经理稀奇地上下左右打量了我好一阵，一点也不抱歉意地说，"没有"。

我"残疾"的那三个月零十天，是我最好的职业和专业教育。

三

我工作的南京特殊教育师范学院，有500多名聋人大学生。500多个聋人在一起，是件很壮观的事。你找遍全世界，也不会超过十处。我们说话用嘴，他们"说话"用手，从某种意义上说，我们并没什么不同。我们的校园里，还有6000多名健全大学生，他们来自全国各地。大家学习、生活在一起，有时忙共同的事，有时忙各自的事，融合得很好，互相都不特别，都很习惯。

我的办公室对着学校大门，透过窗户，穿过一棵硕大的合欢树，可以清楚地看见大门口的风物人情。聋人大学生穿过学校门口的神农路——这条路是双向两车道，算上人行道不过十米

引　言

的宽度——他们在公交站台候车,他们打着手语聊天。"说话"也是他们天然的权利,然而,我常常困惑于围着他们的那一双双好奇的、怪异的、警惕的、保持一定距离的眼睛。

我想了好多次,最终还是没有问他们:你们感觉到那些灼热的目光了吗?

四

我想说一说残疾人的故事,带你走进这个你不知道的世界。

目 录

引言 | 1

宁红兵：我最快乐的就是和孩子们在一起 | 1
    时间：2014年秋
    地址：西藏自治区拉萨市纳金路拉萨市特殊教育学校
    身份：特殊教育学校校长

秦增强：我就是不能让别人瞧不起我是个瘸子 | 24
    时间：2015年春
    地址：安徽省马鞍山市当涂县朴善镇朴庄村
    身份：肢体残疾人

许志宏：残疾孩子康复，家长是第一责任人 | 43
    时间：2015年夏
    地址：新疆维吾尔自治区伊犁市霍城县清水镇
    身份：双胞胎聋孩子父亲

张琪：盲人的职业不仅仅是推拿　　| 63

　　时间：2016年春

　　地址：江苏省镇江市句容市华阳镇

　　身份：盲人大学生

王彩云：只希望女儿将来有份安稳的工作　　| 79

　　时间：2016年秋

　　地址：浙江省温州市平阳县昆阳镇

　　身份：聋孩子母亲

杨福珍：希望孙子长大后能照顾他爸爸　　| 98

　　时间：2016年秋

　　地址：江苏省淮安市洪泽区黄集镇杨二村

　　身份：脑瘫孩子奶奶

商磊：我要用手里的盲杖把障碍一点点敲碎　　|119

　　时间：2016年冬

　　地址：湖南省张家界市永定区王家坪镇石堰坪村

　　身份：盲人

苏小斌：我不想他们认我，我只想知道亲生父母是谁　　|139

　　时间：2016年冬

　　地址：江苏省苏州市相城区新福路苏州市社会福利总院

　　身份：脑瘫孤儿

目录

毕海虹：现在的坚守是为了将来的放手 |160
    时间：2017年春
    地址：北京市海淀区强佑清河新城
    身份：自闭症患者母亲

古屹松：我的心里一直有个大大的问号 |180
    时间：2017年春
    地址：江苏省南京市江上区钟山街道
    身份：脊椎病变残疾人

吴建平：失去双臂，我还是拥抱生活 |199
    时间：2017年春
    地址：河南省郑州市中牟县三官庙乡秦家村
    身份：肢体残疾人

李小姣：为了自闭症孩子，再难我也要坚持下去 |221
    时间：2017年夏
    地址：山西省太原市万柏林区义井街灵星社区服务中心
    身份：自闭症机构负责人

张崇虎：重权厚薪心不动　乐与残童耳鬓磨 |242
    时间：2017年夏
    地址：山西省运城市临猗县角杯乡西张吴村
    身份：孤残儿童家庭寄养管理服务站站长

高宜荟：女儿是我的影子，永远不离不弃　　|264

  时间：2017年夏

  地址：四川省凉山彝族自治州德松且康宁乡康和小学

  身份：脑瘫孩子妈妈

张秀芸：我到底是正常人，还是残疾人　　|282

  时间：2017年夏

  地址：浙江省金华市义乌市秀山镇石村村

  身份：右眼失明人

井长海：为了将来，每次训练要举起三万公斤重量　　|302

  时间：2017年夏

  地址：江苏省南京市浦口区顶山镇江苏省残疾人体育训练中心

  身份：双腿重度残疾人

庆祖杰：我们该怎样认识残疾人　　|323

后记　　|336

宁红兵

我最快乐的就是和孩子们在一起

时间：2014年秋
地址：西藏自治区拉萨市纳金路拉萨市特殊教育学校
身份：特殊教育学校校长

    中国目前有2850多个区县一级行政区划单位，按照国家在30万人口以上的区县，每地兴办一所特殊教育学校的计划，加上地级市以上的特殊教育学校，全国的特殊教育学校数量，理论上应在3000所左右。而《2016年全国教育事业发展统计公报》显示，中国大陆有特殊教育学校2080所。

    校长是一所学校的灵魂。特殊教育学校同样如此。目前还没有人系统统计、研究过这2080所特教学校校长的教育背景和专业渊源。一般来说，他们主要来自三种背景——毕业于特殊教育院校或特殊教育专业，从填报学校志愿时，就确立了特殊教育的职业理想；毕业于普通师范院校的师范专业，刚工作就到特教学校或在教师的职业生涯过程中转岗到特教学校;从教育主管部门或其他部门调到特教学校担任领导工作。这些可能会影响他们职业观的经历并不重要,重要的是他们担任了特教学校校长后,历经酸甜与苦辣,欢乐与忧伤,执着与迷茫,黎明与黑夜,依然坚守在各自的岗位上,成为支撑我国特殊教育事业的脊梁,成为残疾孩子不离不弃的庇护人和守护者。

每一位特教学校校长的经历一定各不相同,但又一定大同小异。因为,他们面对的都是需要精心呵护的残疾孩子。每一个残疾孩子的成长都凝结着他们的工作价值和职业理想,都饱含着他们终身割舍不下的复杂情愫。

宁红兵就是众多特殊教育学校校长中的一位。

① 援藏援出的特教校长

2006年,青藏铁路开通,那一年的7月,我和另外两位朋友一行三人,进行了为期七天的西藏之旅。旅程中,我们提出想参访当时全西藏自治区唯一的一所特殊教育学校——拉萨市聋哑学校。于是,一个下午,在江苏省教育厅援藏的担任拉萨市教育局副局长的王斌同志安排下,我们戴着宽大的墨镜,顶着雪域高原的炽烈阳光,走进了位于拉萨市区纳金路的聋哑学校。

校园不大,有三栋楼房,分别是教学办公楼、教师宿舍楼和学生的生活楼。楼房很简洁,没做任何粉饰的水泥原色外墙,在纯净阳光的洗涤下,显示出高原的本真。不大的运动场,煤渣铺就的跑道,沉默而朴实。因是暑假,学校很安静,让人有落寞的感受。

在校园里遇到一批藏族的聋人学生,有两三个就走到我们的身边。让我欣喜的是,他们会打手语,打的还是比较规整的中国手语。这是我第一次在西藏打手语,也是第一次和西藏的聋人孩子打手语。我很快乐,用手语和我顺畅交流的藏族聋人孩子们也很快乐。他们的眼睛里闪着惊喜,惊奇地打量着我们这群陌生人,而且其中一个居然还能用手语和他们交流。

宁红兵校长带着我们参观校园。他说,暑假有部分孩子不能回家,他们也就休息不了。

其时,他是副校长。

那次见面,算是初识。

西藏实在是太神秘,拉萨也实在是太遥远。

我想,除非你有故事,或者你研究的专业在西藏,否则,一个人如果一生中去过两次西藏,就很难得了。西藏的神奇也毋庸置疑,只要你去过西藏,你的心里就永远有西藏,和你到其他地方旅行的感受完全不一样。个中的缘由,去过西藏的人都懂。西藏的每一片蓝天白云,每一个景点,每一处寺庙,每一个转经筒,每一个纯净的眼神,都值得你回味、珍藏,值得你在梦中反复咀嚼、重现。正如我去过了拉萨市特殊教育学校,此后再也没有忘记那次匆匆的走访,那灰灰的不加粉饰的建筑外墙,那几个将手语打得异常明媚、异常"国标"的藏族聋人孩子。还有,话语不多,但脸上一直挂着西藏人特有笑容的特教同仁宁红兵。

时光匆匆,一转眼已是八年之后。

这八年,是中国经济、社会和包括教育在内的各项事业快速发展、只争朝夕的八年。特殊教育也不例外。

在这八年中召开的两次中国共产党全国代表大会的报告分别提出要"关心"和"支持"特殊教育，中央政府将特殊教育列入了国家层面的思考，实施了惠及全国残疾孩子的特殊教育工程。加强硬件建设，在西部地区的部分区县，由中央财政投入，新建、改扩建特殊教育学校；实施国培计划，加大对特殊教育教师培养和培训的力度。可以说，尽管还面临着种种困难，但从事特教的人都感觉到，中国的特殊教育迎来了历史上前所未有的好时期。

我和宁红兵校长的再次相遇，就是在特殊教育发展的大背景下，在国家教育部开展的中西部特殊教育学校校长培训班上。

作为中华人民共和国成立后第一所，也是唯一一所独立设置，以培养特殊教育师资为主的特殊教育高校，南京特殊教育师范学院在改革开放后每一次特殊教育的发展中，既是受益者，也是义不容辞的促进者。

2014年，国家教育部教师工作司将国培计划中中西部特教学校校长培训班的重任交给了南京特殊教育师范学院。当年的培训共分三期，每期五十人。从学员报名的资料可以看到，宁红兵已是拉萨特教学校（即原拉萨市聋哑学校）校长。在第一期培训班上，他被推选为班长。

八年之后的见面，我们既熟悉又陌生，既感慨又欣慰。我请他到我办公室长谈。得知他抽烟，我准备了一包地产的"金南京"，不曾想他掏出的却是一包"苏烟"，还是硬壳包装。他以为我抽烟，特意买了一包江苏的名烟。虽不抽烟，但"苏烟"比"金南京"高档不少,我还是知道的。不过在聊天的过程中,他基本抽的是我准备的"金南京",照顾我情绪的意味颇浓。

八年未见,眼前的藏族(我一直以为他是藏族人)校长,皮肤依旧古铜,虽沧桑了不少,但还是青藏高原式男人的清瘦,越发显出精明和干练。高原可以改变人的肤色,但改变不了人的个性。

我直言不讳,告诉宁校长,打算写一部关于残疾人生活生存方面的纪实性作品,想将他的工作经历,特别是将他可以与我分享的喜怒哀乐写进去。

宁校长没有推辞,也没有虚伪的客套。

他只是说:"说什么呢?在特教十五年,一路走来,不知不觉。每天只顾着忙事情,没梳理过,也没好好想过得与失。要将做过的事情说出来,还真不知道从哪说起。"

我说:"咱们不需要字斟句酌地去想。我们俩聊到哪儿算哪儿。没有原则性的话语,也不'上纲上线'。搞特教的就一句话——天下特教是一家,无话不说。"

他一听笑了,是电影里常见的、标准的、西藏式的、干净的朗笑。就着笑容,他说:"那就聊吧。"

聊起来,才知道,宁红兵并不是西藏人。

他的老家在河北,高考后进了河北师范大学中文系。1986年他大学毕业,当时有援藏计划,就写了申请书。体检、政审合格后,他们中文系一共七个人得到批准,签了八年的服务期限。

几年后,一起援藏的同学陆续动起了返回河北的念头。宁红兵记得,一道去的同学,在西藏工作时间都不长,最长的不到五年半,全跑了。八年期满时,只剩下他一人,不回去了。

宁红兵回忆着,脸上是一种悠远的表情。他轻轻吸了一口烟,看着还停留在烟头上的烟灰:"他们回去安排得不错,都去了石家庄。"

我问他:"别人都回去了,你为什么不走呢?"

宁红兵看着窗外。时值深秋,我办公室对面小山上的树叶已经泛黄,做好了凋零的准备。那会儿赶上一阵秋雨,细细密密地飘落,濡湿着空气,天空显得灰暗,风景有些萧飒。

宁红兵收回思绪,心情并未受到季节影响。他笑了笑,说:"是啊,他们都劝我一起走。可是我没走,一是我喜欢上了拉萨这个地方,二是我喜欢上了一个藏族姑娘。走不了了。"

没法"一走了之",宁红兵就安心做起了西藏人、拉萨人。二十多年过去,现在,一同援藏的兄弟们反而开始羡慕他了,说老宁的选择对了,拉萨现在条件不错,空气又那么好,他们在石家庄天天吃雾霾。

"那时没想到,将来会从事特殊教育吧?"

"倒真是没想到。"

1999年,拉萨市筹建西藏自治区历史上第一所特殊教育学校——拉萨市聋哑学校。宁红兵被从拉萨市第二高级中学调到聋哑学校,担任副校长,分管教学和德育工作。从副校长到书记,再从书记到校长,这一干,就在聋哑学校坚守了十五年。

"十五年,拉萨的特殊教育从无到有,从小到大,当中的艰辛,可以想象。宁校长你自己的感受呢?"我不只想要听他的艰辛、困惑,还想要听他所取得的成绩。总之,是想要听他的一路走来。

宁红兵没有慷慨,也没有激昂。他轻轻地将烟蒂摁在烟灰缸里,说了一句让我很意外的话:"谢谢你,给了我吐露心声的机会。让我能在特教学院,痛快地聊一聊。"

我知道,特殊教育不是孤独的荒漠孤舟,不是沉寂的原始林野。从事特殊教育,面对的是残疾孩子,但特教人一样有倾诉的需要,即使是一位校长,一位来自内地却在青藏高原生活了二十八年的汉子。

② 艰难而无怨无悔的坚持

从普通高中来到聋哑学校,我最大的感受不是条件差。条件差,可以慢慢改变。我们开始没有校舍,在一个小学借了几间房子,上课时,学生在前面,其他老师就坐在后面批改作业。硬件总是可以逐步改变,后来聋哑学校也有了自己独立的校园。

让我感受最强烈的是聋哑学校的封闭,教育局对我们的要求就是,把孩子们看好,不要出事情。

我们这和东部发达地区不同,很多孩子平时不回去,一学期都待在学校里,有的孩子甚至放假了也不回去。害怕他们去外面会出事,孩子们就二十四小时被关在笼子般的校园里。但不行啊,他们也是人,也要出去活动啊。关久了,憋得慌。特别是那些来自牧区的孩子,从小就在山里、地里,天高地远地跑习惯了,怎么关得住？晚上，就有孩子偷偷地翻墙出去。查夜的老师发现人不在学校，吓坏了。我们赶紧出去找，拉萨没有南京这么大，可找个孩子也不容易啊。我带着老师们大街小巷地分头跑，找了一夜，精疲力竭，也没找着。心急火燎不知咋办时，他从一个小巷子里晃悠悠地出来了。那个气呀！气又能怎么样？搂着他，眼泪哗哗地。

然后就进一步加强管理，用个成语，叫"严防死守"。但封闭得越紧，跑得越厉害，搞得安全的压力特别大。时间长了，我想，总这样也不是个事，就让老师们改变策略。后来，我们以班级为单位，每个月带他们出去一次，逛个商店、上个公园、看场电影什么的。天气好的时候，偶尔，也带他们去"过林卡"（藏族人最普遍的休闲娱乐方式，是指人们到园林等美丽的地方一起歌舞聚会）。这样，就好多了，孩子们的精力得到了释放，晚上也不翻墙了。

我静静地听着。我知道每一所特教学校都特别注重安全管理。残疾孩子，不能出事，也出不起事。封闭式管理，几乎是特教学校的共同特点。

在聋哑学校，最忍受不了的是别人对残疾孩子的轻视。社会上，了解残疾人的不多，也谈不上尊重和理解。

有次助残日，老师带孩子们在街上搞活动，宣传特殊教育，宣传残疾人事业。回来后，几个才工作的小姑娘眼泪汪汪的。问她们怎么啦，原来刚才在街上，有人对孩子们指指点点，说他们是"聋子""哑巴"，像看怪物似的。心里受不了别人对孩子们这样，她们觉得特委屈。我就告诉她们，这些人无知，不和他们一般见识。

社会上的歧视、不理解，也就算了。我们见得多了。但是孩子家长的态度，也让我们感到痛心。我们这里的孩子，除了来自拉萨市区，还有来自拉萨所辖的墨竹工卡县、当雄县、堆龙德庆县（现为堆龙德庆区）等地和林芝地区。农牧民的家庭很多，他们当中不少人认为生了个残疾孩子是件不光彩的事，面子上不好看，把孩子看作负担。孩子送到学校后，就撒手了，不管不问了。有的孩子生病了，老师给家长打电话，他们也不来。

我这次来培训，在苏州的特教学校跟岗，看咱们江苏的残疾孩子真是幸福。家长多重视啊，不少家长都跟着陪读。在西藏简直难以想象。我们学校的很多孩子，一学期才回去一次，有的一年才回去一次，放假也在学校。家长不来接，孩子们也不愿意走。

有个叫嘎果的孩子，家在林芝地区的波密县。波密到拉萨大概630来公里。嘎果从来学校开始，四年没有回过家，寒暑假都在学校里，家里人从没有来看过，也不联系学校和孩子。过年时，我和老师们把他带回家,这家待几天,那家待几天,孩子也不想家。嘎果有运动天赋,擅长长跑,参加全国残疾人运动会,拿了两个冠军。各级奖金加起来,有个九万块吧。告诉家里后,父母第二天就来领钱,来得快得很,把我气坏了。跟他们说没用,他们不懂汉语,我就让懂藏语的副校长把他们狠狠骂了一通。骂就骂,高高兴兴拿了钱,把嘎果带回去住了几天。回来后,又一年多,家长还是不联系孩子。没多久,嘎果又参加比赛,又拿了第一名,奖金四万块。我说要联系家长,老师们不同意,嘎果也不愿意,他说,钱不要给他父母。原来,上次,嘎果的父母把钱拿回去,买了拖拉机,买了牦牛,修了房子,却连一件衣服都没给嘎果买。他心里也清楚呢。所以,这次奖金,他不愿给家里。我说先用他的名字把钱存起来吧。但他的合法监护人是他父母,不让他们知道也不好,别产生误解,认为学校有什么想法,把我们给告了。

其实,孩子们现在上学,已经不需要家里花什么钱了。他们不给钱,也没问题。吃、住、学费什么,全由学校解决。我们还给他们买衣服、鞋子,每人两套校服,连袜子都买。这不,我在这学习,副校长打电话,说天冷了,有的孩子长得快,棉衣小了,冬天穿不上。我说,抓紧去买,买暖和的,别冻着孩子。你说,普通学校的校长、老师哪用操这些心哪?但是,在特教学校,跟孩子们相关的事,我们都得管。

我注意到,宁红兵校长在说到聋哑学生时,非常自然地称他们为孩子或孩子们,很少说学生。

"对孩子们,你最大的愿望是什么?"我想这是我的问题,也是他的问题,也是在交流中必然要引出的话题。

对他们的愿望有很多。主要是两个:一是毕业后能有个工作,有碗饭吃,有饭吃,就能立足于社会,过自己的生活;二是能继续读书,提高受教育程度,多掌握知识。孩子们,特别是农牧区来的孩子们,毕业后如果不帮他们找个工作,他们就只能回去。回去后,他们又和以前一样,跟着父母养羊、放牛、种地,过着周而复始的日子,八九年的书就白读了。

为了能让他们找到工作,学校在初中阶段,就开办了职业教育,开设裁剪、绘画、酒店服务等专业。孩子们学了之后,可以去服装厂、酒店上班。像拉萨最大的香格里拉酒店,老板是马来西亚人,我和他谈了选孩子去他酒店工作的事,他很乐意。

绘画在西藏比较有前景,因为绘唐卡在西藏很有市场,西藏人都喜欢在住房和家具上面描绘各种图案。孩子们学会以后,有事情干。我们已经有二十几个孩子,在拉萨找到了工作。不过,他们的工资很低,一千多块钱一个月。在拉萨,这点工资生活很难。另外比较遗憾的是,没有一个孩子进入政府部门或者国家的事业单位,如果能进到那样的单位,就有保障了。但无论如何总比他们回家强,在拉萨,他们有什么事情还可以回学校,我们帮他们协调。

还有一个愿望,就是能有机会让学习成绩好的孩子继续读书。在西藏这不可能,因为拉萨就我们一所特教学校,没有聋人高中。我就想,能不能让孩子们像很多健全孩子一样去东部地区读书。

我知道,西藏的健全孩子都把去东部地区上高中、上大学当作荣耀,有条件的家庭也都会积极争取。国家也积极支持,将西藏学生去东部地区读书当作一项重要工程来推进,全国各地都建立了为数不少的西藏班。

"你们做了努力吗?"

"努力了,一波三折,不过还是成功了。"

虽然在特教领域工作了二十多年,但西藏的聋哑学生来东部地区读书,我也是第一次听说。

我们经过考核,在第一届毕业生中选了五个文化成绩和手语交流都不错的孩子,向拉萨市教育局汇报,要送他们去东部地区读书。教育局领导很诧异,聋哑学生出去读什么书?哪个地方会接收?我说,聋哑孩子也需要继续提高,接受更好的教育,东部地区有很多聋人高中可以接收。看我坚持,教育局给出了个公函,让我们自己去联系。

我揣着公函和孩子们的档案,去了北京。首都是我们心中向往的地方，还有就是我们过去和北京市第三聋哑学校有过工作上的联系。北京第三聋哑学校的领导热情接待了我，但出于重重顾虑，他们考虑再三，还是没有接收这五个孩子。北京都不接收，让我感到了事情的难度，仅靠自己联系恐怕行不通。我就去找了从你们江苏来援藏、在拉萨市教育局当副局长的裴东根同志。裴局长很关心，给联系了江苏很有名的南通市盲聋哑学校。我去跑了一趟，他们也有顾虑，主要担心藏族孩子今后的生活习惯和管理等问题，委婉地推辞了。我有点绝望，但不死心，又去找裴局长，他不嫌麻烦，又帮我们联系了常州市聋哑学校。

搞特教的人，基本都知道常州市聋哑学校。1992年，时任中共中央总书记的江泽民同志视察常州市聋哑学校，在那里写下了著名的"特殊教育，造福后代"的题词。

不知道这五个藏族聋人孩子的求学梦，在常州会怎么样？

我们的请求，得到常州市聋哑学校的回应。吴娟凤校长代表学校，表示愿意接受五个孩子就读高中部。我那个兴奋啊，拉着吴校长的手，半天不肯放开，生怕她又反悔。

吴校长真是个好人。常州聋校的高中部有职高和普高两个类型。她原本考虑，让五个孩子跟着职高班一起接受职业教育。我和她商量，能否让他们上普高。

但是由于西藏孩子们的文化基础和常州的差距很大，放在一起，教学不好开展。她反复考虑，最后，为五个孩子单独开了一个"西藏班"，专门为他们制订教学计划，配备老师和生活人员。

我想，这应该是中国特殊教育历史上第一个专门为残疾孩子开设的"西藏班"。它的开办无声无息，也只有五个藏族孩子。但它开创了一段历史，是响应国家援藏政策的实际举措，也是藏汉民族团结、友谊巩固、文化交流的象征。多少年后，梳理中国的特殊教育发展历程，它必将被载入史册。

五个孩子很争气，在常州学习很认真。他们很顺利地度过三年时间，完成了学业。让我意想不到也让我感动的是，在江苏省教育厅和南京特教学院领导的关心下，省里特别为他们放宽了政策，突破了学籍和生源地不符的矛盾，让他们参加南京特教学院的单招考试，最后他们全部被录取进南京特教学院，上了大学。

五个聋哑孩子上大学的消息，在拉萨的教育界引起了轰动。媒体不停地报道，电台、电视台、报纸，都来了，引起了市政府、教育局、残联领导的重视，政府还给每个孩子奖励了五千块钱。上级一重视，事情就好办了。拉萨市教育局给自治区教育厅和教育部打报告，要求在东部地区开办聋哑学生"西藏班"。教育部很重视，2012年，指定上海聋人青年技工学校承担"西藏班"

的任务。西藏的聋人孩子到东部地区上学,从此有了固定的渠道。

我很想知道现在在南京特教学院上学的五个西藏孩子将来的去向,就问宁校长:"他们大学毕业后,你打算让他们留在这里工作吗?"

宁校长想都没想:"不会的,他们一定会回去。"

我有点意外:"为什么这么肯定?"

"西藏的孩子就是这样,虽然他们在这儿上了几年学,拉萨的条件也没有这边好。但他们还是习惯在拉萨生活,特别留恋在拉萨的家,都愿意回去。"

"作为西藏第一批聋人大学生,他们回去会怎么安排?"

"我是想,至少接收两个到拉萨市特教学校做聋人老师,政府机关如果再接收两三个就好了。"谈到聋哑孩子的将来,不管是前面已经就业的,还是这几个上了大学、将要就业的,宁红兵总是心事重重。他又点燃一根烟:"但是我知道,不太容易。聋哑孩子即使大学毕业,也拿不到教师资格证。进政府机关,就更难了。"

他又叹口气:"事在人为,到时候再想办法吧。"

他的叹气,把我们的谈话,弄得沉甸甸的。

③ 始终不渝凝练"六心"

我知道,教育以育人为本,要突出学生的主体位置;办学以人才为本,要突出教师的主体地位。好老师是学生生活保障的基础，也是学生精神幸福的源泉。

我问宁校长："作为西藏第一所特殊教育学校，教师的来源是怎么解决的？你们怎么加强教师队伍建设？"

宁校长笑了，有不言而喻的默契，默契中带着快意："我就知道，你会问这个问题。"

学校创办的时候，先从拉萨师范学校选派了七个学生去北京学了一年特教，后来慢慢又从拉萨各地调进一批教师。别看是聋哑学校，能进来也不容易，要教育局、市政府，甚至教育厅批准，因为是进拉萨的机会嘛。学生多了，又陆续进了一些专业教师。

到特教学校工作后，我就思考，特教和普教有什么不同，教师的德育工作要在什么地方加强。我根据自身的体验，反复琢磨，尝试着在学校搞了个特教的"六心"标准，一直用到现在，这么多年下来，大家越来越认可。

我一听，这个"六心"肯定有说头，就请宁校长详细说说。

首先是爱心，搞特教的人不发自内心地爱残疾孩子不行；第二是信心，相信他们一定会改变，一定能成才；第三是恒心，特殊教育会遇到各种各样的挫折和困难，必须持之以恒，一定要坚持，坚持才会有成效。这前三个"心"是态度问题。第四是耐心，要反复教，教反复,正常孩子教一遍就懂了,他们可能要五遍,甚至是十遍,直到他们懂了为止;第五个是精心,不要因为他们是残疾孩子就应付,要精心地设计教学,要比教普通孩子更花精力;第六个是倾心,倾注所有的精力,既然选择特殊教育,就要全身心地投入。这后三个"心"是职业素养问题。

有一次,市教育局长来聋哑学校检查工作,看到了这"六心"的材料,说总结得非常好,要做成宣传标语,在校园内作为一种文化和精神来宣讲。

老师们也有烦恼的时候,遇到工作和生活上的困难,心情会不平和。我就告诉他们一个方法,进教室,和孩子们在一起待一会儿,看看孩子们的学习,看他们"说话",一会心事就放下了,烦恼也就没了。老师们说,宁校长的这个方法好。所以说,在特教学校工作,很多时候,是孩子们在教育我们,让我们感动,教我们乐观地对待生活、对待工作,学会坚强。

在特教学校当校长,我尽可能给予残疾孩子们更多的爱,但对老师们常常感到愧疚。觉得能为他们做的太少,手上没什么资源。作为校长,这些年,我不评先进,所有的评奖、评优都给老师,老师们能坚持长期和聋孩子在一起,不容易。他们还年轻,比我更需要荣誉和奖励。你就拿评职称来说,我们的老师教的是特教,发表论文的渠道很少,但到评的时候却要和普通学校的老师一起,材料上就吃了不少亏。我向市教育局反映过几次,没有什么好办法。所以,我常常感到无力。学校创办的时候,这种无力感更强。那时,条件特别差,要什么没什么,到处求爷爷拜奶奶,弄几套课桌椅都费尽口舌。最痛苦的是逢年过节,人家学校发福利,我们什么也发不出,特别愧对老师。现在好了,上面重视了,不再为钱犯愁,生均经费市里按普通学校的五倍拨款。有了绩效工资后,老师们的待遇也上去了不少。

再给您说个特教津贴的事。学校从1999年开办到2005年,老师们的特教津贴一直都是15%。后来我外出学习,看到有的省市涨到了30%,想着这对老师们可是个大好事,回来就向市里反映。领导说,得拿出中央或者自治区的文件,有依据才行。我说,人家其他省就是这个比例。领导说,其他省能管到拉萨吗?能给你出钱吗?我就没话说了,但还是不死心。过了一段时间,自治区政府主席向巴平措来学校视察。我想,机会来了。汇报工作时,主席问我还有什么要求,我提出应该提高教师特教津贴。主席问我准备提到多少,我没敢说30%,怕市里领导批评,就说了25%。主席说,什么25%,就30%吧。说完,他看看陪同的财政厅、教育厅,还有市里的领导,问他们,这能有多少钱,拿出这点钱没问题吧!领导们这次挺好,说没问题,立即办。这就涨上来了。

说到这里，我和宁红兵校长同时哈哈大笑。

我说："特殊教育离不开政府的关心,就得这么办,从上往下办,让大领导关心小事情,让'强势'群体帮助弱势群体。"

宁红兵说："是啊,那时也挺心酸。全西藏就拉萨一个特教学校,几十个老师,算算也没多少钱。"

④ 无奈的孝心和长期的亏欠

特教学校的校长也为人子女,为人夫妻,为人父母,我想知道作为一个远离故土而又整天为学校、为孩子们奔波忙碌的校长,宁红兵是怎样处理好家庭和工作的关系的。

说到家庭,宁红兵的话语明显沉重起来。他又点燃一支香烟,吸了一口,没说话。我们静静坐了一会。

一路在走,没有回头细看,也没有细想。十五年,就这么在忙碌中过来。

自己最痛心,最无法弥补,最刻骨铭心,留下终身遗憾的事是老母亲的去世。2009年10月,老母亲卧床一段时间,病情加重,家里打电话让我回去。正巧副校长不在学校,我不能离开,就抽空往家里打了两万块钱,让二哥将老人家送到医院。没想到,第二天老人家就去世了。得到噩耗,我在学校,就买来三炷香,回到宿舍点上香,一口气把一瓶白酒喝干了。然后朝拉萨东北的河北方向,跪在地上,给老人家磕头。磕完头,就蒙头昏睡。下午,老师们找我,看我醉成那样,不知道发生了什么事情。

　　我可能是最不孝的儿子,在西藏工作二十多年,对老家的亲人照顾太少。后来,我二哥告诉我,老母亲在弥留之际,说她看见我回来了,让我二哥到医院门口接我。我知道,她至死都在惦记她这个远在西藏的儿子,产生了幻觉,以为我赶回去给她送终了。直到去年,我才回去,到老人家的坟上给她扫墓、祭拜。这是她去世四年后,我第一次回去。现在,每到她的忌日,我都在家里对着她的遗像给她上香、祭拜。我爱人虽然是藏族人,但特别理解我,每次都提前准备好香和烧纸。

我没有见过宁红兵的藏族妻子,但从他的介绍中,我可以看出他们的藏汉婚姻,十分恩爱。他风华正茂时来到西藏,如今已年过半百,尤其在特教学校劳力操心的十五年,没有一个善解人意、鼎力支持的贤内助,恐怕也是难以长期坚持。

　　果然,宁红兵接着说。

　　我老婆原来在拉萨市第二高级中学工作,是个工人。这两年,政策允许工人编制的在五十岁提前退休,她就办了手续,回去一心一意地照顾家里和孩子,也让我更安心地工作。

　　从干这个校长开始,我周一到周五,基本不回家。学校离家就十分钟的车程,但却常年和老婆做"周末夫妻"。她知道我周末没事会回去,就做好饭菜等我。双休日也必须有一天在学校,百把个孩子不回家,我不放心他们的安全,担心他们出事。学校年轻老师多,很多事情考虑得不是很周全。每天晚上我都要把每一个教室的晚自习看一遍,学生回宿舍后,带人检查过每一个宿舍的门是不是都关好了,才能放心地休息。这样,心里才踏实,才敢放心睡觉。

现在,听说有的特教学校,为了不出事、减轻压力,不让残疾孩子住校,和普通学校一样,放学都回家。我不赞成这种做法,残疾孩子就是要集体生活,锻炼培养他们的生活自理能力,学会与人相处。特教学校不能推卸责任,该承担的压力还得承担。

我这一生,最庆幸的就是选择了特殊教育,最快乐的就是和孩子们在一起,最幸福的就是看到孩子们脸上的笑容,最遗憾的就是孩子们的就业不理想,让我揪心。其他的,没什么遗憾。

我问宁红兵为拉萨特教学校奋斗了半辈子,也取得了不小的成绩,是不是可以稍微放松休息休息了。

宁红兵叹了口气,说:"不行啊。最近,市里已提出特教学校异地搬迁的事。"

"为什么要搬迁?"

"虽说和东部地区还有不小差距,但这两年,西藏特殊教育发展也很快,又新建了四所特教学校,分别在日喀则、山南、昌都和那曲。拉萨是最早的一所,由于建得早,现在的校舍面积、房屋建筑、功能区分等硬件条件已经不能满足发展的要求。市委书记来视察时,指示我们要搬迁,搬出去,做大做强。"

"搬到哪里?不会离市区很远吧?"我不止一次听说,特教学校的校址每调整一次,就离城区远一些。

"不算太远,在拉萨东边靠近市区的地方,给划了六十亩地,重新规划,要建一个像样的校园。要扩大招生,还要招收其他残疾类型的孩子入学。"

"这倒是个难得的机会,只是,你这个校长,又要二次创业、辛苦忙碌一阵了。"

"是啊。但想到新校建成后,孩子们有个新的家,条件更好了,心里也就高兴了。累就累点,搞特教的哪能不累。"

是的,搞特教哪能不累!

看着眼前这位大学一毕业就从河北去了西藏,一不小心踏入特教领域,一干就是十五年,还乐此不疲要干下去的北方汉子,我为他学校里走进去,又走出来,却不曾走远的一批又一批的残疾孩子们能有这样一位将全身心放在他们身上的校长感到幸福,感到幸运,也感到自豪。

秦增强

我就是不能让别人瞧不起我是个瘸子

时间：2015年春
地址：安徽省马鞍山市当涂县
　　　朴善镇朴庄村
身份：肢体残疾人

　　1949年出生的秦增强做过一段时间"富二代"，那个年代秦增强家所在农村的"富二代"怎么生活，年代已久，无法考证了，秦增强自己好像也忘记了。他出生没多久，他们家占了整个村子一百多户人家一半以上的那些土地，很快在土改时被分给了以前在他家干活的长工们，也是同村的乡邻们。他的父亲态度比较好，政府在分配他们家的几进几出的大院时，还给他们留了两间大瓦房。田地、房产分走后，唯一能让人们想起他们家曾经富有的标记是人们对他父亲的称呼——老地主。

① 吃香的裁缝

"老地主"是地主,但并不恶霸,除了家里的土地多了点,房屋好了点,没干过欺男霸女、伤天害理、作威作福的事。因而,在"老地主"的儿子秦增强幼年时,生了一场怪病,后来走路时渐渐就一条腿高、一条腿低,成了瘸子后,人们虽没有太多的同情,但也没人骂他们家是报应。"老地主"带着秦增强去了城里的医院,医生说是小儿麻痹症,没法治,但不影响结婚、生子,就是走路、干活不方便了。

"老地主"不声不响地把秦增强带回家,对他说,儿啊,你今后的路不平坦,要比别人艰难了,别人走两步,你得拐三下了。秦增强似懂非懂,只是觉得父亲的话很沉重。话虽这么说,但"老地主"到底是老地主,他得为儿子那条瘸腿做点支撑。"老地主"在中年之前没干过什么农活,但他勇于锻炼,接受改造,很快在生产队里成了劳动健将,他干农活的效率比他过去的长工还长工。他挣来的工分,不干别的,全部用在对秦增强的培养上,让他读书、买书,还鼓励他写字、画画。秦增强也争气,一路读到了高中,成了村里那个年代唯一的高中生,后来赶上特殊时期,没能上大学。他家是农村的,也不存在上山下乡的问题,只得回到家里。

在农村,秦增强不比别人差,除了他那条细而短的右腿让他不能负重过多,不能和其他人一样挑担子外,他弯腰插秧,挥镰收割,扶犁上耙,一样不落在后面。秦增强愿意干活,干活的时候,他的两条腿就和别人区别不大了。秦增强没有说,但他在心里认命,对自己的腿认命,对自己没上大学留在农村和别人一样干活认命。可秦增强和别人还是有差别的,他在农活上玩命地追赶,就是为了减少他和别人的差别。他就是不想让人们在心里瞧不起他是个瘸子。他的心思,他自己清楚,村里人清楚,他的父亲"老地主"更清楚。

"老地主"看在眼里,疼在心里。儿子蛮干,他得巧干,他不能让儿子一辈子拎着自己的短处去和别人进行不对等的竞争。

农闲的时候,"老地主"去了趟镇上,回来的第二天,他带着秦增强走了。没多久,村里有人在镇上的裁缝店看到秦增强在那里做学徒,他用好的左腿把缝纫机踩得"呼呼"生风。看的人还添油加醋地说,秦增强左腿踩机子,细细的右腿也跟着兴奋地一抖一抖,很满足、很有志气的样子。

秦增强的村里有句老话,叫学徒要吃三年萝卜干冷饭,意思就是徒弟要在师傅家里熬三年才能学会手艺,满师出徒。三年很快,三年后村里人看到"老地主"和他家地主婆买了台崭新的"蜜蜂"牌缝纫机抬回了家。这台缝纫机发出了一个强烈的信号——秦增强满师了,学成归来,回村里做裁缝了。

20世纪七八十年代的农村生活不宽裕,但过日子、过日子,农村人该讲究的时候还得讲究。逢年过节,婚丧嫁娶,小孩抓周、做十岁生日,老人过寿,无论经济多紧张也得把裁缝请进门,忙上个两三天,遇上日子稍好人口多点的大家庭,也有进门一周多时间的。关键是周边两三个村庄,只有秦增强一个裁缝。赶上他忙不过来的时候,村里人宁愿等上几天,也不愿把买好的布料拿到镇上去做,一来镇上也做不到送到就能做,也得等,二来裁缝进门表示日子过得好,是有面子的事。谁愿意将有限的胭脂涂在屁股上,把难得一次的肉埋在碗底吃呢?

用今天的话说,秦增强火了,而且火得不行。

那时村里最牛的两个人,一个是大队书记,一个就是他。大队书记是威风,他可以随时在大队广播室用大喇叭说话,可以把椅子搬上手扶拖拉机,坐上去模仿大领导的派头,裹着一件半新不旧的军大衣村里村外地来回巡视。秦增强不能坐在缝纫机上,他跟着缝纫机,缝纫机由两个人抬着,排到哪家,哪家就提前一天到上一个刚做完活的人家,把缝纫机和秦增强一起"抢"过来。秦增强挺起胸膛,尽管走路的姿势还是一起一伏,但抖动的已不是腿,而是肩膀。有时完成了一家的活,还会喝上几杯五毛钱一竹筒的烧酒,离开时,秦增强的脸就红了,他跟在缝纫机后,把长长的皮尺挂在脖子上,像两根飘带,在身后随风曳动,潇洒极了。

在土里刨食的年代,手艺人的日子好过得多。秦增强家的日子红红火火,大有恢复"老地主"鼎盛时代的意思。加上有几次秦增强把排好队的人家的活往后推,让大队书记和大队会计插了队,村里人的不满也就慢慢地生出。有人生气,让自己家的儿子或者女儿去学裁缝,可是有的学了四五年也没出师,有的出是出了,回到家里却没什么活做。村里人还是习惯,也喜欢秦增强的手艺。这没办法,他就是做得好。

那时,秦增强他们村的条件还不太好。村里的小伙想娶个媳妇,家里人勒紧裤腰带还得借一屁股债,结婚后,媳妇就闹着分家，把债务留给老人还。村里的姑娘都不愿意嫁在本村，纷纷往江苏那边嫁。

秦增强没有费劲，他二十八岁的时候，把村里不算最漂亮但模样也排在前五名的一个姑娘娶回了家。结婚后，秦增强再出活，就是两个人了，老婆给他打下手，量量尺寸，钉钉扣子，他的活干得更欢畅了。

② 屋基地风波

三十八岁的时候，秦增强已经有了两个儿子和一个闺女，手上也有了不少的积蓄。那时候，万元户是富裕的代名词，他没有一万元，但手上也攒了三千多块，在村里算是有钱人了。添房置业，是农村人根深蒂固的想法，秦增强就琢磨着把父亲"老地主"留给他的两间旧瓦房拆掉重建。考虑到有两个儿子，将来每人三间屋，要盖六间才够。找来瓦工放线，无论怎么摆放，自家的屋基地只够建五间半房子，还差半间的地方。

秦增强提着两瓶地产的特曲去找新的大队书记，大队书记把酒从八仙桌上挪到靠墙的香几上的香炉旁，给他出了一个主意，说，你家西边的老洪家儿子，已经添了两个女儿，计划生育越抓越紧，一般不会让他家再添，即使交了罚款再添，最多也就一个男孩，他家的屋基地那么大，你跟他家商量商量，匀半间给你家，花点钱不就行了？

秦增强没觉得这是个好主意，但除了这个主意也没有其他办法。一天午后，他去老洪家商量屋基地的事。秦增强没想到，他刚一开口,老洪就毛了,说是在羞辱他家,认为他们家没添到孙子,就来打他家屋基地的主意。老洪越说越激动,指责秦增强是诅咒他们家"焦尾(yǐ)巴"(当地农村对没有儿子人家带有侮辱性的称呼)。秦增强辩解了几句。老洪说,谁都可以欺负他们家,但他一个瘸子就不行,不要以为自己赚了几个钱,就认为自己的两条腿一样高,可以和人家一样平起平坐了。

秦增强急了,平时别人说他什么都行,哪怕说他手艺不好,混饭吃,他都能接受,就是不能说他的腿。拿他的腿说事,就等于用刀子在他的心里挖洞。秦增强"噌"地站了起来,一使劲把老洪家堂屋的饭桌掀翻了,桌子上中午吃剩的萝卜烧肉、腌菜毛豆、扁豆汤,一股脑全翻在地上。老洪怒火中烧:一个瘸子敢掀我家桌子,欺负到家里来了。说话间,一场邻里之间的战争就爆发了。两人撕扯到一块。秦增强下肢处于下风,但上肢强劲,紧紧地缠住老洪,一时还分不出胜负。两家的人和周围的邻居听到动静,也纷纷围了上来。老洪的儿子看父亲不占上风,冲上来对着秦增强的左腿就是一个扫堂腿。秦增强左腿受到攻击,细弱的右腿无法支撑,应声而倒。秦增强的老婆和孩子们不干了,叫喊着也加入了战斗。

战争从来没有双赢。秦增强和老洪家两败俱伤,各自去医院看病、疗伤,但秦增强没有拿到想要的屋基地。他憋着一股气,盖了五间大瓦房,把余下的半间地一股脑打上高高的围墙,圈进了院子。

③ 去镇上加工服装

秦增强四十五岁的时候,村里的裁缝活不好做了。

人们的观念变了。村里人也流行到街上的服装店去买衣服,成本比裁缝上门低,关键是样式新、时尚。活少了,秦增强的收入下降了,在村里的重要性也大大降低。

老洪和别人聊天时说的看这个瘸子还能神气几天的话也飘进了秦增强的耳朵。

秦增强没有和老洪争斗,他甚至都没有生气。他知道,争斗和生气都不能解决问题。再说,时代不同了。他有文化,腿瘸脑不残,他懂这些。

秦增强上街,在镇上转了几天,回来就和老婆把缝纫机绑上板车,拉到镇上,租了间房子,给城里的服装厂加工成套的西服。镇上干这活的不少,厂家提供面料、打好板、裁好,接活的人直接加工成品就可以了。加工好后,厂家上门验货,合格的计件付款,多劳多得。秦增强在镇上转的几天,实际上是接受了厂家的面试。他现场缝制了两套西装,男女服各一套,交给厂家的收货员,收货员拿给负责验货的人。验货人意外地看了他两眼,告诉他合格,可以接活,就签了合同。合同的条款很多,秦增强最看重的是十元一套的加工费那条。

秦增强不分白天黑夜地干了起来,他家的活接得多,完成得也快,并且验收合格率高。第一个月交货,秦增强的数量是一百五十套,平均每天五套,拿到加工费一千五百元。秦增强乐坏了,颠着腿在屋里不停地走动,末了还抱着老婆亲了一口。一千五百块,以前想都不敢想的数字。90年代中期,镇长一个月也才五百块钱的工资,别看他整天神气活现、前呼后拥、从北京吉普212爬上爬下的。

活是越干越有劲。半年左右,秦增强已有了不小的一笔积蓄。他心里的小心思也开始慢慢活络起来。随着小城镇的发展,农村少数有些背景、有点积蓄的人家开始通过关系在镇上购买地皮,自己建房子,而且都是迎街的地皮,盖好的房子一般是两层,楼上居家住人,楼下可以当门面房,做生意。

秦增强觉得自己比任何人都需要这样的房子。一是自己做服装加工需要地方,总不能一直租别人的房子,成本高不说,房东看他挣得不少,老是念叨要加房租;二是为孩子着想,农村的房子没有宅基地了,不可能再扩大,能住到镇上来,以后孩子们的生活就脱离农村了。当然,他自己心里还有个小小的盘算不方便说,他想让村里腿脚好的人看看,他这个瘸子可以做到他们大多数人做不到的事。全村目前也就两家在镇上有了房子。大队书记的二儿子退伍回来,在镇上的民政所工作,大队书记买地皮替他盖了房子。村东头胡老五家的大女儿在县中教书,大女婿在县公安局工作,他家也在镇上买地盖了房子。这惹得全村人羡慕不已。大家羡慕归羡慕,也就停留在想想而已。秦增强可不是羡慕,他通过在镇上干活的便利,弄清了买地建房的价码和程序。盖两上两下的楼房,按镇里规定的面积,地皮是一万五千块,建房成本大概是四万块。找人批地皮,办办手续,再简单装修一下,房子成熟能住进去人,一起得六七万块钱。

夜深人静的时候，秦增强躺在出租屋里，听着外面街上"咚咚咚咚"开过的拖拉机声响，辗转反侧。照现在的速度干下去，刨去休息时间和淡季，一年能挣个一万五左右，家里孩子上学，其他开支用用，需要六七年才能实现自己在镇上买地建房的宏伟目标。可是他着急，时间不等人，他打着算盘，别人也在算，他急，别人也在急。而且听说，地皮还在涨。买的人越多，涨得越厉害。

秦增强被自己的目标给弄得魂不守舍，失眠得厉害，还不能和别人说。父亲"老地主"已经去世了，除了老婆，和谁说都不合适，也不放心。他的活接的量更大，干得更疯狂了。

④ 失火的小货车

负责给他发货收货的浙江人姓胡，秦增强看过他的名片，喊他胡经理。胡经理在周边几个镇有四五个加工点，他不常住镇上，只在发货收货结账时过来。胡经理看他一个残疾人干活这么拼命，知道他特别想挣钱，就给他出了个主意。

胡经理说，秦师傅，你这样干太辛苦了，收入也增加不了多少。

秦增强抬头笑笑：手艺人不就是出个苦力，挣点死钱嘛。我腿脚不方便，外出打工不行，接活是累点，可总比在农田里刨食好多了。

胡经理说，其实我们服装厂，缺的也是资金周转。如果你能投些钱自己买布料，除了正常的加工费，布料上的利润我们也可以分一半给你。

秦增强停下手里的活,问胡经理,投资大吗?

胡经理悠悠地点上一支烟,说,买的布越多,摊开的成本就越低。

具体怎么算呢?秦增强有点被吸引了。

胡经理显然很熟悉成本。他说,摊到衣服上来看,你自己买布、面料和衬料,每套可以额外增加四块钱的利润。

秦增强快速地在头脑里计算了一下,问,那一次要投多少钱?

一次进一小卡车,一吨半的货,三万块钱够了。

秦增强和胡经理又计算了一阵,得出的结果是,进一次货,够他加工两个月,额外可以增加一千两百块的收入。算上加工费,每个月的收入就超过两千块了。

和老婆一合计,秦增强决定干。只有这样,才能加快实现他买地建房的计划。两人把所有的积蓄掏出来,家里的口粮也只留下三个月的,其余的都卖给了粮贩子。可还是不够,借也借不到。再说,自己为了挣钱,怎么好意思开口向别人借呢。思来想去,夫妻俩把五间瓦房东边的三间卖给了村里一家急等着娶媳妇的人家,只留两间给家里人挤着住。他这是破釜沉舟,不给自己留后路了。反正在镇上建了房子,一家人就要离开村子了。

终于凑够了钱,秦增强不放心,就搭胡经理的货车和他们一道去浙江进货。胡经理看出他的心思,说,我骗谁也不会骗你一个残疾人,你放一百个心。

秦增强说,我不是不放心你,是不放心我的钱买的布。

一来一回整整三天的时间,秦增强寸步不离小货车,连撒尿都是停在路边,靠着小货车完事的。

来来回回跑了有一年,没出什么事,秦增强的信心大增。他准备再进一次货,干完这批活,就开始着手买地,购置建房的钢筋、水泥、红砖等材料。他已经做好了前期的铺垫,用了好几条"红塔山"铺路,还在深夜特制了两套西服送了出去。只等交钱办手续了。

那是1998年的8月,具体日子,秦增强埋在了心底。他押着一车布料往回赶,胡经理有事,没有一起跟车。那天特别的热,道路两旁的树木、花草,都蔫蔫的,一副没精打采的样子。秦增强困了,在车上眯了一会,忽然他被一股刺鼻的焦煳味给呛醒,就问驾驶员怎么回事。驾驶员说,没事,天太热,有点味道正常。秦增强有点疑惑,但也没多想。车继续开,焦煳味更重了。突然,有两个骑摩托车的人在小卡车旁边大声地叫喊,快停车,快停车,车冒烟了。

驾驶员紧急制动。等他们跳出驾驶室,车厢里的布料已经起火了。秦增强急了,喊驾驶员拿灭火器,驾驶员翻了半天也没找着,只翻出个破旧的塑料桶。秦增强一把抢过,冲向公路边的水塘去拎水。驾驶员打开车厢板,把布料往下拖。可是,一切都晚了。一车的布料火烧水浇,基本报废。

事情发生之后,就是没完没了的扯皮。秦增强和胡经理各执一词,互不相让。谁也不会让,谁让了就意味着谁赔钱,谁就得认损失。

秦增强说,我出钱买你的布料,你的车没有把布料安全送到家,你就得赔钱。

胡经理说,车是花钱雇的,雇车的钱就在你买布料的钱里,而且你自己押的车。你腿瘸,眼睛不瞎,车失火,你看不见吗?我还没找你呢!

秦增强心里后悔得不行,后悔没有货到付款,而是在厂里就把钱付了。

秦增强从未打过官司,也不想打官司。"老地主"在世时教导过他,气死恨死不打官司,因为打官司会被气死恨死。但现在不打官司他又能怎么办呢!

他把胡经理告到了镇上的法庭,法庭要他提供证据,可他除了一张收货的收据,什么材料都提供不了。只有第一次进货,他们签了合同,后来因为信任和放松,没再签合同。就连第一次的合同也没有写上货到付款,因为想着自己亲自跟车不会有问题。

负责他案件的法官姓刘,四十多岁,是外地来镇上工作的,他看秦增强是个残疾人,想帮他减少点损失,建议他庭外调解。他看出了刘法官的好意,还在去刘法官的办公室时,买了两条"红塔山"塞给他。刘法官示意他收回包里。刘法官的举动让他既感动又不安。

刘法官问秦增强的想法,秦增强说,责任是对方的,要他们全赔。

刘法官说不太容易。

果然,第一次调解,秦增强刚说出他的想法,胡经理的头就像装了马达一样,快速地摇动,坚决不同意。胡经理说他没有责任,一分钱也不赔。

第二次调解,秦增强无奈地做了让步,要求胡经理赔偿三分之二,说不能再少了。胡经理比他更痛苦,掏出一支香烟,咬了半天也没点,最后只同意赔偿三分之一,说这还是看他是个瘸子不容易。胡经理不说"残疾人",直接说"瘸子"了。

第三次调解,刘法官说,你们三方都有责任。秦增强和胡经理相互看看,不明白第三方是谁。刘法官说还有驾驶员,我们在找他。他说,我提出个方案,三方各承担三分之一的责任。如果同意就在调解书上签字。秦增强看着刘法官,刘法官示意他签字,他就签了,胡经理也签了。刘法官对胡经理说,七天内把赔偿的钱付给秦增强,不然法院就封你在镇上银行的户头。胡经理说知道,就走了。秦增强问,那个驾驶员怎么办?刘法官说,他是山东人,跑掉了,我们想办法找,他的小货车被扣下了。秦增强有些恍惚。刘法官告诉他,如果打官司,你可能一分钱拿不到,还不知道要拖到什么时候。

秦增强相信刘法官的话,不相信又能怎样呢。他拿着调解书,一瘸一拐走出了法庭的大门。他的右腿感觉更加无力,脚下的路也显得更为不平。

服装加工做不下去了。

⑤ 贩鱼在镇上建房

秦增强把所有的钱集中在一起,还是把镇上的地皮买了下来。不买,前期的投入就白花了,况且,家里只剩下两间房屋,农村是回不去了。回不去的不仅仅是卖掉的房屋,还有他的脸面,他的自尊。他可以倒在生活面前，但不能淹没在别人异样的眼光中。

过了一段时间，法庭还是没有找到小货车驾驶员，就让秦增强起诉他。开庭时，驾驶员也没到场，法庭缺席宣判，把小货车抵扣赔偿款给了秦增强。秦增强雇人把车开到他买的地皮上停下。这车他开不了，只能看着它犯愁。有人给他出主意，让他把车卖了，换辆"马自达"开，残疾人开"马自达"可以在街上做做载客的生意。秦增强想了想，觉得有道理，就把小货车折价卖了，买了辆"马自达"。他开着"马自达"在街上转悠，生意倒也说得过去，但一天下来挣的钱和之前做服装不能比，离实现他盖楼房的目标就更远了。

一天，秦增强拉了个满身鱼腥味的人去农贸市场，到了市场，才知道他是个鱼贩子。鱼贩子有自己的摊位，生意很红火。秦增强看得动了心，他把车停在不远处，悄悄观察了两天，大致弄清了鱼贩子贩鱼的奥秘和操作流程。

镇子离长江不远，也就二十公里左右的路。长江的这段是下游，水势平缓，河面开阔，河滩面积大，不少人在河滩上从浅滩到深滩都围上网养鱼，鱼的品种也多，一年四季都有鱼往外卖。有人就做起了鱼贩子，从河边贩鱼到镇上去卖，利润可观。

秦增强运用他买地皮时打下的关系，在农贸市场弄了个摊位，让老婆和没考上高中在家待着的大儿子负责在摊上卖鱼，他自己开着"马自达"去河边贩鱼。小试牛刀后，秦增强就尝到了甜头。河边养鱼的人没有时间到市场来零售自己的鱼，到市场来的人又不可能为了几条鱼跑到河边去买。从河边批发来的鱼,到了市场,价格涨得就不是一两个台阶了。有时根据市场的需求和天气的情况,比如大的节假日、大风大雨大雾或者降温的天气,鱼来得少,价格甚至都是鱼贩子自己定的,只要不触怒顾客和工商局的人就好说。贩鱼、卖鱼是一门很深的学问,秦增强一头扎了进去,比当初给服装厂加工西服的兴趣还要强烈。当然,吸引他的还是买卖之间的丰厚利润。

做贩鱼的生意半年还不到,秦增强就已经完全摸透了这当中的套路。早市晚市,鱼大鱼小,死鱼活鱼,学问多得很。他还拓展思路,主动联系镇上大一点的饭店、宾馆,主动送货上门。镇上的中小学,他也上门推销了几次,不过校长都以学生吃鱼有风险为由,谢绝了他的好意。

因为鱼,秦增强又风生水起了。他在自己买的地皮上先简单搭建了三间不大的房屋,两间家里人住,一间做仓库。每过一两个月,他就往仓库里送进一些建楼房需要的各种材料。砖瓦用得多,占的地方也大,他打算动工时,让砖瓦厂直接运到工地上。

日子过着,就到了世纪之交。秦增强暗暗下决心,还动员了老婆、儿子,要在1999年的年末,好好地干上一个冬天,多赚些钱,等第二年春暖花开时,就动工建房,把他们家在镇上的楼房竖起来,实现全家多年的梦想。

冬天对鱼贩子来说,是一年中最好的季节。天气冷,鱼难搞,供应量相对要少。而冬天人们又喜欢操办各种喜事;赶上春节,各家还要腌制大量的咸鱼。按风俗,每家必不可少地要有一条煎好的跑堂鱼从大年初一放到十五,更是给鱼贩子提供了广阔市场。因此,冬天贩鱼的价格和利润都比其他季节要高。

秦增强决定带领全家大干一场。天越冷,鱼卖得越快。他由平时一早一晚每天去江边两趟,改成了三趟,中午也加班去拉一趟。反正冬天鱼一出水就冻成了冰棍,天然地保鲜。湿冷的冬天,秦增强套上厚厚的皮衣皮裤,整天在鱼堆里歪歪倒倒地滚爬。老婆看着心疼,让他少跑几趟,他咧着冻得有丝丝裂纹的嘴唇,说,再干这一冬,明年楼房盖好,就不这么苦了。老婆知道拗不过他,心里酸酸的,将泪水压在了眼底。

腊月二十七的夜里,天飘起了小雨,后半夜又下起了雪,整个世界都冻得缩成一团。

二十八一大早,天蒙蒙亮,秦增强就爬起来,套上他坚硬的皮衣皮裤皮靴,准备出发去江边。老婆知道地上很滑,让他不要去了。他说,再跑两天,多拉点,后天三十晚街上人就不多了。老婆不放心,让他带上儿子,他没同意,"马自达"就那么点空间,带个人就拉不了多少鱼了。秦增强在老婆的注视下,用细细的右腿支撑住身体,左脚猛踩发动杆,踩了好一阵,还在睡懒觉的"马自达"被踩醒了,发出破旧而疲惫的吼叫,秦增强坐上去,把前面挡风的有机玻璃板压好,挂上挡,在光滑的地面上画了半个圆圈,才调整好方向,驶向阴冷的空气中。

冬天不怕下雨,也不怕下雪,就怕雨后又下雪。雪盖在结了冰的路面上,看不清下面的情况,只有在犹豫中探索着前行。秦增强小心翼翼地"哄"着"马自达"到了河边,喊起还裹在被子里的一个老熟人,他在这家拿的鱼最多。可能没想到这样的天还有人来贩鱼,矮墩结实的养鱼人嘟囔着钻出鱼棚,把昨天捞好的鱼从雪堆里刨出，谈好价格，装进三个大号的蛇皮袋，过了秤，抬上秦增强的"马自达"。货多了，"马自达"被塞得打了个激灵。

秦增强满心欢喜，开始返回镇上。

路实在是难开，负了重的"马自达"不怎么听他使唤，步伐严重地"油腔滑调"，呈游走的姿势。爬了一个上坡，就是一个下坡，秦增强挂上低挡，油门降到最低，控制着速度，一点点向下滑，可是过重的分量让"马自达"滑行的速度越来越快，颤抖着向一边冲去。秦增强控制不住了，任由"马自达"冲向了路边取土后形成的水洼。积了一个冬天的雨雪，水洼处的水已是不浅。"马自达"破开积雪和冰面，侧翻在冰水里。秦增强整个人倒在水里，他赶紧站起来，水已经从皮衣皮裤的缝隙处流进了里面。冰水像箭一样，迅速刺过单薄的棉衣，射向身体。万箭齐发，秦增强的全身都被射中了，到处都在疼，他也就不知道到底哪里在疼。他只知道自己的心疼得最厉害，心疼"马自达"，心疼三蛇皮袋的鱼。水洼里满是冰碴，脚底下的淤泥又非常黏稠，不给他提供支撑。他试着把"马自达"扶正，但灌了水的"马自达"像一个丑陋而又任性的机器人，完全不听他的使唤。他又试着把掉在水里的蛇皮袋拖上岸，可蛇皮袋里的鱼们仿佛变成了一块块石头，沉在了水里，一动不动。

秦增强快绝望了，他蹚过冰水、爬上岸，期盼有人能帮他一把。等了十几分钟，没有任何人经过。他觉得自己已经开始变僵了，很快也要变成一条硬邦邦的大鱼。他使劲地跺脚，雨靴里哗哗作响。终于有辆面包车开过来，秦增强不顾一切地拦在路中间，请驾驶员救他。好说歹说，直到他答应给驾驶员五十块钱,驾驶员才从车上拿出一根长长的尼龙绳,让他下水缠住"马自达"的龙头,先把车拖上来,又陆续捆住蛇皮袋,一个一个拽上岸,帮他把蛇皮袋装进面包车,再让他坐进"马自达"一路把他拖到农贸市场他家的鱼摊前。

卸下鱼,秦增强就倒在了地上。老婆吓坏了,央求面包车驾驶员赶忙把他们送回家。关上门,废了老劲才把秦增强的衣服扒下,用被子裹上,又烧了一锅水,给他洗头泡脚,不停地擦身体。

秦增强病了。高中学校停课,没学上了,回家,他没有病;为屋基地和老洪家大战一场,伤痕累累,他没有病;一车的布料被烧了,他没有病。这次落水,他病了。这么多年,他其实很想病一场,让自己好好地歇一歇。

大年三十晚上,一家人在镇上的家里吃年夜饭。

在屋外不绝于耳的鞭炮声中,秦增强迎来了五十岁的新年,望着窗外的风雪,想着这五十年,自己没白过,虽历经波折,但都挺了过来,他的心一点点暖了起来。再苦再累,冰雪再冷,春天总还是会来的。开春后,自己在镇上的楼房就要开工兴建了。村上到现在也没几家有这个能力。

秦增强费劲地嚼着老婆腌制的咸鱼干,边嚼边用力地想:瘸子怎么了?瘸子能做到的,你们未必能做到。

许志宏

残疾孩子康复，家长是第一责任人

时间：2015年夏
地址：新疆维吾尔自治区伊犁市霍城县清水镇
身份：双胞胎聋孩子父亲

中国 8502 万残疾人中，聋人的数量最多，约 2780 万，相当于澳大利亚或者上海市的总人口。

俗话说"十聋九哑"，就是失去了听力的人，一般也就失去了语言功能，所以还有句俗语叫"哑巴说话，铁树开花"。长期以来，聋人从他们听不到声音开始就注定要和说话无缘，他们的人生也将在无声世界里静悄悄地度过。

然而，有人不服，不甘于向命运屈服。聋孩子不屈服，他们的家长不屈服。他们不仅要说话，还要融入社会，和正常人一起学习、生活。尽管，这条路曲折、艰辛，每一个脚步、每一份坚持、每一点成绩，都要付出常人难以想象的汗水、血泪，但天道酬勤，天亦有情。有的聋人成功了,并且越来越多的聋人成功了。

许志宏一家就是在这条路上跋涉的成功者。

① 发现双胞胎儿子都是聋人

许志宏和周喜花是一对教师夫妻。

如果不是双胞胎儿子,他们会在普通的教师岗位上辛勤而快乐地耕耘,度过自己可以预见到的"桃李满天下"的职业生涯。

1993年,经过四年的爱情长跑,许志宏和周喜花走进了婚姻殿堂。结婚不久,周喜花怀孕了,1994年秋天,预产期未到,两个宝宝就急着来到爸爸妈妈的身边。

因为是早产,孩子略小,比正常孩子体重轻。希望他们只要健健康康长大就行了,夫妻俩给他们起名许健、许康。但老天真的很捉弄人,给了夫妻俩一个意想不到的结果——两个儿子都是聋人。一对双胞胎,两个聋孩子,让他们一下从天堂坠入了深渊,命运的反差真是太大了。

老大许健没有听力是在一岁零三四个月时发现的,那时无论如何也不会往这方面想,还是在一起工作的同事发现的。赶紧去医院查验,结果显示许健是先天性耳聋,也就是出生后就没有任何听力。老大先被发现,当感觉到老大明显不对的时候,才想起来老二许康。许志宏跟父亲讲时,父亲也说,喊小的,每次也看人,但好像不是太灵,赶快去检查。老二许康的最好听力85分贝,已经达到听力损失的重度程度。

夫妻俩接受不了这样的现实,多少个不眠之夜,眼泪流干了,心也揉碎了,但作为父母,他们不能接受儿子因为耳聋就不会说话的现实。

② 艰难的语言康复训练

家里有了聋孩子,许志宏和妻子周喜花格外关注有关语言康复训练方面的信息。夫妻俩查阅了当时能够找到的所有关于聋人孩子语言训练的资料,他们开始行动,带着孩子与命运抗争,他们下决心要让两个儿子学会说话。

由张艺谋执导、巩俐主演的电影《漂亮妈妈》上映时,许志宏打破了多少年不去电影院的习惯,专门去看了。电影里教聋孩子学说话,第一个字是"花"。许志宏觉得难度不小,"花"这个字本身就不好发音,h—u—a,三拼,复杂。许志宏说,电影里面表现的东西,可以到他们家去看看,不要说不要做,只要看一眼就比那个感动得多。许志宏周围的人都说这个电影应该找他家去拍,他们家的实际经历是活生生的,比电影生动多了。

许志宏还把海伦·凯勒的那本《假如给我三天光明》给找到了。当时,他和妻子阅读的那个版本很少见,是一本很小、很老、很薄的书。许志宏想,海伦·凯勒又盲又聋又哑,她都能依靠摸着水感知事物逐步学得知识。受此启发,他也看孩子喜欢什么就找什么来教他们。

老大许健学的第一个音是"牛"。不是刻意教他从读"牛"开始的,当时因为没有现成的教材和教法,只能找孩子感兴趣的地方。当时他们居住在阿勒泰的农村,牛羊比较多,许健一看到牛就特别喜欢。发觉许健的兴趣,那段时间,许志宏经常带他去看牛,天天指着牛跟他"讲",这是"牛"。还给他画,夏天穿着背心短裤,手上胳膊上写写画画的都满了,就只有脸上没有写没有画了。一天两天,一个月两个月,儿子没有反应。

1995年7月初的一天,那天下班后,许志宏在家里做饭,周喜花就带许健在离家不远的小山坡上,等牧民放牧赶着牛回来。周喜花和往常一样,不厌其烦地指着一群甩着尾巴走过来的牛对许健说,许健,你看,牛,牛。一边说一边在手上写,正这样说的时候,儿子突然抓住妈妈的手,指着牛,喉咙间吃力地发出"ou——ou——ou"的声音。那是许健真正有意识发的第一个音,当时妈妈没反应过来,就愣着,这孩子想表达什么呀?许健看到妈妈没反应,就很着急,拿过妈妈手上的笔,"撇横横竖",将这个字在妈妈手上画,画完以后又指着牛,发出"ou——ou——ou"的声音。周喜花反应过来了,儿子这是在说"牛"啊,就哭着抱着儿子回家,让儿子给爸爸"讲",儿子就在许志宏的手上写"撇横横竖",写出了个歪歪扭扭的"牛"字,然后继续发出"ou——ou——ou"的喑哑声音。

那一瞬间,许志宏想,他所有的付出都值了。抱着儿子,夫妻俩就在旁边的牛圈板子上一遍遍写,一遍遍发音。自从发现儿子是聋人,夫妻俩不知哭了多少回,眼泪都流干了,但那一天、那一个下午、那一瞬间,当儿子终于开始"说"的时候,许志宏跪在地上抱着儿子哭。他知道,儿子说的这个"牛"和爸爸跟他讲的、写的这个东西是同一个。

聋孩子和健全孩子对外界事物的认识一样,都是要在音、形、意统一的基础上,才能形成一个完整的概念。但聋孩子由于有声语言刺激的缺失,语音环境缺乏,他们所获得的信息量大大衰减,要形成一个完整的事物概念,比健全孩子要难上十倍。但难的是第一次,有了一次跨越,建立起一次联系后,就会产生良性循环。从那次开始,许健就"开了窍",夫妻俩跟他讲什么,讲月亮、讲星星、讲花、讲草、讲人的称谓、讲动物,都可以联系起来了。

这样的联系,也给了许志宏和妻子非常大的鼓舞、信心和动力。

从发现孩子是聋人开始,许志宏就一直按自己摸索的方法在教,但他不知道能不能成功实现他的目标——让两个孩子进普通学校。许志宏想,特教学校有它的好处,孩子轻松,也不会有歧视,但在那里聋孩子全打手语。将来把孩子一个人放在大街上,周围没有一个人会打手语,也看不懂他的手语,怎么办?他下决心要将他们拉到健全人群中来,和普通孩子一起读书。

许志宏原来是霍城县的高中体育教师,在儿子要上幼儿园学前班的时候,他主动申请从高中调到幼儿园来工作。那时他是全疆唯一一个到幼儿园去的男老师,到幼儿园后是干后勤。作为父亲,他毫不隐瞒自己的动机,他要抽空给儿子进行语言训练,他要尽可能多地陪伴儿子的成长。两个儿子在幼儿园表现非常优秀。因为付出了数倍于常人的精力,他们前期的智力开发做得非常好,他们的表现远远超过同年龄段的健全孩子。很快,儿子从幼儿园出来该上一年级了,许志宏又申请从幼儿园调到小学工作,一直跟着他们走,因为他们在前进过程中,每迈一步都会遇到难以想象的坎坷、困难和挫折。

许志宏一直提醒自己,这些坎坷、困难和挫折,如果今天不管、明天不管,一旦形成链条之后,就会在他们的人生中形成很大的心理阴影。等到形成心理阴影,孩子就毁了。失去听力只是失去他们生理功能的一部分,但心理一定要阳光、要灿烂。

普通人身体健全,可为什么还有那么多人犯罪,心理发育不健全是重要的原因。因此,许志宏特别注重两个儿子的心理健康。举个简单的例子,农村没有那么多玩具,一到开春,孩子们就跳起橡皮筋。许健和许康也想玩,但他们听不到,小朋友讲那么多他们也不懂,就不带他们玩,两个孩子就很伤心,回来跟爸爸讲。

本身就特别在意儿子和健全孩子融合的许志宏注意到这是一个问题,需要解决。回来他就跟周喜花商量说,我们自己做一个。我不会,你带儿子玩,让他们学会规则,然后他们到学校就能和小朋友一起玩,就可以融入他们的群体。周喜花立即行动,两个孩子非常聪明,玩一会儿就会了,第二天去学校就和其他孩子玩起来了。

虽然自己也是老师,但许志宏从未苛求班主任或是其他老师对自己儿子另眼相看,要求其他孩子做到的,也一样要求他们做到。许志宏知道,再怎么个别化教育,老师的眼光考虑的也只能是群体,是大多数孩子。作为聋孩子的父母,必须要做有心人,需要关注的事情很多,心思和投入一定要集中,而且要做在前面,要从他们很小的时候就考虑怎么为他们以后走上社会、融入社会打好基础。

许志宏说，我只能尽力给他们创造条件，路他们要自己走。不仅我这两个孩子，所有的残疾孩子都是，因为，任何父母都不可能陪伴孩子一生。

很多时候，许志宏把自己当作儿子活生生的教具。

教儿子"摔"这个字，许志宏在草地上摔了不下一百次。即便自己是个体育老师，也摔得头昏脑涨。一次，带着两个儿子做游戏，扔石子玩，许健一不小心将一块石子打在爸爸的额头上，血渗了出来，从额头朝下流，孩子吓得呆在原地。许志宏没有擦血，也没有检查伤口，而是用食指蘸着血，在胳膊上写下"血"字，然后让儿子看着自己的口型，跟着发音——x—ue—xue。在"血淋淋"的教育中，儿子一下子认识了这个字，而且印象深刻。许志宏有空就骑着二八自行车带着他们去山里、去森林里、去大自然跟他们讲，讲远看山有色，讲空山新雨后，讲二月春风，讲草长莺飞……

许志宏认为，这种走进生活、走进自然的方式，可以增强聋孩子的直观记忆。通过视觉刺激的训练，效果非常好，孩子也很喜欢这种生动的教育方式。

夫妻俩对孩子的训练不做作，不加任何掩饰。很多同事对许志宏和周喜花说，你们才是"漂亮爸爸、漂亮妈妈"。

有记者来采访，他们当着记者的面教孩子发音，记者都看傻了。通常老师对聋孩子进行语言训练，是让孩子用手摸声带的外面，感知气流和肌肉的运动、变化。许志宏为了让孩子感受里面舌根、舌中、上颚等部位肌肉的运动，干脆把孩子的手放进口腔里面。有时孩子不知道深浅，手一下伸进喉咙深处，许志宏都要呕吐出来,但他知道,必须这样去做,只有这样才会有不一样的效果。

多年的坚持,让许志宏和周喜花创造了奇迹,他们打破了"哑巴说话,铁树开花"的悖论。伴随着成功,他们的名气也逐渐大了起来。各种媒体关于他们夫妻的报道很多。许志宏更多是将周喜花推在前面,作为一个女人、一个妻子、一对双胞胎聋孩子的妈妈,她和自己肩并肩付出了多少艰辛、痛苦和常人难以想象的执着,许志宏最清楚不过,也最心疼不已。

父母的伟大与坚强,在于培养出优秀的子女,更在于面对困难的不离不弃与坚守。

很多人问他们夫妻,你们训练孩子这个事到底是谁在做?许志宏说,这个事要相互支撑,一个人做不起来,也做不到。生活中,很多家庭因为有了残疾孩子就一蹶不振,家庭颓废,各奔东西,妻离子散,破罐子破摔,这样的例子太多了。

发现儿子是残疾人后,夫妻俩没有怨天尤人。即使走投无路时,他们的感情依然很好,是经过生活历练和考验的患难夫妻。

许志宏想,有了残疾孩子,作为父母亲,能做的就是终生坚守。

即使后来两个孩子都上了大学,他对他们的语言康复训练也仍未停止。现在,两个儿子的普通话发音已经不错,虽然老二许康说话还是有一些音有瑕疵,舌头有点软,老大许健有时也会出现类似问题。每年假期回来,许志宏还会专门抽时间纠正他们的发音。有意思的是,很多时候,许志宏只是刚点出来,还没开始纠正,他们就说,爸爸,我已经知道了。再说出来,清清楚楚,好好的。就是一个语言习惯的问题,他们的发音,毕竟是经过日积月累的康复训练和矫治得来。

③ 去南京聋儿语训中心学习

许志宏在遥远的新疆霍城县坚守两个聋孩子时,在江苏南京,有位父亲,为了聋人女儿周婷婷的康复,也在艰苦探索,并且取得了成功。

在中国,稍微了解聋人群体的人,一定知道周婷婷,也一定知道,她和爸爸周弘合写的那本风靡一时的书——《从哑女到神童》。周婷婷在爸爸周弘的康复训练下,不仅可以开口说话,还能力超群,可以背诵圆周率到小数点后一千位。她不仅上了大学,还去了美国加劳德特大学攻读硕士学位。周婷婷的成长是中国聋人的一个"神话"。这个"神话"活生生地展现在广大聋孩子、聋人家庭、聋人群体和整个社会面前,产生了巨大的影响和精神鼓舞。

基于训练周婷婷的成功经验,周弘创立了南京婷婷聋儿语训中心。

1998年3月,许志宏将有残余听力的许康留在家中康复训练,将完全没有听力的老大许健送到南京婷婷聋儿语训中心。7月,学校一放假,他迅即赶到南京,配合许健训练。

许志宏向周弘申请,给他义务打工。没有钱住旅馆,整个暑假,他白天工作,晚上就睡在周弘办公室的地板上。晚上住下,早上上班前打扫干净。来南京,许志宏不仅想让许健接受语训,还想学习周弘的赏识教育。周弘有很多好的做法,比如,他经常开残疾孩子家长会,听每一个家长的想法,有针对性地对不同的孩子开展不同的训练,这实际上就是现在在全世界都很流行的"个别化训练法"。

周弘周围有很多教育专家。十六年过去了,许志宏依然记得南京有一个行知实验小学,校长叫杨瑞清,也是赏识教育的创始人。在南京的日子,他们三人经常在一起探讨,别人说的所有灵感,许志宏都如饥似渴地记录下来。他很佩服周弘,不仅是因为他将聋人女儿训练成"神童",还在于他孜孜不倦的探索,立足于残疾孩子身心成长的创新。

许志宏在南京的那年夏天,周弘搞了个500人的全国性夏令营,人手很紧。许志宏想,他是教体育的,很擅长组织大型活动,就提出协助周弘来组织。周弘很注意宣传,把中央电视台《东方时空》栏目组给请了过来。夏令营的开幕式上,要有个聋人孩子家长代表发言,周弘觉得许志宏适合,就让他讲几分钟。面对那么多和许健差不多的聋孩子,想到过去几年的辛酸经历,许志宏话未出口,眼泪哗哗就出来了。当时许健穿个背心,站在爸爸身边,许健就伸出小手给他擦眼泪,下面所有的人都跟着哭。时间说得有点长,周弘提醒他他才打住。夏令营结束后,中央电视台的编导觉得许志宏家的事迹有报道价值,就找到许志宏,跟踪他们拍了一个月的专题片,片名叫《父子情》,播出后,引起很大的反响。

每当想起这段经历,许志宏都觉得南京是自己的福地。他发自内心地感谢南京这块土地,感谢南京这里的人,自己在这里收获很多。来这里前,他一度陷入彷徨,和周弘接触后,他突然知道自己该怎么去做了。许志宏觉得幸运,那么多人,真正能带着孩子"走出来"的没几个,但自己和儿子"走出来"了。从周弘那儿走时,他就牢牢记住:要鼓励孩子,要表扬孩子,要看到孩子的优点,少看到缺点。大家必须要有一颗挚爱、虔诚之心,努力修为,才能有所突破。

④ 植入人工耳蜗

许健小学四年级时,许志宏一家遇到一个难题,那就是因为孩子听不到,学习上碰到问题,解决不了。语言发展上也存在困难,以前简单的词句说起来还行,但随着知识程度加深,语言程度的复杂性增强,有些发音隐藏在口腔深处,看口型不容易看出来。

许志宏知道,还是得从根子上入手,要想办法解决听力问题。对许健这样全聋的孩子,最好的办法就是植入人工电子耳蜗。但这真的很令人犯愁,两个孩子,光是给老二许康佩戴、更换助听器的费用就已经很紧张了。

钱,愁煞了一家人。许志宏说,那阵子,要是有人叫他抢银行,他可能都真的会去,走投无路了。他还曾经联系过卖肾脏的,但没等找到合适的渠道,就被父母亲给拦了下来。

想着怎么通过植入人工电子耳蜗,让许健突破语言发展的瓶颈,成了全家人的心病。思来想去,还得给他做。父母亲和夫妻俩全部出动，亲戚朋友中所有能借钱的能找的，都想了办法，还是杯水车薪。最后，夫妻俩只好流着泪把房子抵押出去，凑了十九万多，那时候一个人工耳蜗要二十万左右。决定做人工耳蜗之前，许志宏和周喜花给许健做了一年的思想工作。他虽然很小，但很懂事，知道心疼爸爸妈妈。

许志宏对许健说："我们要去做人工耳蜗。"

许健第一句话就是："多少钱？"那时父子之间的交流主要是通过看口型。

许志宏没敢说二十万，只跟他说是八万。

"我不做。"

"你做了就能听到声音了。"

"八万！咱们家没有钱，你去问人家要钱吗？爸爸，你不要去找人家要钱。"

"爸爸去借钱，再把房子卖掉。"

"爸爸，房子卖掉，没有房子了，我们到哪里去住啊？我不去。"

做了一年的思想工作，许健最后同意了。

凑齐钱后，2005年5月，许志宏带着许健赶到北京协和医院。他们所有的费用凑起来只够两个人的路费和做手术的费用。为了节约费用，周喜花没来。

去北京之前，妈妈哄许健，做工作，对他说："健健，你去做手术，手术做好了，爸爸请你吃北京 duck，北京烤鸭。"

做完手术、植入人工电子耳蜗之后，需要一个月后才能开机。那一个月，许志宏没事就带着许健在北京通州八里桥市场转。第一次来北京,许健看什么都好奇。许志宏就结合他的好奇,一刻也没放弃地对他进行口语训练。电子耳蜗打开一个小时后,许志宏就打电话回家,哭着对周喜花说,老婆你听,儿子可以听到了,你和儿子说话。刚开机,许健还不能辨听电话那头的声音是谁的。

妈妈喊:"许健,健健,许健,健健,你听到没有?我是妈妈啊。"

听了五六遍之后才知道电话那头是妈妈,他说:"哦——原来你这个声音就是我的妈妈呀。"

许志宏听到周喜花在电话那边号啕大哭。

那一刻,许志宏真想爬到一个全世界最高点上,抱着儿子,用尽所有的力气,大声喊,让所有人都听到:我的儿子能听到了,我的儿子会听声音、会说话,我想让你们所有人都知道。

然后,下午四点多,许志宏带着儿子出去,跟他说:"健健,来的时候妈妈说,你手术后能听到了,爸爸就要带你吃北京烤鸭,爸爸带你吃去。"父子俩去了一个小饭馆,要了一份烤鸭。那天许志宏就想喝酒,三块钱一瓶的二锅头,一个人喝了一瓶半,他太高兴了,高兴得无以言表。他们去的时候,正好饭点已经过去了,没什么客人。听说他们的事,两三个服务员都很感动,就坐到他们跟前,逗许健说话。

以前,许健知道铃铛会响,但他听不到,不知道铃铛是发出什么样的声音。开机后,他能听到声音了,就买了个小铃铛,他拿在手上一个星期都不肯放下,一直不停地摇,生怕听到的声音又跑掉。

为了孩子,许志宏心甘情愿地做着穷人。虽然夫妻俩的收入不断增长,但他家里所有的欠款直到2013年才还清。一家人没有属于自己的房子,到现在还住在学校里,同事们说他以校为家。他说,不是自己喜欢住在学校,确实是没有房子。许志宏从未觉得孩子给自己带来负担,相反,他认为,在教育孩子成长的十几年中,实际上是孩子在教育他,两个孩子让他一步步知道"爸爸"的责任,教会他怎样去做一个合格的爸爸。他真的感谢儿子,他们教会了他很多东西:一定要不怕困难,一定要坚强,一定要勇敢,不管再难,只要坚持,困难总有过去的一天。

⑤ 孩子双双考上大学

许健和许康一直在普通学校和健全孩子一起学习,终于,他们迎来了高考。面对高考,许志宏夫妻俩和孩子们都很紧张。其实许志宏最担心的还是老大许健,他的成绩有些吃力,考前最好的一次模拟也就320分,上大学真的是很困难。老二成绩好一些,几次模考都在390分上下,录取个学校问题不大。

高考前,许健就问:"爸爸,如果我考不上大学怎么办?"

许志宏说:"考不上咱们有考不上的办法,考不上这个学校,就考那个学校。儿子,你放心大胆地去考,考什么样就什么样。实在不行,咱们上电大。"

夫妻俩没想着找任何领导,完全看孩子的真实水平,当时许志宏就想,实在不行就考个高职院校,读个专科也行。如果一心要找关系,真去找也是能找到的。周喜花是全疆首届十大杰出母亲,许志宏是全国未成年人思想道德先进个人,可以为两个残疾孩子争取一些政策照顾。但最后,他们想着还是不要让孩子有依赖思想。结果成绩出来后,两个儿子都很争气,许康上了本科,录取到新疆教育学院的特殊教育师范专业;许健上了专科,录取到新疆天山职业技术学院的计算机专业。

大学,对许健和许康是一个全新的考验,他们必须离开父母依靠自己独立生活。

去大学报到前,许志宏对儿子说:"你们记住,从现在开始,不管今后路有多长,直到你们八十岁,你们都会一直是社会上的弱势群体,这一点你们自己要知道;第二点,如果你们认为自己是弱势群体就总想别人帮助你们,那你们会永远被别人看不起。怎么样才能让别人看得起呢?你们要记住,首先你们得去帮助别人、感动别人,然后别人才会看得起你们,真心帮助你们。"

进入大学后,许康的社会工作参与性和在系里的影响力比普通孩子高了很多。

许志宏有时跟他开玩笑说:"你比总理还忙,电话都没时间回。"

许康说:"时间不够用。"

许志宏对他说:"爸爸要的就是这种效果。爸爸不要你学习一定第一名第二名,记住,像咱们这样的孩子一定要情商比智商高,这样才能在你的人生中找到你自己的位置。"

许健的情况更复杂一些,上大学后碰到了很多困难。许健的实际年龄快二十岁了,但他的心理年龄可能只有十五六岁,太单纯,没什么心计。

有天许健发短信说,爸爸,我三天没说话了。许志宏看了就非常紧张,儿子的一举一动都牵动着他的神经,立刻问他为什么。他说,我和宿舍的一个同学吵架了,他在宿舍抽烟,我说他了,抽烟空气不好,对大家身体都不好,学校也不允许抽烟。他这么一说,同宿舍的那个同学不愿意,两人就争了几句,他就很生气。

许志宏问他怎么不跟老师讲,他说,我还不能跟老师讲,我要跟老师讲了,他就会更加生气。他已经感受到社会中的复杂性了,他能感受到这个,许志宏还挺高兴,就对他说,儿子,你不要着急,他下次再抽烟的时候,你把窗户开一下,门开一下,通过这样的动作提醒他:空气很污浊,不好。你们宿舍还有其他不抽烟的同学,大家慢慢让他知道,不要直接和他发生冲突。大家都是小伙子,他也有自尊心,直接说他会接受不了的。他这才说,我懂了。后来,许健的同学关系慢慢改善了。

为什么说家庭康复很重要?残疾孩子的康复不仅是生理的补缺,还是心理的辅导,残疾孩子的父母要不间断地引导他们往前走。

孩子刚进大学时,许志宏就在想,儿子毕业后怎么办,自己最终的目标是什么。往回看,一步步走过来,这些年的路都是对的,儿子现在上大学了,以后面临就业,他还要和儿子一起实现就业的目标。作为一个父亲,许志宏的想法是,将来有一天,当他不在的时候,两个儿子能有一份工作、有一碗饭吃,凭自己的劳动养活自己,也为别人做了点事。这就是他最大的心愿。

其实,根据许健和许康的不同特点,在报考学校时,许志宏和周喜花就已大体规划了两个儿子将来的就业方向。许康,选择了特殊教育专业,就是希望他毕业后能做一名特殊教育老师。回到家乡,夫妻俩可以把这些年在他和哥哥身上摸索的这些经验,好好教给他,让他教其他聋人孩子说话。许志宏认为,聋人做聋人的老师,在情感沟通、习惯养成上,有着得天独厚、正常人所不具备的优势。之所以帮许健选择计算机专业,是考虑他听力不好,但视觉有优势,要扬长避短,发挥他的直观记忆好的特点。

⑥ 开办听力康复中心

2005年,许志宏建起了新疆伊犁地区的第一家聋童语训康复机构——博爱聋童语训中心。他提出一个理念——"拯救听力,珍爱生命",当时很多人不理解,甚至有领导说,拯救听力能理解,但跟生命有什么关系?

这八个字,是许志宏基于自己的实践和思考提出的,他是从许健、许康的事例出发,站在父母的角度,说出了这句话。每一个残疾孩子,都是父母亲生命的延续,父母亲必须从为他们生命负责的角度,去珍惜、关爱他们。

记者来语训中心采访聋孩子家长,有个孩子的妈妈流着眼泪说,我只有一个想法,就是我死的时候能把孩子带走,不然死也不能放心地闭上眼睛。许志宏听了心里格外难受。两个儿子小的时候,他也有过这样的想法,这可能是很多残疾孩子家长的想法,只是有人说出来了,有人没说。

经过十年的努力，许志宏的语训中心形成了自己独特的理念。他不提倡教聋孩子手语。他认为，孩子一两岁开始学"说话"时，一定不要教他手语。学会手语很容易，可是他生活的周围有多少聋人又有多少健全人懂手语、会用手语和他交流？先教手语，第一步就将他推到无声的世界里了，老师要做的不是推，而是拉，实在遇到拉不动的，再想办法。许健、许康的表达以口语为主，长大了，不会影响口语发展了，也让他们学手语，结果，他们只用了一个月的时间，就把常用的手语学会了。

他提倡，残疾孩子一定要自尊，要自爱，不能自暴自弃，要加强自身能力。当你第一次摔倒的时候，可能有人说，你摔倒了我来帮帮你吧；第二次摔倒的时候还会有人说，你很不幸，我把你拉起来；当你第三次摔倒时，没有人会拉你了，你需要自己爬起来。所以他认为，应该通过家庭、学校、社会的共同力量，再加上孩子自身的能力，帮助残疾孩子去适应这个社会。

受周弘的启发，许志宏每月坚持把家长召集在一起一次，给他们上课，和他们交流。

语训中心里有一个聋人小姑娘和许健、许康是同一年出生的，她爸爸把她送到"博爱"这里来就对许志宏说，他给女儿的门面房都买好了，只要教她学会说个话，回去开个小商店，我们老两口陪着她过过日子就行了。许志宏不赞成家长的想法。他对家长说，你记住，我们一定要在孩子后面推，一直要推她往上走，推到她走不动为止。这个爸爸在许志宏的帮助下也慢慢有了转变，四年后，孩子在这儿学得特别好，比许健、许康学得还要好，看得许志宏都眼红。学到四年级，许志宏让她走，去普通学校读书,她不肯走,她爸爸也说就放在这里。许志宏说这孩子完全能适应普通学校的生活,不要在这儿了,应该去更好地锻炼。后来,那个女孩也考上了大学。

这几年,让许志宏感到高兴、感动的是,中国的特教在朝人性化的方向发展,尊重生命、终身学习、终身康复的理念在逐步形成,并深入人心。

许志宏有自己的梦,他的梦不仅是托起两个儿子,还要尽自己的力量托起更多的聋孩子。

张琪

盲人的职业不仅仅是推拿

时间：2016年春
地址：江苏省镇江市句容市华阳镇
身份：盲人大学生

句容是离南京很近的一个县级市，句容喜欢以"南京后花园"自居。这个"自居"，句容人向往，南京人也喜欢。句容行政上属于镇江市，但句容的老百姓购物休闲，都喜欢往南京跑。这也许就是媒体上常说的都市圈的魅力吧。

张琪也从句容跑到了南京，她来南京是为了读书。张琪出生时，因为意外导致双目失明。和她一起出生的还有一个双胞胎姐姐，姐姐没有问题。从小姐妹俩一起玩耍、成长，在张琪的童年里，她没有太多不好的记忆，也没觉得自己和别人有太多的不同，她的童年和大多数孩子一样，童真而快乐。

到了上学的年龄，姐姐上了句容本地的小学。但张琪只能上盲校,句容和镇江都没有盲校,家人多方联系后让她去南京市盲人学校就读。爸爸、妈妈工作都在句容,来南京照顾她的任务就落到了外公和外婆身上。

南京盲校在城市南部的繁华地区,校园面积很小,住宿条件受限制,两位老人就在学校一路之隔的对面小区租了房子。

在句容,张琪的童年生活环境是宽松的,家里对她实行的是"散"养,没有太多的约束。到了南京盲校,身份变了,成了一名学生,老师开始"上规矩",张琪开始还不太适应,有点难受。不过,小姑娘很开朗灵活,很快就适应了,像模像样地做起了这所在全国都很有名的盲人学校的学生。

① 唱了十年二声部的倔强小姑娘

学习开始,张琪遇到的第一道难关是学习盲文。

老师要求在盲文纸上反复练习,打那六个点,每天要打一张纸。她是班上最小的孩子,动作慢,经常完不成。但是老师不降低要求,完不成就批评。小姑娘很要强,白天晚上地强化练习,很快就掌握了盲文的技巧,达到了老师的进度要求。

南京盲校有个学生合唱团,经常参加校内外各种演出,在社会上有一定影响。负责合唱团工作的余老师,每年要从各届学生中挑选有些潜质、音色还可以的同学加入到合唱团中来。

二年级的时候,张琪被挑选进合唱团。在合唱团,张琪唱的是二声部。通俗地讲,就像小品中的配角,或者电影里的群众演员,不能缺少,但也不那么重要,光环是别人的。不过,张琪很在意这个二声部的角色,她一唱就唱了十年,从一个小女孩唱成了一个大姑娘。一届又一届的师哥师姐们毕业了,处于中心位置、聚焦在镁光灯下领唱的主角们换了一个又一个,张琪还是配角,领唱、独唱从来没她的事。

张琪心里也犯嘀咕,她其实一直在"觊觎"着主角的位置,从进合唱团的第一天,她就有这个愿望。她也去找过老师,表达了自己的想法。老师说,你的音准还可以,但音色一般,独唱和领唱有点欠缺。张琪有点怀疑自己,到底适不适合唱歌。六年级时,一起唱歌的几个同学都退出了合唱团。外婆也劝她,不唱就不唱了,要上初中了,把心思集中到学习上来。可是张琪做不到放弃,她实在是太爱唱歌了。她没有怪老师,而是在自己的身上找原因,觉得一定是自己在唱功唱法上还存在缺陷,就加倍地刻苦练习。每天放学回到家里,她就听各种歌带,琢磨唱歌的技巧。在房间里,对着墙壁练声;在阳台上,对着天空歌唱。让自己的理想和老城南建筑古旧屋顶上飞起的鸽子们,一道在城市的上空飞舞。没有多少人会在意一个盲孩子的梦想能走多远,只有她自己知道,音乐是连接她和这个世界的巨大桥梁,让她感受到真实的自己,真实的世界。

为了音乐的梦想,张琪告诉自己,必须坚持。

机会终于来了。张琪初三的时候,团友们毕业的已经毕业,没毕业的还上不来,合唱团出现了青黄不接的情况。没有合适的人能担当起领唱和独唱的任务。

老师突然想到了张琪——一直在默默坚持的张琪,就让她来试试。张琪一亮歌喉,老师居然愣了一下:这孩子唱得不错啊。看来，以前的注意力，过于集中在几个拔尖的学生身上了。毕竟，盲校的合唱团不是专业团体，做不到面面俱到。张琪不在意过去唱了十年的二声部，她珍惜多年坚持后迎来的每一次登台机会。

② 盲人的职业不仅仅是推拿

在歌声的陪伴下，张琪初中毕业了，那是 2008 年。初中毕业后，张琪和班上的同学一起选择了自己学校的中专班。中专班实行的是职业教育，开设了盲人推拿按摩专业。

张琪不反对盲人从事推拿按摩，但她从内心里不喜欢这个职业，甚至有些抵触。现在的社会，一提到盲人，就必然和推拿按摩联系在一起。作为盲人，张琪知道，不是每个盲人都适合推拿。之所以很多盲人都从事这个职业，是因为盲人就业选择的余地不大。对不喜欢推拿，却为了生活去从事推拿的盲人，张琪的心里有着深深的理解和同情。她说，她做不到去从事自己不喜欢的职业，人生应该对自己负责，对自己从事的工作负责。如果不喜欢而去做，是做不好的。当然还有另一个更重要的原因，就是她不想中断自己对音乐艺术的追求。

中专三年，张琪说自己的学习成绩一般，理论知识都能过关，技能上没花多大精力。好在老师们很理解，知道她以后不会从事推拿工作，就鼓励她在音乐上多下功夫。

中专二年级，合唱团要代表学校参加南京市的一个合唱比赛。盲校很重视这次比赛，专门邀请南京艺术学院的著名声乐教授顾雪珍老师来指导节目排练。盲校教音乐的李梦吾老师被张琪对音乐的执着追求所感动,看她的基础也不错,就借此机会把她推荐给顾教授。顾教授听了张琪的歌声,也欣然同意收下这个盲人弟子。

张琪说,认识顾教授,是她艺术生涯的真正起点。

顾教授首先帮张琪明确了唱法。以前,张琪一直唱的是美声。顾教授让她把各种唱法都唱给她听,根据她的音质特点,确定她朝民族唱法的方向努力。顾教授很喜欢张琪这个盲人弟子,但顾教授治学非常严谨,并没有因为张琪是盲人而在专业上对她有丝毫放松,甚至比对其他学生还要严格。顾教授知道,张琪的音乐道路对她的人生意义,远远超越她的其他任何一个弟子。

张琪是在课余时间到顾教授的家里去接受辅导的,每次辅导结束,顾教授都要布置给张琪歌唱的曲目,让她回去抓紧练习,并明确要达到什么程度。顾教授的话很狠——觉得苦,或者达不到要求,下次就不要来了。张琪心里明白,顾教授是看出了她不服输的性格和对音乐的喜爱,在激励她,激发她的音乐热情和斗志。从事音乐的人,仅靠喜欢是不够的,喜欢音乐的人太多了。走音乐之路,就得有和七个音符作战的高昂斗志,没有斗志,就丧失了前进的动力。

张琪对音乐的热爱,不仅仅是在声乐上,她也喜欢乐器演奏。不过刚开始接触乐器时,她觉得苦,觉得累,也有畏难情绪。

小学五年级,外公送她去少年宫学习电子琴演奏,她不太愿意,外公就和她一起学。外公学会了,再把老师教的曲子翻译过来，一点一点教她。外公不是学音乐的，但为了她，费尽心思，那么大年纪还去少年宫陪读、陪练。张琪慢慢理解了外公的苦心。随着时间的推移，弹奏的曲目越来越难，外公跟不上了。外公只能把老师教学中示范的曲目录下来，带回家，让张琪边听边一遍遍地重复练习，直到熟练掌握。听录音来练习曲目难度很大，常常是弹了前面，想不起后面，弹到后面，又忘了前面。张琪记得在练习巴赫的名曲《创意》时，几个声部交织在一起，纷繁复杂，纵横交织，她坐在那里，像个迷失了方向的路人，不知何去何从。在时间和精力上也需要巨大的付出，有时坐在琴前面一天也弹不了几行，一首稍长的曲子从开始练习到熟练弹奏，需要两三个月。张琪时时都有崩溃的感觉，然而，她咬着牙坚持了下来。

年复一年，不服输的张琪用了五年的课余时间，终于熟练地掌握了电子琴的演奏技巧，顺利通过考试，拿到电子琴的十级证书。考级时，考官们得知那行云流水般的琴声出自于一个盲人女孩的演奏，一个个禁不住轻轻地点头，又轻轻地摇头，发出不可思议的赞叹。在电子琴的基础上，张琪再接再厉，刻苦练习钢琴，又拿到了钢琴十级证书，取得了她人生之路上的又一个突破。

③ 选择参加困难重重的高考

很快，到了中专三年级，张琪面临着毕业后的选择。掌握了推拿按摩技能的同学们，可以选择去诊所、街上的按摩店或保健中心工作，还可以选择去盲校和南京中医药大学联办的推拿大专班继续学习。

选择了音乐道路的张琪能去哪里呢？

思来想去，张琪觉得唯一的也是最好的出路，就是参加高考，争取上大学。

虽然这样想，但张琪清楚，选择高考的道路，对自己来说困难重重。一个盲人，没有上高中，读了三年职业中专，想通过高考和普通高中的学生竞争，进入大学，难度可想而知。还有一重困难，是来自家里的阻力。当她说出要参加高考、去上大学的想法时，家里人都觉得是一件不可能实现的事情。在他们的信息涉猎范围内，还从未听说过一个中专毕业的盲人学生可以成功通过高考，跨入大学的门槛。包括做教师的爸爸妈妈在内，几乎所有人都认为张琪是在瞎折腾，不切实际地异想天开。家人劝她，中专毕业，不做推拿也可以，找个其他的工作，早点走向社会，也让家里放心。

张琪知道，家人的规劝是从实际出发的关爱，是怕她希望太大，失望更深。

一个人待着时，张琪也不由得纠结起来。思想斗争了一番，她告诉自己，不管结果如何，她必须试一试，她不想让自己后悔。人不能决定结果，就只有掌握过程。即使最终不能如愿，人生也不能留下遗憾。张琪的性格，决定了她必须走下去。张琪并不是孤单的，她不是一个人在奋斗。周围的所有人中，还有一个人支持她参加高考的想法，那就是陪伴她多年的外公。不得不说，张琪的成长，和她有一位开明、宽容、坚毅的外公，是分不开的。张琪说，她为自己有一位这么懂她这个盲孙女的外公感到幸福。

既然认定了高考的道路，张琪拼了。那段时间，张琪以超负荷的学习量在冲刺。盲校的老师很支持这个倔强而又与众不同的学生，几个老师都尽力帮助她复习各门文化课。

张琪报名参加了江苏省音乐类考生的高考专业考试，考试在南京师范大学音乐学院进行。考试后，顾雪珍教授觉得她发挥得还可以，但张琪对自己却不太满意。分析原因，她觉得自己太紧张了，心里总想着，考试关系到自己能否上大学，背上了包袱，有不小的负担。

虽不是高中毕业，但和所有参加高考的学生一样，张琪也经历了一个情绪紧张、心潮起伏、柳暗花明的高考季。

功夫不负有心人。虽历经坎坷，2014年夏天，张琪如愿拿到南京特教学院的录取通知书，跨进了大学的校门，开始了自己梦寐以求的大学生活。

④ 从大学校园到维也纳金色舞台

进入大学校园，张琪开启了自己崭新的生活，但同时，困难和不适也接踵而来。

南京特殊教育师范学院是国内唯一一所独立设置专门以培养特殊教育师资为主的高等学校，其主要任务，是招收参加普通高考的健全学生就读。结合教学和实训等需要，校内的无障碍设施虽做了很多考虑，但并不能面面俱到。张琪作为学校第一个融合教育的盲人大学生，她只能跟着众多的普通大学生一起学习、生活。

张琪就读的音乐学院在学校的博韵楼内。博韵楼有个三层的旋转楼梯，因为转着角度向上盘升，就出现台阶一头大一头小的现象，最窄处只够踏上一只脚尖的宽度。一般来说，盲人对重复走过的地方，记忆中会留有分寸，可是她走了几遍旋转楼梯，心里还是没底，一到那里心里就发怵。张琪和同学开玩笑说，这个楼梯好像是专门为"坑"她而设计的。再难也得走，在同学们的帮助下，她掌握了规律，贴着右边的墙壁走，脚踩到的部分最宽，终于将这个设计师无意留给她的"坑"跨过去了。跨过包括旋转楼梯的"坑"在内的各种障碍，张琪脚下的路平坦了许多，她和校园内的坡道、路口、转角、绿岛、围栏，逐步形成了默契，克服了环境上的不便。

进入大学，张琪与人相处的心态也发生了很大的改变。以前在盲校，都是盲生在一起，老师们会把他们的方方面面照顾得很仔细、很周全。过去，家里人和平时在有限范围内接触到的人也会从他们的角度考虑，尽量地适应他们。时间长了，盲生们觉得别人的做法，是应该的，理所当然的，习惯了。有时稍有不如意，还会生气。

大学里，周围接触的基本上是健全人。一个班级三十个学生就她一个盲生，不可能都围着她转，都按她的习惯和需要来，尽管老师和同学们已经非常注意她的需要。老师们上课用的是普通的教材，教材没有盲文版，而且短时间内也不可能为她把教材翻译成盲文。每天上课张琪和同学们一样坐在教室里听老师讲，她有一只录音笔，上课前会打开，放在桌子上，全程录下老师的上课内容。课堂上有不懂的，晚上回到家再一遍一遍听，还不懂的,第二天再向同学和老师请求帮助。

同学们知道张琪上课需要录音,所以除了互动环节,他们每节课都会很安静,担心她的录音效果不好。生活上,同学们也非常照顾她,每天自发轮流陪伴她。教室、公寓、食堂、琴房……到处都有同学陪伴她左右,大家相互学习、共同进步。张琪活泼开朗的性格,待人的大方热情,与同学们的坦诚交流,对文体活动的热爱,都让她和同学们彼此之间零距离。当别的同学遇到困难时张琪会积极主动、真诚地给予热心帮助,把别人的事情当作自己的事情。音乐上,张琪的基础比同学们好,她也经常和同学们讨论如何弹钢琴,如何练习唱歌,和大家一起提高、进步。张琪说,她喜欢周围的每一个人,他们构成了她的生活和世界,是她生命中不可或缺的元素。有了他们,她才活得充实,活得有意义。

艰苦的努力,执着的追求,结出了一连串沉甸甸的硕果。

2014年、2015年,张琪两次荣获一等奖学金,两次荣获校级"三好学生"称号,一次荣获校级"优秀团员"称号,还有一次获得江苏省教育厅颁发的国家励志奖学金,奖金8000元,这是在校大学生获得奖学金的最高等级。2016年,张琪荣获全校"自强先锋"称号。2017年,她被选为江苏省"大学生年度人物",并荣获全国"大学生年度人物提名奖"。

为了锻炼自己的音乐能力,也为了更多地向社会展示一个盲人大学生的风采,宣传残疾人,促进更多人对残疾人的了解,学习之余,张琪经常参加社会文艺汇演和音乐比赛活动。早在2014年8月她还是一个准大学生时,她就赴韩国比赛,荣获韩国亚洲音乐舞蹈艺术节声乐大赛普通高中组民族唱法独唱金奖。2015年,她获得中国残疾人联合会、教育部全国特教学生艺术汇演声乐二等奖;2016年,她参加南京市"爱在金陵·残疾人文艺汇演",用一首字正腔圆、慷慨激昂、饱含深情的独唱——《报答》,赢得全场观众们长时间的热烈掌声,获得声乐组一等奖。

2015年8月12日至23日,萨尔茨国际音乐舞蹈艺术节在奥地利维也纳举办,这是一场顶级的国际音乐盛会。维也纳是每一个音乐人的天堂和理想的圣地,张琪也不例外。作为把音乐当作自己毕生追求的人,张琪渴望能去莫扎特的家乡朝拜,渴望能去萨尔茨的大舞台一展歌喉,与来自世界各地的音乐人交流,使自己得到更大、更高层次的洗礼。向家人和老师们表达参赛的愿望时,她说,她没有想一定要去获一个奖,她只是想让自己的歌声能飞得更远,让自己得到更强烈的艺术冲击和激情碰撞。

张琪是敢想敢做的,也是幸运的。她想去维也纳参加活动的想法,家人支持,老师同学们支持,在她跨入大学校园后依然倾情关注她的声乐导师顾雪珍教授也支持。在顾教授的亲自指导下,她认真准备了一首女高音参赛曲目——《春天的芭蕾》。从报名参加活动到启程去维也纳,张琪在顾教授的辅导下,用了一个月的时间做准备。张琪记不清自己把这首著名的曲目,听了多少遍,唱了多少遍,琢磨了多少遍。那段时间,《春天的芭蕾》在她的耳朵里、嗓子里、记忆里、心房里都磨出了茧,生了根,发了芽,渗透进了她青春的灵魂。

维也纳,当华灯初上时,那举世瞩目的金色舞台向张琪展开了迷人的怀抱。中国"夜莺"一展歌喉,这个来自遥远的东方古老国度如酥江南的隽秀女孩,发出的清丽、清脆、清纯、清亮的歌声,一下摄住了场下观众的心魄。歌声收止,余音不绝,掌声四起。尤其当主持人动情地告诉大家,张琪是一位盲人大学生时,那些金发碧眼的观众们先是发出轻声的叹呼,接着又以西方特有的赞誉方式,把暴风骤雨般的掌声如海浪翻滚般推向张琪。音乐没有国籍,张琪的歌声是中国的,是奥地利的,也是世界的。身在异国他乡,张琪一点也不感到陌生,她被拥抱在温暖、祥和的气氛中。结果,张琪毫无争议地获得了本次艺术节声乐比赛的一等奖。

载誉而回,张琪很快归于平静。对于过去的比赛,张琪感觉有太多难忘的瞬间。她享受到了自己的成功,也体会到其他没有获奖选手的失落。她说,电视上播放的那些选秀节目,选手被淘汰时的痛苦之情都是真实的。他们的专业、细致、敬业和面对挫折的态度都值得她努力学习。她说,一次次的比赛,让她终于明白那些众口称赞的经典曲目是如何打造出来的,那就是付出和收获终会成正比。只是人们看到的都是成功,而失败永远被淹没在成功的光环下,成了被人忽视的阴影。她对荣誉和音乐有了全新的理解。

张琪成熟了。

⑤ 唱支山歌给党听

上大学之前,张琪从未想过,自己有一天会成为一名中国共产党党员。用她自己的话说,想都不敢想。

进大学不久,有次外公来接她,祖孙俩走到一个宣传栏前,外公看到墙上贴着一张发展党员的公示,就读给她听。张琪很羡慕,心也被轻轻地拨动着。外公对她说,你要是哪天能成为一名党员,外公就开心了。张琪问外公,入党很难吗?外公说,是的,你要在各方面都很优秀,让党组织认可你才行。

从那以后,张琪的心里又多了一个梦想。梦想长得很快,小小的心房实在装不下了,她跑去找了辅导员杨秋月老师,杨老师又带她去见了音乐学院的党总支书记杨荔老师等人。老师们听了她的想法,非常高兴,鼓励她向党组织递交入党申请书。张琪用了双休日整整两天的时间,用盲文写好了自己的入党申请,又在同学的帮助下,翻译成汉字,郑重地签上了自己的名字。

递交了入党申请后,张琪觉得自己无形中多了一份监督,感到时时刻刻都有很多目光在注视自己的言行。她告诉自己要在学习、班级工作、社会服务等各方面更加严格地要求自己,以实际表现接受党组织的考验。一个阶段的努力后,张琪被推选为入党积极分子,参加了学校党校举办的积极分子培训班,进一步提高了自己对党的认识。

在校大学生入党,需要经过团组织推荐。在班级团支部的推荐会上,全班团员一致推荐张琪入党。她不仅感化了自己,也感动了周围的每一位同学。她让一起学习、生活的同学们看到了一个盲人同学的坚定、乐观、坚毅,看到了她一天天、一点点的努力,看到了她向党组织不断迈进的步伐,看到了她对党组织的淳朴情感和纯真信念。

经过党组织两年的悉心培养、严格考察，2016年的春天，张琪通过学校党委的组织发展预审，并通过全校公示。7月1日，在党的九十五岁生日那天，张琪加入党组织的发展大会在音乐学院会议室举行。发展程序结束后，党员老师们问张琪有什么想法。张琪说，她想唱首歌，献给敬爱的党。老师们热烈鼓掌。张琪清了清嗓子，一曲《唱支山歌给党听》在会议室里响了起来。从走上音乐道路的那天起，张琪有过数不清的表演，可她说，那天的歌唱是她生命中最动情的呼唤，也是她生命里最珍贵的记忆，她会永远记住党的生日，记住2016年的这一天。

入党后，张琪要求自己发扬一个学生党员的模范作用，事事处处做表率。得知学校又招了六名新的盲生，张琪结合自己的学习经历，深知没有专门的盲文教材，无法看书做笔记会给他们的学习带来很多不便，就花费很大精力，将自己过去学习积累下来的盲文资料汇总在一起，制作成册子，提供给盲人学弟学妹们参考。她希望她的这些努力能够帮助到他们，让他们更好地适应学校的学习和生活，取得更大的进步。

在学校党委组织部举办的"两学一做"知识竞赛中，张琪也积极报名参加。主办单位没有专门的盲文竞赛试卷，她提出，由主考老师根据试卷提问，她口头答卷。老师知道，这种答题方式，比看着试卷做题要困难许多，但张琪自信地说，没问题。

这可能是党的所有知识竞赛中，最与众不同的一场竞赛了。在评委们的见证下，学校党委组织部的老师读出竞赛试卷的不同题型，张琪根据复习掌握的知识作答。同样的试卷，同样的时间，同样的评分标准，整场竞赛结束，结果张琪获得了全校二等奖的好成绩。组织部的出卷老师,看着神态自若的张琪,点点头,又点点头,露出赞许的笑容,投来敬佩的目光。要知道,竞赛的试题,内容来自党章、党规和习近平总书记系列讲话,及其他众多的文件资料。普通党员参赛尚且捏了一把汗,张琪是如何做到熟练地掌握这些内容的?带着大家的疑问,音乐学院党总支书记杨荔老师在赛后询问张琪。张琪没说什么,从课桌抽屉里拿出厚厚的一沓盲文纸,上面打满了密密麻麻的资料。张琪说,她让同学们帮她读,把很多知识点都尽可能地翻译成盲文,然后反复研读,记在心里。杨书记捧着那沉甸甸的一沓盲文纸,不由得心头一热。

奋进的生活总是过得很快,张琪开始了大三的学习、生活。聊天时,老师和同学们问到她毕业后的打算,张琪说她的愿望是去盲校当一名教师,把自己学到的知识和音乐技能,传授给和她一样的盲人学生。张琪说,自己是幸运的,一路走来,得到了许许多多厚重的关爱,她希望更多的盲人学生也能获得和她一样的幸运。为了这份幸运,她愿意努力,也愿意奉献。虽然她知道,要想做一名教师,首先要突破普通话考试,获得普通话等级证书,才能参加申请教师资格证的考试。而获取教师资格证,又必须要通过体检,自己的失明是体检需要突破的障碍。她也知道,突破这些现实的障碍,并不是她一个盲人学生的力量能够做到的。

但张琪相信,已经走到了这一步,她一定能走得更远,在探索音乐艺术道路的基础上,在社会的关爱下,实现做一个盲人教师的梦想。

王彩云

只希望女儿将来有份安稳的工作

> 时间：2016年秋
> 地址：浙江省温州市平阳县昆阳镇
> 身份：聋孩子母亲

2016年11月7日至9日的三个晚上，我下班回到家里，晚饭后，连每天的新闻联播都不看，就坐在电脑前，快速地敲击着键盘，写下这些文字。

我不敢停下来。我觉得一旦停下来，我就写不下去了。

写这些文字前，我反复播放采访王彩云的录音，她那带着湖北恩施山里味道的温州话，从她单薄的身躯里坚强地发出，经过录音笔的吞进吐出，音质也丝毫没有变化。坚定中有沧桑，沧桑里又带着沉静，透出希冀。

① 恩施姑娘嫁到了温州

王彩云绝没有想到自己的生命中会有两个残疾人。

残疾的丈夫,是她主动选择的。

十九岁那年,这个从小在湖北恩施大山里长大的女孩,怀揣着走出大山的梦想,来到恩施城里打工。来城里没多久,她遇到了从温州来恩施做服装买卖的李山兵。李山兵长得粗犷而魁梧,一点不像南方人。魁梧的李山兵一下子吸引了王彩云,他们在不知不觉中很快就难舍难分。可是她和李山兵的相爱受到了家里人,特别是妈妈的坚决反对。天下所有的妈妈对女儿的婚姻,都有着本能的疑虑。更何况,在妈妈看来,李山兵有两个明显的缺陷对女儿不利,让她不能接受。

一是,李山兵比王彩云大十二岁,整整一轮,一比较,王彩云显得太小了。二是,李山兵还是个残疾人。他二十三岁时,在温州老家当地的砖瓦厂干活,手被机器卷进去,左手食指、中指和无名指三个手指都被齐根绞断了。手的模样不好看,功能也受到很大影响。

妈妈不能接受自己的女儿嫁给一个外地的残疾人,但妈妈的反对没有阻挡住王彩云和李山兵。顶着压力,他们义无反顾一道去了李山兵的老家,不久就有了孩子。这种情况下,王彩云的家里人也就无奈地接受了他们的婚姻。新婚回娘家时,妈妈用深邃而无奈的眼光看着她,怜惜地说:"人是你选的,以后再苦再累,你都要自己扛。"

在世人的眼里，温州遍地都是生意人，温州人天生就是赚钱的机器，凡是和温州挂上边的，一定是经济发达，是钱生钱，是藏富于民。坦白地说，温州的"民"确实很富裕，但这个广义上的"民"不包括隶属温州但住在温州市下属的瑞安市山里的李山兵，当然也不包括很多很多和李山兵类似的温州人。

王彩云知道李山兵没多少钱，认识他时，说是做服装买卖，其实也就是个从温州跑到恩施，在大街上摆摊卖服装的小生意人。可是千里迢迢到了李山兵的老家——温州瑞安，王彩云还是有些意外。原来温州也有山，这里的山一点不比她老家恩施的山小、矮。往返李山兵的家，花费的时间和气力，也不比王彩云进出自己老家的大山花费的时间和气力少。

和李山兵走到一起，王彩云没提出过多少要求，但搬出大山去城里居住，是她唯一的目标，也是不二的选择，就像她当初选择李山兵一样坚定。她不能让自己走出恩施的大山，又走进温州瑞安的山里。其时，大女儿小玲已经出生了，她更不能让孩子循环自己的老路，窝在山里，得不到好的教育，长大了就只能出去打工。

李山兵明白她的心思，带着她从山里出来。开始两人在瑞安城里租房子居住，一年房租六七千左右，有点心疼，想想还得买房。瑞安的房价高，横向比较了一下，虽同属温州，但平阳的便宜，商量后就去了平阳。两人拿出做生意积攒的两万多元，在李山兵家里兄弟姐妹的鼎力帮助下，咬咬牙，在平阳县城所在的昆阳镇稍偏的位置买了个房子，安顿下来。

② 女儿慢慢失去听力

日子很安静,也平淡。

王彩云在一家个体的礼品加工厂上班,干包装的活。李山兵还是在外奔波,十天半个月回来一次。为了趁年轻多挣点钱,他们将小玲放在瑞安老家山里的爷爷奶奶那里照看。很快,二女儿也出生了。小玲到了上小学的年龄,王彩云把她接到了平阳。因为户口还在瑞安,平阳的公办学校进不去,小玲只好上了附近的一所民工子弟小学。来到父母身边,小玲聪明活泼,伶牙俐齿,像只小白鸽,整天唱个不停。王彩云上班时间很紧,每天下午要赶着去接小玲,影响工作,就和小玲商量,让她放学先走一段,自己再到半路上迎过去。

一次放学,小玲背着书包蹦蹦跳跳往回走,两个骑摩托车的中年男人停在她的身边,坐在后座的男的说:"小玲,妈妈今天忙,她让我们接你回家。"边说边伸出手,要抱小玲。小玲机灵地躲开:"你说我妈妈让你们接我,你知道我妈妈的名字吗?"男的不知道,就骑着车追过来要抱她。就在这时,王彩云骑着车赶过来了,她远远地喊道:"小玲,谁在和你说话?"两个男的一看,"嗖"地一加油门跑了。

小玲说:"那两个叔叔说,你让他们来接我。"王彩云惊魂未定,从自行车上跳下来,搂着小玲,紧张得浑身打战。此后,即使被扣工资,她也风雨无阻天天到学校来接小玲。

二年级时,老师对小玲的反映渐渐多起来,主要说她不遵守课堂纪律,脾气变得暴躁,破坏性强,经常把教室弄得很脏乱。

王彩云也感到了小玲的变化,在家里会莫名其妙地发火,顶撞妈妈,攻击妹妹,和妹妹玩时不知深浅,经常把妹妹弄伤。王彩云不知道什么原因,和她好好说没用,惩罚了几次,也没什么效果。

终于有一天,老师把王彩云喊到办公室。"小玲的耳朵是不是出了什么问题?她听课时反应很慢。"

"不会吧,好好的,耳朵怎么会出问题呢?"王彩云不相信。

老师建议:"还是到医院去检查看看。"

李山兵回来时,夫妻俩带小玲去了平阳和瑞安的医院看了几次,医生用耳镜检查了说没问题。

小玲慢慢长大了,却变得越来越不爱学习。到了六年级,她几乎不和老师、同学们交流,常常把书本撕碎,扔得满地都是。衣服穿着也不注意,经常弄得脏兮兮的。老师、同学们嫌她脏,不搭理她。放学后,老师经常惩罚她,让她留下来打扫教室,让她把撕碎的纸张一片片捡起来。

小玲变得大家都不认识了。老师、同学、爸爸、妈妈、妹妹,都不认识她了。以前那个活泼、灵动、人见人爱的小玲不见了,现在的小玲焦躁、孤僻、暴力、不讲理,大家不知道她为什么会变成这样。她和家人,和周围的人格格不入。学校里的同学们都躲着她。

老师们建议王彩云,小玲这样不适合在普通学校读书,还是应该把她送到位于郑楼街上的平阳县特殊教育学校去上学,那里都是残疾孩子,不会和小玲爆发冲突。

王彩云没有办法，流着泪，带着小玲去了平阳县特殊教育学校。这是一所培智学校，里面的学生在智力上都有着不同程度的障碍。有的孩子都快二十岁了，还在读二年级。进了学校，王彩云把情况一说，老师说，小玲可能是心理问题，和这里孩子的情况不同，不适合留在这里读书。王彩云恳求老师让小玲在这里试试。老师还没表态，小玲不干了，她扯着妈妈的手往外拖。"妈妈，我和他们不一样，你让我在这儿读书，我还不如死了呢。"

到底是特教学校的老师，对残疾孩子的生理有一定了解，看小玲口齿不是很清楚，其中一个老师说："这孩子可能是后天听力受损，你带她去医院做个检测，看看什么原因导致的，听力损失到什么程度了。"

王彩云抹着眼泪说："去过了，瑞安、平阳的医院都去过了。医生检查说没问题。"

"小医院可能查不出来，带她去温州市儿童医院检查。"

一句话提醒了王彩云，为什么几年了就一直没想到带小玲到温州的大医院看看呢。是自己疏忽了，还是潜意识里压根没想到孩子的听力会有问题？她打电话喊回在外忙碌的李山兵，两人带着小玲去了温州市儿童医院。

嫁给名义上属于温州的李山兵，王彩云却对温州很陌生。从湖北来回，她只在温州市里匆匆转过几次去瑞安、平阳的车，平时很少来温州。这是个名声在外，享誉天下，又非常低调的城市。它的低调表现在它的城市建设和它的知名度及它的财富完全不相称。许多第一次来温州的人，面对真实的温州，自己心理上首先有了落差，甚至还有点失望。这是温州吗？起码不是自已想象中的温州。温州起码应该是香港或深圳的表弟吧,怎么像是中部地区的血统。

王彩云和李山兵忐忑不安地把孩子的命运交给了建筑上很不起眼的温州市儿童医院。

耳鼻喉科的医生一番忙碌,用仪器做了听力测试,辗转几个房间,又做了若干项检查,接着会诊。会诊结束,一个医生招呼王彩云一家三口坐下。

他们之间,隔着一张面色铁青的诊桌。

医生表情冷峻,想带着同情或者温情开始他们的谈话,可是他没做到。医生不是演员,面对病人的不幸,他会有情感的波动,却又不得不用职业的惯性压制住情感,不允许它波动。

谈话开始。

"孩子对声音不敏感,有几年了?"

夫妻俩面面相觑。"不知道啊,没想到她会有问题。"

王彩云陪伴孩子比较多,她使劲想了想。"应该是二年级之后。她从二年级成绩开始不好,脾气也变得暴躁了。老师经常找我。"

"她小时候有没有发过烧,打过针,用过庆大霉素、链霉素之类的药物?"

"发烧肯定有过,小孩子哪有不生病的。"王彩云努力回忆着。"小玲上学前,我们把她放在瑞安山里的爷爷奶奶家,由他们看管。用过什么药水,不清楚。"顿了顿,她又补充,"山里面人生病,一般不出山,就找村里的医生打针、吃药。"

李山兵焦急地问:"用过什么药水,有关系吗?"

"有关系,我们诊断,孩子就是小时候发烧,抵抗力差,用了这些药水,导致听力神经坏死,慢慢地失去了听力。"

小玲不知道大人们在说什么,但她知道他们在说和她有关的事,就抬起头看看妈妈,又看看爸爸。李山兵用残疾的左手去拽小玲,剩下的大小拇指力量不够,没拽住,就又换作右手抓住小玲的胳膊,仿佛将要失去她一般。"那她现在还能听到吗?"

"测试显示,她已经完全失去了听力。"

王彩云像是听懂了,又像是没听懂。"医生,你是说她一点声音都听不到了?"

"是的,医学上叫完全失聪。"

失聪是个很专业的术语。不过,夫妻俩明白,就是小玲彻底听不见声音了。

王彩云眼巴巴地看着医生:"有什么办法能让她恢复吗?"

"听力神经坏死导致的耳聋,不可能恢复的。"

"她会说话的,现在也会说,就是不太清楚。"

"那是因为她已经学会了说话,后来才失去的听力,保留了语言的惯性。"

"那就没有什么办法了吗?"

"只有采用植入人工电子耳蜗的办法。"

"人工电子耳蜗?"见识稍广的李山兵问道,"是不是那个助听器?"

"不是。佩戴助听器需要有残余听力,对她不起作用。"

夫妻俩迷惑了。医生经过一番讲解,在病历上画了两个图,又在小玲的耳后比划了一阵,他们终于大致明白了其中的原理。

可是当医生说出植入一只电子耳蜗需要二十多万元的费用时，夫妻俩都不说话了。二十多万，对他们无疑是个很遥远的数字，就算做了个很大胆的梦也不敢去想的数字。

诊室的气氛异常凝重，有人朝里面探了下头，又很快缩了回去。

医生也不知道再说什么，只能职业地找个台阶下。"你们回去再想想吧，这个温州的医院还做不起来，要做得去杭州或者上海才行。"

那是个温州初夏的中午，天气还不错，风有点大，海里的湿气被一阵阵送进城市，空气中弥漫着海边城市特有的淡淡的腥味。

夫妻俩一边一个拉着孩子，穿行在街上熙熙攘攘的人流里，脚步和目光一样茫然、散乱。在人们眼里遍地流金的温州，钱到处都是，可是对这个家庭来说，钱在哪里？有谁知道，二十多万，可以换得一个孩子的鸟鸣虫唱、欢歌笑语。

回平阳的公交车上，王彩云把小玲紧紧搂在胸前，泪水濡湿了孩子浓密的黑发。

王彩云真想抽自己，狠狠地抽。她觉得全天下没有比自己更不称职的妈妈了。

孩子小时候，为了挣点钱，把她放在山里养，生病吃药自己不在身边。上学后，孩子的听力一天天消失，自己不懂、不知道，还和老师一起责怪她、惩罚她。尤其想到学校里，老师、同学们指责小玲脏，经常罚她留下来一个人形单影只地打扫教室时，王彩云的心里像有把刀在搅动。她疼得快喘不过气来了。她终于明白，乖巧的女儿为什么变得暴躁、易怒、叛逆、不可理喻，因为她的心里充满恐惧。繁华的世界一天天在疏远她，她不知道为什么，也无人诉说。她幼小的心灵承担了无法想象的压力。

③ 打听到温州特殊教育学校

人工电子耳蜗终究是没有能力去做。

小玲小学毕业了，平阳当地的初中没有学校愿意接收小玲去读书，她也不愿意再去普通学校。从温州回来，小玲知道了自己的问题，也接受了自己和别人的不同。别人能听到声音，她听不到，她和他们是不一样的，包括上小学一年级的妹妹。

李山兵拖着伤残的手继续在外忙碌，为了省钱，他由原来的十天半月回来一次，改为一两个月才回一趟家。

看着整天待在家里不愿出门的小玲，王彩云心急如焚。她想，无论如何得让小玲继续读书。

只要有机会，王彩云就要悄悄打听，哪里有学校能接受她听不到声音的女儿读书。她不愿公开，不想让更多的人知道，她的女儿是个聋子。她宁愿夜深人静时一千遍一万遍地忏悔，也不想让女儿再受伤害。打听了一阵，没有结果。她是个外来的务工女人，本身认识的人少，涉及面不宽，消息来源有限。和她差不多生活环境的人，会对她的打听在带有好奇的神情下，再抱以同情，然后就劝她认命，给孩子吃饱穿暖，养大了找个人家嫁出去算了。

王彩云常常是带着一腔希望出去，又带着一肚子怨愤回来。

回到家里,她又得装作平静的样子,把心里的翻江倒海掩饰好,不让小玲看到。

小玲的"话语"越来越少,家里人不主动问她,她基本不说话。小玲有个好习惯,她喜欢看书,虽然勉强上到小学六年级,但她对书爱不释手。她很多孤独的时光,都是在各种书籍的陪伴下度过。书不仅是人类进步的阶梯,还是人心灵的安定剂。即便是对一个失去了听力的聋人孩子,书依然是她不离不弃的好伙伴。小玲什么书都看,看懂的、看不懂的,她都看。

小玲对书的痴迷,让在恩施的山村小学只上到二年级就辍学的王彩云,既欢喜又忧伤。这么好的孩子,怎么就不能让她好好地读书呢。

一天,无意中路过郑楼街,王彩云看到带着小玲来过的平阳县特殊教育学校。她想,这里面的孩子智力不太好,他们都有学上,自己的女儿听不到声音,怎么就没地方上学了呢。

王彩云进了学校,找到校长。校长听她说后,告诉她,温州全市的聋孩子都集中在永嘉县瓯北镇和二村的温州市特殊教育学校上学,可以去那里报名。王彩云请校长写下了详细地址。校长提醒她要带上户口本。

回到家里,她给李山兵打了个电话,把消息和他说了。李山兵也高兴不已,说等他两天,把手上的一点货物卖完就回来,一起带孩子去报名。王彩云等不及了,她让李山兵不急着回来,自己打算明天就带小玲去找那个学校。李山兵不放心,给也住在平阳、离他们家不远的大妹妹打了电话,让她第二天请假和王彩云一道带小玲去找学校。

找永嘉的瓯北镇很顺利。永嘉县是温州的郊县,隔着瓯江和鹿城区相望。鹿城区则是温州的老城和中心所在地。一座瓯江大桥将两边的手握在一起。看起来,鹿城的劲还是要大点,透露出城里人常有的矜持气质,永嘉则显得乡土点。瓯北镇是永嘉的重镇之一,就在瓯江边,是全国最大的阀门生产基地。走在瓯北的街头,有名的红蜻蜓和奥康皮鞋的广告随处可见。为了衬托和彰显温州的国际范,很多广告招牌刻意地使用双语,加了英文翻译。

到了瓯北镇,问和二村,费了点劲。快速的城市化进程中,原有的村庄早已是历史和记忆。老人们带着历史和记忆被请上了高楼,在楼下忙碌的年轻人来自天南地北,他们的头脑中只有街道,没有村庄。问特教学校,更是不知所云。很多人是第一次听说这个名词,遇到一个心情好、除了生意经外尚有点探究欲的还反问她们,特教学校是干吗的。

踅摸一阵,在一个小五金店,终于遇到一个曾经去特教学校送过材料的小店主。

"哦,你们说那个哑巴、呆子学校啊,我去过,去送过东西。"小店主倒也热心,领着王彩云她们拐过两个路口,指指不远处一栋高大的楼房。"就朝着那个绛红色的高楼走,到了楼下,对面就是那个学校的大门。"

来到学校宽敞的大门前,看着里面粉墙黛瓦、绿树盎然、鲜花盛开,一派生机勃勃的校园,王彩云犹豫了一下。

门卫师傅看到她们,主动走上来,问明来意,就把她们领到了启喑部主任的办公室。主任黄老师看了王彩云带来的户籍在瑞安的户口本,证明她们属于温州大市的范围,符合入学条件,就和她们聊了一会,简单测试了一下小玲。看到小玲通过看老师的口型,就能大体"读"出要表达的意思,黄老师脸上露出满意的神情。她鼓励小玲以后要多说话,大胆地说,尽量少用手语。事实上,小玲虽失去了听力,是个聋孩子,但她一直在普通学校就读,基本不会手语。黄老师教聋孩子多年,她担心小玲难得保留的口语能力在入学后会慢慢让其他聋孩子给"同化"了。这在特教学校,比比皆是。因为,聋人相互之间更喜欢用手语进行交流,手语对于失去听力的他们,有着天然的便捷和亲切感。

小玲顺利入学了,王彩云万分不舍,也是提心吊胆地离开了学校。她是担心小玲在那里没法习惯。

温州市特殊教育学校不仅有着美丽的校园,全国一流的教学、生活、康复设施,还有着充满爱心、把残疾学生当作自己孩子一样的老师。小玲很快适应了在特教学校的学习和生活。小玲不仅适应了,她还有其他孩子没有的优势——她有相对而言算不错的口语能力。于是,小玲常常成为老师示范和表扬的对象,老师要班上同学向她学习,多说话,提高口语能力。

小玲找回了自信,人也变得快乐起来。她甚至偷偷地练习唱歌,尽管听不到自己的歌声,但她知道自己唱出来了。她为自己想唱歌、能唱歌而自豪。

王彩云拎在小玲身上的心算是暂时放了下来。让她高兴的事还有一件,她的小女儿原先也在小玲读过的民工子弟学校上学。小女儿遗传了爸爸李山兵的基因,二年级就长到了一米六二,老大的个子,班上的同学都不到她的肩膀。小女儿还有山里孩子特有的耐力和身体的敏捷、灵活,她的优势在一次县里的小学生运动会上让平阳县实验小学的体育老师看中了。平阳实验小学的传统体育优势项目是女篮,拿过温州市的冠军,还代表温州市参加过省里的比赛,是平阳县教育系统的名片,也是平阳县素质教育成功的标志。小女儿顺利进了实小,作为体育特长生,要住校、集中训练。

小玲在温州市特殊教育学校上学,每两周放一次假,王彩云都接回来,再送回去。两个孩子都不在家的时候,王彩云就在工厂加班,她从早上八点干到下午五点,中午一个小时吃饭,就在厂里的食堂对付一下。晚上又从六点干到九点,工厂要关门了,她才揉着酸痛的腰腿,回到家里简单吃点爬上床休息。

李山兵的小买卖,时好时坏,拿回来的钱不多。王彩云要挣钱,她需要钱,她要挣很多的钱。尽管拖着瘦弱的身躯,拼了气力去干,但是到每个月月底结算时,她拿到手的工资也不过三千块钱。可是她已经很满足了,毕竟两个女儿现在都有了不错的学校读书。特别是小玲,谁能想到,一个听不到声音的残疾孩子,还能有那么好的学校让她上学呢。王彩云觉得自己有些满足了。是那种社会底层的人,得到一点意外之喜就很庆幸的满足。

时间过得很快,小玲八年级了(特殊教育学校实行九年一贯制,八年级从学制上相当于普通学校的初二)。

有个周末,王彩云到学校接回小玲,刚到家,小玲突然抱着王彩云痛哭起来。王彩云吓了一跳,托起小玲泪眼婆娑的脸,问她怎么了。

小玲抽泣着说:"妈妈,我对不起你。"小玲和妈妈交流没有障碍,她能看懂妈妈的口型,妈妈也能听懂她在别人听起来含糊不清的口语。母女间的这份默契,其他人无法理解。

"怎么了?小玲。"

"我对你不好,总是朝你发火,惹你生气。我不是个乖女儿。"

王彩云的泪水哗地流了下来。她一直对这个女儿抱着赎罪的心态,在迁就她、哄着她。只要女儿高兴,让王彩云割下自己身上的肉,她都舍得。可是女儿这一道歉、一认错,触动了她心底所有的疼、痛、悔恨、无奈和委屈。她受不了了!

可受不了还得控制。一定有什么事情触动了小玲,她了解自己的女儿。

王彩云扶着小玲坐下。"发生什么事情了,说给妈妈听。"

小玲擦把眼睛,泪水还是喷涌不止。

原来,班会课的时候,班主任叶老师问了小玲和同学们一个问题。"同学们,你们的爸爸、妈妈知道你们爱吃什么菜吗?"

同学们纷纷表示:"知道。"

叶老师请几个同学在黑板上写下各自喜欢吃的菜,然后拿出他们的爸爸妈妈来学校接他们时分别在纸上写给老师自己孩子喜欢的菜名。一对照,没有一个不对。孩子们都很惊奇,都"说"没"听"爸爸、妈妈讲过呀。

叶老师又问:"你们知道爸爸、妈妈爱吃什么菜吗?"

小玲和同学们一片茫然,他们真的不知道爸爸、妈妈爱吃什么菜。他们从来没有想过,也没有问过。

叶老师又举了几个家长关心孩子的例子,告诉同学们爸爸、妈妈抚养他们的不易和艰辛。其中就说到小玲的妈妈王彩云加班加点上班挣钱的事。孩子们的心被深深触动,在课堂上就哭成一团。虽然身体有残疾,但他们的心是完整的,他们更需要爱,也更懂得爱与被爱。

知道了原委,王彩云的泪水更止不住了。这次是心酸的,也是欣慰的。女儿真的长大了。

④ 女儿对大学的向往

八年级的下学期,学校开家长会,征询家长对孩子今后去向的意见。有两条路可以选择:一是强化文化课基础,考聋人高中,以后继续考大学;另一条是直升本校的职高班,学一门技能去就业,文化课可以适当放松些。

老师请家长回去和孩子商量,并且强调一定要尊重孩子的意见和实际情况。

王彩云问小玲的想法。

小玲说有些矛盾,既想上高中考大学,又想上职高早点上班,减轻爸爸、妈妈的负担。

王彩云说支持她上高中,会比上职高有出息。

小玲又有些畏难:"妈妈,我的数学不好,考聋人高中分数可能不够。"

小玲的成绩王彩云清楚,她的语文和其他科目都还不错,每次考试都在八十分左右,就是数学差一些。

王彩云把女儿搂过来,让她看着自己的眼睛:"数学妈妈请老师给你补,只要你愿意学,妈妈再累也愿意。"

八年级的暑假,小玲放假回到家里,王彩云托人请了平阳县里学校的老师,每天给小玲补习两个小时的数学课。课时费每个小时八十块钱,基本上是王彩云一天的工资,但王彩云毫不犹豫,她加班的劲头更足了。

有人问王彩云,为一个听不到声音的聋丫头,这样付出值得吗?

王彩云在心里笑笑,什么也没说。说什么呢?!

自己的女儿,自己心疼;自己的命运,自己把握。

我采访王彩云是 2016 年 11 月 4 日的下午,那天是周末,孩子们回家的日子。

采访王彩云时,孩子们已经放学,等着跟妈妈回家的小玲也推开门,轻轻溜进会议室。她真是个聪敏、机灵、可爱的女孩子,乌溜溜直转的大眼睛,忽闪忽闪好奇地看着我。她知道我不是他们学校的老师,这里的老师从校长李科到食堂师傅她都认识。他们也都认识她。

我打手语和她打招呼,她摇手示意——不用,我递一瓶农夫山泉给她,她说"谢谢"。我听得很真切。采访途中,王彩云出去接了个电话,小玲借机和我聊了起来。她告诉我,她想上高中,还想去杭州,或者南京,或者天津,上大学。她的眼中充满向往,和我见过的这个年龄段的孩子的向往,既一样,又不一样。

她的向往让我动容。

我说,你一定能做到,一定会让妈妈骄傲。

我们谈话的地点,是位于瓯江北岸的温州市永嘉县瓯北镇和二村温州市特殊教育学校行政楼二楼的一个宽敞而简洁的会议室。

采访前,我旁听了温州市特殊教育学校家长委员会的换届选举,在这个会上,王彩云和十二位家长一起当选为新一届家长委员会委员。

当选的家委会成员要逐个表态发言,王彩云羞怯地表示:"我只上到小学二年级,水平不行的。"从李科校长手中接过盖着大红公章的证书时,她的表情庄重而沉静。她说:"我一定会认真做好事情。"

这是我第一次见到小玲,还有她的妈妈——王彩云。

采访结束,当她们母女走出会议室,我送到门外,透过行政楼明净的玻璃窗,我看到已经高过王彩云的小玲挽着妈妈的胳膊,穿过校门口的马路,走上川流不息的大街。我看不出她们有什么不同,而她们和周围的人又确实不同。

也许,今生我再也不会见到她们;也许,有一天,我会在小玲想去读大学的某个校园里,看见这个听不到声音却春风沐面的女孩子。那时,她又该长大了许多,变化了许多。

我想,不管小玲变化有多大,我一定会记得她、认出她。

杨福珍

希望孙子长大后能照顾他爸爸

时间：2016年秋
地址：江苏省淮安市洪泽区黄集镇杨二村
身份：脑瘫孩子奶奶

    位于中国五大淡水湖之一——洪泽湖之畔的洪泽原是个不大的县(2016年改县为区)，只有30多万人口。虽然地处苏北，经济不是很发达，但洪泽人对教育却和全国绝大多数地方一样，异常重视。很多家在农村的人，在孩子上了县里的高中后，就到城里学校的附近，租一处房子，名为照顾孩子的生活起居，实为陪读，也有监督、管制的意图，担心孩子不学好，耽搁了前程。

    从2011年的9月开始，家在农村的杨福珍也在洪泽县城开始了陪读的生活。与其他人不同的是，她陪读的孙子上的是洪泽县特殊教育学校，也就是说，她的孙子是个残疾人。她的陪读是名副其实的照顾孙子的生活。

① 孙子残疾，儿媳妇走了

我见到杨福珍和她的孙子许家铭，是在他们的出租屋里。

面对洪泽县特殊教育学校大门有条窄窄的巷子，进巷子行走约八十米，巷子的右边有道敞开的门。说是门，其实就是两个墙垛立在那里，让人有进出的概念。墙垛之间是空的，没有任何遮挡。进了门，是个杂杂的院落，院内建有几排平房。向右走几步，第一排房屋从右向左数的第二个门就是杨福珍和孙子租住的房间。

那是个周五的下午，通常每周的这个时间，他们祖孙俩会收拾简单的衣物等行李，赶回约十六公里外黄集镇杨二村乡下的家。

事先知道有人要来，杨福珍站在门口迎着。进屋后，她让我坐在靠近门口的椅子上，自己坐在床边。她的孙子许家铭坐在她的身后，从奶奶的肩膀上探出头，用陌生的表情，定定地看着我，眼神专注而又茫然。

我环视室内，房间大概十三四平方米，屋里靠后墙搭起一张床。后墙上没有窗户。床对面靠近门的侧面是张有些年岁的方桌，桌子上零散地摆放着几只碗和盘子，一只电磁炉上坐着一个平底锅。这些就是他们吃饭的家什。房屋是尖顶，几根水泥杆上架着大大小小、表面明暗不一的木板，木板上就是屋面。进院子时，我看过低矮的屋顶，上面铺着大片大片的红瓦。

杨福珍的目光跟着我的视线在室内短暂地走了一圈。我收回视线,悄悄打量着眼前这位和我母亲年岁相当的老人。杨福珍低下头,不安地交替揉搓着双手,发出沙沙的粗糙声响。

我试探着开始和她交流:"孙子今年多大了?"

她侧回头看看趴在她身后的孙子:"今年十五岁了,按周岁算是十四岁。"

我继续问:"来县城之前,他在哪儿上的学?"

"在家里黄集镇上的学校。"

"那为什么要到县城来上学呢?"

"镇上的老师说他脑子不好,不聪明,教的东西听不懂,也记不住。让我们家里把他带到县里的特教学校来上。说特教学校的条件好,老师也教得好。我们就把他带来了。特教学校没有住校,就只好在外面租房子。我陪着他,给他做饭吃。"话头打开,老人还比较健谈,也愿意诉说她的家事。她的口音夹杂着浓重的淮安方言,但我大体上能听得懂。

"来县城几年了?"

老人想了想,说:"连头带尾五年了。"

"一直是你在陪他吗?"

"是的,他爸爸要在外面打工苦钱,他爹爹(洪泽方言对爷爷的称呼)身体不好,还要看家。只有我来陪他。"

我觉得她少说了一个人,就问:"他妈妈呢?好像没听你说。"

老人停了一会。"她妈妈在他四岁大的时候,就走了。"

我愣了一下,不明白"走了"的意思,也没敢贸然地去问。

老人看出了我的疑惑。"她妈妈是贵州人,那一年,自己跑回贵州去了。"

"贵州人？怎么会从那么远嫁到洪泽来的？"

"我们这里穷，我家条件也不好，儿子人也老实，在本地找不着对象。那时候，就有人说花点钱，到贵州可以找到女人。"

老人停下来，我也没问，看着她静静地在回忆。

"2000年春天的时候，儿子还有村里的几个人跟着贵州的介绍人去了他们那边。我们在家里，天天惦记，不放心，怕出什么事。过了一个礼拜，他回来了，说没看上。我和他爸爸讲，没看上就没看上吧，人安全回来就好。"

"没找到合适的？"

"是的，说人家也没看上他。"

"那后来怎么又有了许家铭的妈妈呢？"

"第二年，带他们去的那个贵州人回来了，直接带了个女人——就是许家铭的妈妈——到家里，说给我们家做儿媳妇。要我们家出5000块钱。"

"你们出了？"

"我们家没有钱，四处借，也只凑了3000块，那个人也答应了，说欠下的2000块，以后给儿媳妇。随后，那个人就走了。"

"然后她和你儿子结婚，留在你们家过日子了？"

"是的，办了酒席，简单办了事，就留下来了。"

"他们领结婚证了吗？"

"没有，她身上什么（证件）也没带，领不了。"

虽然说的是十几年前的事，我的心里却依然惴惴不安。可能是我平时看到类似骗婚的报道太多了。

"结婚后,她是安心在你们家过日子吗?"

"开始也还好,结婚第二年,许家铭出生了,家里都很高兴,她对孩子也很亲。成天抱着,舍不得放下。"

"那时候,她没说要走的事?"

"没有。听儿子说,她在贵州老家结过婚,也有孩子。时常担心她走。"

"后来,她为什么还是走了?"

"我们家里分析,一个她可能在那边确实有家,再一个也与这个孩子有关。"

"与他的残疾有关?"我说出了我的疑问。

"是的。孩子一岁多时,发觉他站不住,一松手总跌跤,右手团在一起伸不开,就觉得不正常。"

"带他去看了?"

"看了,洪泽和淮安的医院,都去过了。医生说看不出来,让我们带他去南京的大医院看。去了南京,医生检查,说他头脑里面有积水。"

"医生怎么处理的?"

"医生说,不能做手术,有危险,就在他的头里面埋了根管子,从身体里走,连着尿管,说把积水排走。"

"回来后好了吗?"

"没见好。还是不能站,左腿没有劲,右手伸不开,拿不了东西。"

"长大点也不行?"

"不行,一动就跌倒。"

"他妈妈就是在这时候走的?"

"他四岁的时候,她说要和他爸爸一起出去打工挣钱。想想她在这边已经生活了几年,就让她去了。可是到年底儿子回来,说她闹着要回贵州老家看看。儿子老实,也心疼她,就把两人两千多块的工钱都给了她,让她到家后给这边打个电话。她答应了,回去也给这边打了电话,告诉她到家了。可是过完年一段日子她也没回来,按原来的号码打过去,说没这个人。再就没回来了。"

"你们没打算让儿子过去找找?"

"找也没有用,她就是不打算回来了。再说贵州那么大,也不知道她家住哪里。"

说到这里,杨福珍抬起洗得发白的腈纶套头衫的袖口,擦拭着浑浊的眼睛。我掏出纸巾递给她,纸巾很快就湿了,缩成一团。她抽泣着:"不回来就不回来吧,就是觉得儿子孤单,也可怜这个孩子。"

我为触发老人的伤心而手足无措,转头看着门外,两个妇女在门外不远处向我们张望。停了一会,我又问:"许家铭对妈妈有印象吗?还能不能记得?"

"呆是呆,对他妈妈倒是知道。有时逗他,让他看他们三个人的相片,他知道抱着他的那个是他妈妈。"

我问藏在奶奶身后的许家铭:"许家铭,想妈妈吗?"

也许不是第一次有人这样问许家铭,他很快回答:"想。"说着低下了头,用左手去弄团在一起的右手。他右手的几个手指,蜷曲在一起,像受热不均、走了形状的花卷。

我问杨福珍:"你觉得他妈妈丢下他一点都不心疼吗?"

"心疼肯定心疼。儿是娘身上掉下的肉,怎能不心疼?她走的时候,给孙子买了一套小衣服,让他爸爸带回来,说过年换上。我有时也想,要是孙子不是残疾人,她会不会走?到底在家里也生活了四年多的时间。"

杨福珍在问自己,我却觉得她是在问命运。但命运只能给她残酷的现实,命运也回答不了假设。

② 埋在孙子体内十年的管子

我们都停止说话,小小的出租屋被我们沉重的心事和呼吸给挤得满满的,让人觉得压抑。像是为了缓解压抑,杨福珍起身给我倒了一碗水,我接在手里。

"老人家,你有几个孩子?"杨福珍似乎是没反应过来,表情迟钝了一下。我带着解释地问:"许家铭的爸爸有几个兄弟姐妹?"

她听懂了。"我生了三个孩子,他爸爸是老小,上面有两个姐姐。"

"她们都在洪泽,离你们不远吧?"

"不远,给的人家都在附近。"

"那还好,可以互相有个照应。"

"也照应不了,日子都过得紧巴巴的。"

"怎么呢?"

"大女婿是个瓦工,原来还可以,后来盖房子从屋檐掉下来,钢筋戳破脾脏,做了手术,不能干重活了。"

我"哦"了一声,小心地问:"那二女儿家呢?"

杨福珍叹了口气。"唉!二女儿是个哑巴,从小就不会说话。给了个人,凑合着过日子。"

我万万没想到,老人家还有个女儿也是残疾人。

"她上过学吗?"

"没有,她今年41岁,那时候不像现在,一个哑巴哪有学上?"

"她现在生活怎么样?"

"还算行吧。女婿对她不错,就是养了个儿子不听话,去年考到苏州去上大学,上了一阵,不知为什么又不想上了,要出来打工。说他也不听。他爸爸、妈妈着急,跑到苏州去看他,他更生气了,不让他们进学校。"

我不解地问:"为什么?"

"觉得爸爸、妈妈不理解他。"

"后来没退学吧?"

"没有,他爸爸发狠了。告诉他要是退学,就不认他这个儿子,再不要回家来。他有点害怕了。到底是小孩子。"

"是不是心疼爸爸、妈妈挣钱供养他不容易?"我揣度。

"有这个原因。放假回来到我们家来,我告诉他,弟弟是个残疾人,以后还指着你有本事照顾他,你不读书怎么行?像你舅舅一样打工,能有什么出息?"

"他怎么说?"

"他眼泪汪汪的,说担心读了书也找不到好工作,还把家里

杨福珍　　　　　　　　　　　　　　　　　　　　希望孙子长大后能照顾他爸爸 〕

的钱糟蹋了。"

"还是挺懂事的孩子,但是要跟他讲书还是要读出来。"

"是的,我和他外公都是这么劝他。好像是懂了些。"

一时不知道和她聊什么,我们沉默了一会。矮小的出租屋又陷入沉寂。巷子里有洪亮的"卖豆腐"的吆喝声清晰地传进来。

我还是引出话题。"家里四口人,靠许家铭爸爸一个人打工的收入,够生活吗?"

"生活够了,其他也没什么花的。粮食、蔬菜自己种,我们在洪泽吃的菜也从家里带,不够就回去拿。有时买点肉给孙子吃。"杨福珍对生活并没有太多怨言。"就是想多攒些钱,把孙子的病好好看看。他越来越大了,老是捂着头喊难受。"

"没问他哪里难受吗?"

"他也说不清。我们估计是埋在头里的管子让他难受。"

我吃了一惊。"这么多年,小时候埋的管子还在身体里面?"我看看许家铭,已经是一个小伙子的模样了。残疾并不能阻止他的身体生长。十年了,埋在他身体里的管子难道也会随着他的身体生长吗? 我想象不出来。

"今年夏天,他爹爹和爸爸带他去了南京的医院。医生说管子不能取出来,要排出头脑里的积水。"杨福珍试探地看了我一眼。"我们怀疑,医生看我们是农村的,家里穷,花不起钱,不给孙子做手术。"

我赶忙劝她:"不会的,如果是钱的问题,医生会直接和你们说的。可能还是脑子里有病因,医生又不敢轻易做手术,只有采取把积水引出的办法。"

她"哦"了一声,她对我这个从南京来的老师的话,还是有点相信。

我继续安慰她,除了安慰我又能说些什么。"等孙子再长大些,体质增强了,能够把脑子里的积水吸收了,就可以把管子取出来。"

她将信将疑。"不知道呢?他已经不小了,管子都在他身上长了十年了,都和肉长在一起了。你说,换哪家的大人不心疼?"她的眼泪又流了出来。

我不想她在这个目前还无解的问题上继续伤心,就尝试着转移话题。"许家铭的残疾,平时能不能从政府拿到补贴?"

"补贴有,到年底,儿子去镇上拿,一年给三千块钱。说可以一直拿到十八岁。"

"那还不错,多少是政府的关心,可以补补家里的用钱。"

杨福珍忽然愤愤起来:"但是拿了他的残疾补贴,低保却不给我们家了。"

我不太明白:"你们家符合低保的条件?为什么拿了补贴就没有低保了?"

"符合条件。我们家是一级残疾,村子里有的人家是二级残疾,拿了残疾补贴,还吃低保。大队书记却告诉我们,只能拿一头,不能两头都得。"

"怎么会这样?"我和陪我一起来的县特教学校的胡校长对视了一眼,他没说话,却用眼神告诉我,农村的很多事情,你无法比较,自然也无法理解。

杨福珍继续不满:"还是因为我们家穷,又不会来事。反正给不给全凭他们一张嘴说了算。"

"没去镇上反映情况?"

"儿子老实,在家也少。我就让老头子去找镇里领导说说。他不愿意去,说自己家孙子是个残疾,不好意思到外面讲啊讲的。"杨福珍又叹了口气。"一家子老实人,活该受穷。"

我感到口渴,还有点焦躁,就端起碗,喝了口水。许是碗里的水不多了,也可能是用力吸气的缘故,我喝水的声响有点大。老人听见了,站起身给我添水。

待她坐下,我又问道:"这些年,孙子主要是你带吧?"

"是的,他妈妈走后,十一年了,基本没离开过,一直带着。"

"觉得苦吗?"

"苦不苦,倒没有想过。反正自家娃子,你不带谁带?残疾也是自家的人,也是一条命,总比小猫小狗要好,不可能推给别的人。田里的活忙时,把他带去朝田埂头一丢,他就坐在那里玩,玩累了他就自己睡觉,醒了也不哭不闹,看我们干事。这些都还好,平常就是担心他有危险。"

我没接话,等着老人往下说。和所有的老人一样,说到自己的孙子,总是有不尽的话语。况且,我这个不认识又愿意倾听她说话的外地人,不会让她产生心理上的负担。在她的生活范围内,谁会听她絮叨一个残疾孙子的事呢。

"我们家住农村,前后都有水。一次,我带他去河边洗东西,把他放在河埂上,他不懂,在地上翻啊翻,一不注意滚到了河里。我吓死了,赶紧跑到河里,把他捞上来。幸好是在河边,水不深,我又不会水，不然救不上来他，我也爬不上来。"仿佛遇险是昨天的事，杨福珍转身怜惜地抚摸着孙子，满脸的慈祥。许家铭好像是听懂了，又好像没有听懂。他面无表情。我注意到，他的面部表情很少变化。

杨福珍看看窗户外面，我意识到他们要回家了。看看时间，不知不觉已经四点钟了。

我征求杨福珍的意见："我想去你家里看看，顺便开车送你们回家。"

她显然觉得意外，转而又很高兴。"好啊，还要劳烦你们开车带我们一起。"

要坐的是特教学校胡校长的车。胡校长说："不劳烦。我们到大门口等，你们把东西收一收，我们就走。"

站起身，我提出给杨福珍和孙子拍个照，想增进一点和他们情感的交流，也是想让他们高兴一些。杨福珍同意了，把孙子拉在身边，拍了个合影。她想要露出微笑，虽然那微笑并未展开，稍纵即逝，但我感受到了那份出于本能的却消失了很久的笑意。只是许家铭还是面无表情。

③ 患白内障的儿子在水泥厂打工

车驶出巷子，上了大街。

五年前，我来过一次洪泽。五年后，洪泽县城已是旧貌换新颜，但车子还是只用了不到十分钟的时间就出了城，让我们看到了深秋季节的苏北农村大地。一路上，很少有工业的身影，两股道的柏油路旁是一排排速成的意杨。农田里,成片的稻谷在生涩的秋风中执着地生长,用略带矜持的微笑,把田野染得金黄,让人觉得无限美好,满含收获的期待。

树叶飘零,秋天是悲凉的。谷物满仓,秋天又是喜悦的。

我侧过身问坐在后排的杨福珍老人:"家里有几亩地?年纪大了,能忙得动吗?"我意识到,我今天用了太多的疑问词。可我又做不到不问。好在她并不在意。

"三亩地不到。种地靠我和他爹爹是忙不动了,我气力小,他爹爹又有病,高血压,天天吃药。大忙时,还是他爸爸回来抢几天。好在现在有收割机了,减少了劳力。就是费用有点贵,收一亩地的稻子要八十块。"

说到劳力,我心里冒出个问题。"儿子这么多年为什么没有再找一个?"

大概没想到我会问这个问题,也可能这是老人心里除了孙子残疾之外的又一个结。杨福珍一时没有回答。

车默默地行驶,在一个路口等红灯时,她才慢慢地说:"想找的,这些年一直想找。但是谁肯来呢?上面两个老的,下面拖着一个小的,还是残疾。而且,现在洪泽农村男的找对象,都要到县城里买房子才能结婚。城里一套房子,少说也要三四十万,我们家根本不可能买得起。"

开着车的胡校长微微回头,大声地说:"你们家那边规划建城北生态园,要拆迁了,拆了就会在城里给你们安置房。"

"听是听说了,不知道要到哪一天呢。"

"快了,你看前面村庄的房屋已经做了拆迁记号。"

我仔细寻找车窗外闪过的高低不一的房屋，似乎是看到面向马路的墙上标了不同的记号，只是没有城里的房子列入拆迁后都要被刷上一个大大的"拆"字那么嚣张、醒目。

特教学校的胡校长也是第一次来许家铭的家，路上，杨福珍老人不断地给我们指引路线。三十多里的路，还是在乡村的道路上弯弯绕绕地转过几个路口，我惊诧于她的记忆力，毕竟去县城的路不在她生活了几十年的村庄范围内。

胡校长看出了我的心思，他说："老人家接送许家铭，都是自己骑小电瓶车来回。"

杨福珍说："骑车方便，坐汽车要等，家门口没有车站，要走一里多路。车票也不便宜，一个礼拜一来一回，坐车我们两个要花八块钱。"

我知道，许家铭虽然可以走动，但拖着那条无力的左腿，走上一里多路，对他是个不小的难题。一个月三十多块钱的路费，可能也让他们觉得是个不小的开支。想着杨福珍近七十岁的年纪和矮小的身躯，我不由得提醒她："路上来回一定要注意安全，车辆多，农村的路口又没有红绿灯。"

杨福珍说："不碍事，我骑得慢，自己小心着。"

约莫半个小时左右，杨福珍指着前面道路右边的房屋说："到了，那就是我家。"

下了车，我看到的是一排平房，从阳光照射着的门和窗户上看，面向正南的是三间主屋。主屋东边有两间小屋，一间上立着灰突突的烟囱，当是厨房。房屋的门前，是一片水泥地，上面晾晒着刚打下的稻谷，稻壳还泛着淡淡的青绿，带着新稻谷打下时特有的青怯。

迎接我们的是两只花白的狗,一大一小,热烈地叫唤,似乎是对主人的归来予以表白,又像是在大声询问我们的不请自来。回到家里,许家铭明显活泼了不少,但他的脸上还是没有表情,或许没有表情就是他的表情。许家铭的活泼,表现在他加快行进的步伐。我看着他在稻谷上行走的模样,他先是右脚使劲跨出去,接着左腿跟着拖过去,稻谷上留下一道歪斜的印迹,左脚略略一撑,右脚再用力跨出去。他朝着屋檐下一只叫得正欢的狗费力地挪过去,走得近了,狗看了他好一阵,不知道该怎么表示,还是犹犹疑疑地跑开了。

大门洞开,家里没人。屋内农具、桌椅,还有收回的农作物混放在一起,堆满一地。几件衣物散乱地扔在农具和桌椅上。

杨福珍嘟囔着,走出大门喊了一声,我没听懂她喊的什么,猜测应该是在喊许家铭的爹爹。果然,从主屋和小屋之间的地方传来一个声音:"在洗澡咧。"仔细一看,那是一个后建的活动板房,有白色的管子通向里面,管子的另一头连着主屋顶上的一台太阳能热水器。热水器很新,看起来用的时间不长。

杨福珍说:"孙子大了,他爹爹带出去洗澡搞不动了,他爸爸就买了个太阳能热水器,可以在家里洗了。"

我说:"冬天洗冷不冷?"

她说:"冬天就挂个塑料浴帐,一两个礼拜洗一次,洗快点,不要紧。"

说着话,一个老人从活动板房里走了出来,个子和杨福珍差不多高,花白、稀疏的头发,头皮清晰可见,穿着宽大的粗布短裤,刚洗完澡的缘故,浑身通红。他边歉意地笑着,边快速走进堂屋,从农具上拿起衣服三两下套在身上,穿好后,裤腿卷在膝盖上,脚上是一双暗黄色夏天穿的凉拖鞋,常穿的缘故,鞋帮裂开一段。

我说:"天凉,你换双布鞋吧。"

他挠着清晰的头皮,说:"不碍事,不碍事,习惯了。"

他掀开堂屋的大豆杆,使劲从里面抽出一个板凳,顺势用手抹了一下递给我。"坐吧,屋里乱得很。"

我说:"我也是农村长大的,农忙时候,都这样。"

我指指屋外的稻谷说,看起来今年收成还不错。

他弯腰捡起脚下一颗跑丢了的大豆,丢进旁边的竹筐。"今年雨水特别多,能收这些稻子是不错了。"

"留下家里的口粮,卖掉后能挣些钱吧?"

聊到他感兴趣的话题,他熟练地算给我听。"收是能收个四千斤稻子,可以卖个两千来斤,但价格上不去,国家收一块二一斤,捂一捂,过段时间,有粮贩子上门来收,一块三毛五,略高一点。"

"那还可以,有几千块钱的收入。"

"净的没有这么多,成本太高了。化肥、农药、电费、种子,还有人工,收割机一亩地八十。都算进去,有限。"

他算的我都懂。我的老父亲和他年龄差不多,依然在农村专心侍弄他的几亩地。可能,老父亲种地没有他种地承载的寄托重,但他们对于土地的期望和情感是一致的,没有太大的差别。我多么希望,他和我的老父亲一样,就做一个纯粹的农民,纯粹地耕种，而不要让土地承受无法企及的重负。

"地里有些收入，多少可以减轻儿子的负担。"我是想增加一点他种地的成就感。

"是啊，能帮他苦点就苦点。在外面打工也不好打，上礼拜回来拿粮食，说三个月没有开工资了。"

"为什么？"

"经济不景气。"他居然说出了一句很专业的话。"工厂效益不好，拿不到钱。"

"那不能换个地方干吗？反正都是打工，哪边有钱在哪干。"

"不行，他眼睛不太好，在金湖县（距洪泽不远的一个县，也属于淮安市）的预制板厂扛水泥，几个人合伙，干熟悉了。换其他地方，干不起来。"

"眼睛不太好？他眼睛怎么了？"我实在是有些震惊和意外，一个女儿是聋人，孙子脑积水导致脑瘫，儿子怎么还视力不好？

"他眼睛有白内障，看东西不清楚，细活干不了。"

"白内障？"据我的理解，白内障一般是和老年人相关的。"他今年多大了？"

"三十八岁，得病好几年了。我们怀疑是长期扛水泥害的。"

"没去看吗？"

"他不肯去，说看了也没用。"

"白内障不是多大问题，可以看好的。很多老年人做了摘除手术，视力恢复得很好。"

"我们也是劝他，他就是不肯去。"稍稍停顿了一下，他又说，"还是得让他去，拖重了也不是个事。"

我坐不住了，站起身，走到屋外。

杨福珍已经前后忙碌了起来，一盆衣服泡在水里，又拎出一袋花生倒在稻谷旁边的空地上摊晒。屋前水泥地的边上种着两棵柿子树，柿子熟了，亮着沉甸甸的橘红，像一盏盏小灯笼挂在房前，给这一家人带来些许喜气。

许家铭的爹爹用木制的翻板翻晒稻谷，木板推动稻谷在水泥地上发出刺耳的"咯吱"声。余音牵肠。

④ 拆迁的期盼与担忧

要回去了，今天聊的都是沉重的话题。

走之前，我想找出一个让他们看到希望的事情，我想到了在路上说的拆迁。

"老人家，听说你们这里拆迁也快了，拆了就可以到县城去住了。"

"讲了有一年了，不知道什么时候拆到我们家。"他好像并没有表现出太多的期盼。

我目测了一下他们家有些历史的三间屋瓦房，从木质窗框的陈腐程度来看，应该是20世纪90年代前后的样式。就问许家铭爹爹："你们家的房子是哪年盖的？"

他非常清楚。"1996年夏天建的。"

二十年了。我在心里想，也就是说，和整个社会二十年天翻地覆的巨大变化相比，二十年，他们的生活基本停留在原地。

"你这房子径步不小，拆迁你估计你们家可以拿几套房子？"

他停下手里的翻动。"按面积应该可以拿两套不大不小的。"

"田亩也还可以拿一笔补贴吧?"

"不多。前面村子拆了,一亩地才补了两万多块。进是进城了,地没了,又没事干,一家人吃什么呢?"他是在担忧以后的生活。

"你放心,进了城就是城市居民,政府会按月发给你们养老钱。"

"现在也有,可那才多一点,我们俩一个月加起来才一百多块。"他看看还在拖着脚步缓缓移动的许家铭。"我们好办,活一年算一年,主要还是不放心他们父子俩。"

"城里的生活补贴比农村高。"我其实并不清楚政策的规定,可还是装作很懂的样子安慰他,"你们的补贴维持基本生活不会有问题。"

除了安慰我又能做什么呢?

我知道,我该走了,就和他们道别。

杨福珍放下手中的活,用小塑料袋装了两袋花生递给我和胡校长,要我们带回去,说自己家种的,不值钱。

我们推辞了,她倒也没坚持。也许是不想给我们负担。

她说:"我还想坐你们的车回去。"

我不解地看着她。

"刚才跟你们回来,小电瓶车还放在那边,我要去骑回来。"

胡校长说:"好的,好的。我们走吧。"

和许家铭的爹爹打了招呼,朝许家铭挥挥手,我们离开了。

透过车窗玻璃,我看到老人停下手中的活,扶着农具的把手在看着我们。

许家铭还在门前的谷场上用右腿拖着左腿一步一步地挪动,他很用力地在身后划出一道道弯曲的印痕。

商 磊

我要用手里的盲杖把障碍一点点敲碎

时间：2016年冬
地址：湖南省张家界市永定区
　　　王家坪镇石堰坪村
身份：盲人

    2016年的国际盲人节（10月15日）到来前的几天，我在微信上看到一个视频，视频的拍摄地是湖南省长沙市。

    在这个名为《一个盲人的日常》的三分三十一秒的视频里，我初识了一个名叫商磊的盲人，也产生了和他面对面交流的想法。我把自己的想法告诉了长沙的朋友王磊，他费了一通周折，终于联系上了商磊。商磊很开朗，知道我想写一本关于残疾人的书，他很赞成，表示愿意交流。

    一个月之后，我在长沙有个会，会后还有些空闲时间，赶紧请朋友与商磊约定见面的时间和地点。由于不是休假时间，考虑到上班的因素，商磊建议把见面的地点放在他工作单位附近。

商磊上午十一点开始上班,我们约的是九点钟见面,就在他工作的单位——颐而康推拿按摩诊所楼下的茶社。导航显示,商磊工作的地方在长沙的雨花区,而我住在岳麓书院附近。担心堵车,我和王磊早早出发,提前十分钟到达茶社。选好就座的位置,点了壶茶水,要了盘瓜子,翻看一眼手机上的时间,离九点还差两分钟。环视茶社大厅,因是工作日的上午,没什么人,大厅显得空旷而冷清。

这时,一阵清脆的声音传了过来。循声而去,一个中等身形,略显发福的青年男子手持盲杖走了过来。不用介绍,我们用力握握手,寒暄几句,就坐了下来。

初冬的长沙,刚经历了持续较长的一段雨期。风雨过后,那天是晴天,太阳和气地挂在空中,阳光探过落地的玻璃,暖暖地在我们身上揉搓,让我们的谈话有了温暖的意境。

商磊不拘束,健谈,愿意谈。只一会儿,我们就熟了。我们的交流比预想的顺畅。

① 生活:家庭的态度至关重要

因为有了视频的先入为主,加上聊天开始后,商磊开阔的思维、清晰的思路,我认为他一定受过不错的教育。可是商磊说他没读过一天书,准确地说是没上过一天学。自出生后他一直在张家界的大山里待着。张家界的奇山峻峰吸引了天南地北的各路旅人,但收不住商磊向往外部世界的心,十六岁时,他决定离开家出去闯荡。

我的老家在张家界的山里面，离张家界市区有六十公里。十六岁之前，我没有离开过家，没有走出过大山。那时候，从未听说过盲校，也不知道盲人还可以上学。小时候，跟着村里的明眼孩子往学校去，他们上课，我就在窗户外面或者教室后面听，跟着混了几年，也没学什么知识，就是觉得好玩。

　　我的童年还是很快乐的，这要得益于我的父母。一个残疾人的人生怎么样，家庭的态度至关重要。我父母在我一岁发烧失明后，没有把我关在家里。他们带我一起走路，放手让我在外面跑。开始的时候，我不敢走，他们就把我夹在中间，妈妈在前面走，我听她的脚步声响，爸爸在后面看着，提醒我的脚步位置，让我学会辨别方向。就这样还是不停跌跤，在张家界的山路上都"摔成了狗"，但我的能力和胆量也练了出来。

　　很多残疾人家里，觉得自己家有个残疾人，怕别人瞧不起，就把他们关在家里。我们家也受过这些歧视，因为我是盲人，别人也看不起我们家。农村，尤其是山里，相互借点东西是常有的事，但我们家常常受到白眼。有次，家里炒菜，菜下锅了，发现盐没了。妈妈让我去邻居家借点，可是人家不借给我，就因为我是个盲人。别人越是这样看，爸爸妈妈越是不把我关在家里。他们出去走亲戚、串门，都把我带着，让我和尽可能多的人接触。我后来能独立出来学推拿，和以前在家的锻炼有很大关系，不然走不出来的。我们隔壁的村里也有个盲人,家里成天不让他出来,常年不和人打交道,长大后什么也不知道,后来智力都不行了。

所以,残疾人一定要走出家门,走出去。

我知道商磊是"90后",差不多二十六七岁了,就问他的婚姻和家庭情况,在长沙住什么地方。

我已经结婚了,说起婚姻,还挺有趣的。

我的老婆也是盲人,也在颐而康这个店和我一起上班。我们能走到一起,也不容易。开始双方的家长都不同意,我爸爸妈妈希望我找个明眼人结婚,他们可能觉得他们的儿子还可以吧。女方的父母也不同意,说你们俩都是盲人,以后怎么生活?他们也希望女儿找个看得见的,能照顾她。我首先说服了父母,然后不断地去女方家里,每次去都给他们带东西,买菜做饭,啥事都干。慢慢地,他们觉得我虽然有点不方便,但过日子没问题,而且对他们女儿还挺好,就同意了。

现在我们过日子和你们明眼人一样,上班、下班,买菜做饭,外出活动,日子过得有滋有味。我父母在长沙的工地打工,我们每个星期在一起吃一顿饭,聊聊工作、生活的情况。

我住的房子是我妹妹买的。

说起妹妹,商磊脸上洋溢起一股源于亲情的特有的气韵,声音也和刚才有所不同。我感觉到了,也有点奇怪,就问他妹妹是做什么的。

我妹妹叫商春松,是现任的国家女子体操队队长。

我一下子想起,暑假在观看里约奥运会体操比赛的时候,看过商春松的比赛。虽然,那届奥运会,她发挥得不理想,只得了枚铜牌,但依然光彩夺目。真没想到商磊有个名气这么大的妹妹。

我妹妹对我可亲了,她训练时间非常紧,想我了就让我去北京看她。在北京,只要她参加私人活动,就都拉着我。
我说,哥哥是个盲人,你不怕我影响你吗?
她说,你就是我的哥哥,和其他没什么关系。
她和一些明星朋友一起活动,我也参加,他们对我都很友好,没把我当盲人看。

② 工作:能容忍别人对盲人的误解

我知道现在从事推拿的盲人,一般都是在盲校学的推拿技能,然后走向社会。商磊没有上过学,他的技能是在哪学的?听了我的疑问,商磊笑着告诉我他的从业经历。

我在家里长到十六岁,家里人和我自己都觉得要学门手艺了。学什么呢?想了想,好像也只有学推拿了。

经过一个亲戚的介绍,我去了吉首,就是湖南湘西土家族苗族自治州州府,在一个盲人按摩店学习。师傅是这家店的老板,也是个盲人。他对我很好,教得也很用心。他没跟我说太多的理论,只让我跟着他体验一段时间,掌握了基本的穴位和手法后,就让我和他一起给客人按。他教我的方法很实用,也让我大胆练习。比如,同一个客人,他做客人的腰部,我就做客人的腿部,他做客人的腿部,我就做客人的腰部,做过后,让客人也对我的技术提出意见,这样,我的技术就提高得很快。但要真正掌握推拿的要领,做一个好的推拿师,也不是件容易的事,我在师傅那里学了整整两年,师傅才说我可以独立做了。

然后,我就告别师傅,去了长沙,因为那时我的父母都在长沙打工,想一家人离得近点。到了长沙后,有点不太适应,我以前不会说普通话,我们老家说的都是山里的方言,别人说的我也不太听得懂。不过我的反应还比较快,没多久就会说普通话了,虽说不太标准,但和别人交流没什么问题了。

在长沙干了一段时间,我的心有点不安定,就想知道外面的情况怎么样,其他地方的盲人推拿是个什么状况。2011年,我离开长沙,之后的一年内在湘潭、苏州、广州三个地方工作过,每个地方待的时间都不长,苏州只待了两个月,饮食不习惯,吃的东西太甜。

在外面跑了一年,后来又回到长沙,这回安心了。

看着坐在自己对面的这个结实的盲人小伙子,听着他讲述自己在不同城市的流浪,我的心像是被什么东西轻轻撞了一下,忽然涌上一股温暖,有点温润,也有点潮湿。我觉得商磊是熟悉的,又是陌生的。熟悉,是因为他就是我们这个躁动不安的时代中,千百万年轻人中的一个,站在这里,想着那里,吃着碗里,望着锅里,没有如愿的时候。陌生,是因为他给我的冲击,超出了我对一个盲人惯有的印象。更何况,他是一个没有上过一天学、十六岁前连普通话都不会说的盲人。

我的心理活动不知商磊有没有感觉到,他见我有一阵没说话,也就停了下来,端起茶杯,啜了几口水。我理了理思绪,问他从事推拿收入怎样,又问他工作中会不会遇到不理解,或者发生过不愉快的事没。

收入还不错,作为一个盲人,我对自己的收入是满意的,安排好家庭生活没有问题。

我在颐而康这家店,工作了五年没有动,对这里的环境和人员都比较满意。老板对我们不错。其他地方的按摩店盲人上午八点上班,一直要到夜里十二点才能下班,中间不休息。还有的老板为了省钱,晚上就让盲人睡在按摩床上,也睡不好。所以,现在从事推拿按摩的盲人,很多人产生了职业压抑,他们在不快乐地工作,这对他们的身体和心理健康都不利。应该说,和他们比,我幸运多了。我们这上午十一点上班到晚上十一点,其中下午四点半到七点可以休息两个半小时。老板统一租的房子也不远,下班回去可以好好休息。

工作中,大多数客人对我们还是很友好的,但也会碰到少数对我们比较好奇的人,问出一些让我们不太舒服的问题。比如,有的客人会问我们,你们的衣服是自己洗吗?你们吃饭会吃到鼻子里吗?听了这些问题,心里会不高兴,尽管知道人家没有恶意,但还是觉得受到了歧视。盲人什么事都是自己做,洗衣服算什么。吃饭吃到鼻子里,真是太可笑了。你们明眼人,吃饭也是根据习惯直接往嘴巴里送,也不需要拿个镜子,看着镜子吃。但想想算了,人家也就是不理解。

不过,大多数明眼人还是挺好的,接触几次,有的还和我处成了朋友。我的微信通信录有七百多个联系人,盲人只有一百多,其他都是明眼人,我们平时经常互动,聊得很开心。他们很热情,经常询问我有没有困难需要他们帮助,还邀请我一起参加他们的活动。比如我不认识字,他们就一点一点教我,慢慢我认的字就多了。微信联系时,我经常会打错字,他们也会耐心帮我纠正。总之,相处得挺好。

我能感觉出来,商磊说的好,是真的好。他说他口中的明眼人好时,脸上的表情坦诚而自然,是发自内心的。生活中,我们可能千百次听过别人说你的好,或者你说别人的好。可是我们听到过一个盲人说你好,或者,你对一个盲人说过他的好吗?虽然,我们不止一次去过盲人的按摩店,享受过他们的按摩;虽然,我们去的原因,只是我们的身体需要他们了。

③ 出行:被称作"活地图"需要胆识

商磊的视频中有句话,说有人把他称作长沙"活地图"。
我问他,这个比喻恰当吗?什么可以佐证?你是怎么做到的?面对我一连串的问话,商磊不慌不忙地解释。

> 刚来长沙时,我也不熟悉,环境陌生,就害怕出去。
> 后来想想,总不出去也不行啊,以后还要长期生活在这个城市,总不能老缩在家里啊。然后就抓着盲杖出去走,走得多了,对周围的路就熟了,活动的范围也越来越大。
> 开始会使用手机导航帮助识别,导航提示的地方我会比较用心记在头脑里,哪段路附近有什么标志性的建筑、人文景观、商业设施、文化场馆、学校、医院等,我都记下来。下次,导航一提示,我就知道到了哪条路的哪一段,还有多远的距离。
> 我用几年的时间,把长沙河东地区的路基本都记了下来,随便去哪边,我都可以顺利地到达。

有次,我打个出租车去东塘那边的一个地方,出租车司机没去过那边,不知道怎么走。我说,你按照我的指引走就不会错。在我的指引下,他很快就开到了那里。他很吃惊,说你一个盲人,居然还给我指路,真是神了。

我不仅对市内熟悉,就连去长沙机场、高铁站的路我也都熟悉。我的一些盲人朋友外出要去机场或者高铁站,不要家里人送,而愿意找我做向导,我可以带着他们走,教他们记路的方法,走了两次,他们根据我的方法,就可以自己行动了。

这几年,我和长沙的一帮盲人朋友,把长沙逛了个遍,想去的地方都去过了。

我出神地听着商磊在讲。我想起了视频中的一句反问,这还是一个盲人吗?我问商磊,听说你去过很多城市做公益,甚至还去了香港参加活动,有什么感想?

打算去外地的一个城市时,我会提前做好功课,详细地做一个计划,把要去的城市的交通在网上做个梳理。比如去武汉,就设计好从长沙坐高铁到达武汉高铁站后,怎么去我要去的地点。

我一般不坐出租,而采用公共交通,以公交车为主,有地铁的城市也会坐地铁。一是考虑成本低,二是公共交通可以更好地接触那个城市。有时也会用导航辅助。我发觉一个规律,就是城市越大,导航越精确,省会大城市比其他中小城市要详细得多。还有就是心里不要犯难,走走就习惯了。

这些年,我保持了每年出去一两次的频率,到各个城市参加公益活动,还有就是旅行,已经去了北京、广州、深圳、贵州、武汉、西安、香港,还有湖南省内的一些地方。打算趁年轻再多跑一些地方。边工作,边做公益,边旅行,是我对生活的追求。

尤其是在一个公益机构的赞助下去香港,让我了解了香港残疾人的生活状态,也让他们知道了内地的残疾人的生活情况,促进了我们之间的沟通。比如说,内地的人会说,盲人除了做按摩,还能做什么。而香港的人说,盲人除了不做按摩,还能做什么。他们的盲人可以去信息呼叫中心接听电话,可以去做心理咨询师,还可以去做快递管理员,选择比我们多得多,社会尊重程度也很高。看着他们,我心里很羡慕,但我知道我们到那个程度还需要一些时间。

我问商磊,你在外出远行和去香港的行程中,有什么让你印象特别深刻的事?问完我觉得没有透彻地表达出我的想法,就干脆直截了当地问他,你在香港感到他们和内地在对待残疾人的具体态度上有什么差别?

听了我的问题和解释性的追加提问,商磊挠挠头皮,习惯性地笑了笑。我观察到,商磊在回答我的问题时,总是让笑容走在前面。

我给你讲三个小故事,一个在广州,两个在香港。让我感触很深。

我在广州工作的时候,也喜欢出去走,那时候还不太有经验,经常在公交站台问路。有好几次,我点着盲杖走到一个等公交的人面前,还没有开口说话,那个人就掏出钱递给我。我赶紧解释,我说我不是乞讨的,我是要问路。他一听明白了,就告诉我怎么怎么走,坐几路车。

这样被别人误解了几次,我就想怎么办呢。琢磨了一阵,我请人做了个小牌子,就像你们开会挂在胸前的那种,上面写着——我是盲人,我想问路,请你帮忙,谢谢。大家一看,哦,不是要饭的,知道了。

去香港,我遇到两件事,对我触动很大。一件是我有次在旺角行走的时候,盲杖在前面探路,一下打在了前面走着的一个人两腿之间,力量比较大,那人差点被绊倒了。

听商磊说到这里,我心里不由得一紧,我在媒体上不止一次看到内地居民去香港受到冷遇。一个内地的盲人跑到香港,盲杖差点把人家绊倒了,这事说大可大,说小也不小。虽说是过去的事情,我还是不由得替他担起心来。商磊显然感觉到了我的担心。不过,出乎我的意料,他话锋一转,说起他在内地碰到的类似经历。

> 我在内地的一些城市,也有过盲杖不小心打到人的事。一般会有两种情况出现:一是前面被碰到的人,转身大骂,一个瞎子看不见还跑出来干吗?二是对方看我是个盲人,就主动跑上来握住我的手,一个劲说对不起,好像是他打到了我一样。这两种情况,不管哪一种,都让我心里很不舒服,因为他们明显地认为责任在我。
>
> 香港人不是这样,我打到的那个人他一定转身看到了我是个盲人,但他什么也没说,也没做,继续走他的路。他们认为这是很正常的事情,不需要有任何表示,只管继续前行,各自走路好了。

虽然在特殊教育岗位工作了近三十年,但从未遇到过盲人的盲杖打到人的事。我没有说话,只是专注地听着。商磊又说了一个在香港的事。

> 还有一次,在香港吃饭,去的是个不大的快餐店。
> 我去的时候,已经有几个人在排队,队可能排得比较松,我摸索着跟在队伍后面站好。这时我后面有人说话了,让我按顺序排,不要插队。我一听赶紧回头,说自己是个盲人,不知道插队了。那个人说,知道你是个盲人,但你除了看不见,我们是平等的,你要吃饭我

也要吃饭，就得按顺序来。

他这样说，我非常高兴，看着好像有点不近人情，却恰恰反映了他对我的尊重。

④ 媒体：对盲人的报道要立足实际

在长沙生活时间长了，商磊敢于走出去，敢于发声，他的名气慢慢大了起来，和媒体打的交道也多了起来。不过，他告诉我，不是每次和媒体打交道都很顺畅，有时还会闹出点不愉快。

我觉得媒体报道残疾人，有出于关心的成分，但也是为了吸引观众，提高关注度。

有次我去一家媒体做节目，我按照自己的实际情况自然地叙述，但主持人认为太平淡，不够吸引人，就要我煽情一点，把盲人的生活说得可怜一点，最好是能流下眼泪。我说，说的都是实话，我没那么多痛苦，流不出眼泪。主持人说，用水弄湿眼睛也行。我说我很少流眼泪，装不出来。弄得大家都很尴尬。

每年的10月15号是国际盲人日，关注盲人的电视台会做点节目。2014年的10月14号，盲人节前一天，我在长沙的街上走着，遇到一家电视台，正在街上寻找盲人，抓拍盲人的生活。

街上盲人很少，可能找了有一阵了，才发现我。他们告诉我要拍一段我行走的视频,我说跟着我拍吧。

我就在前面走,他们跟着拍。走了不远,遇到一处工地施工,在路口用铁板做了围挡,我清楚,就靠着盲杖,轻松绕了过去。跟着做节目的人一看,说不行,你简单一下很轻松就绕过去了,观众看了没有吸引力,达不到让大家关注关心盲人的目的。我说那该怎么办。他们说,你到了围挡的铁板那还一直往前走,要撞在铁板上,摔倒在地上,效果就好了。我说,我明明能够绕过围挡,你们偏偏让我撞上去,弄得头破血流,你们的节目效果达到了。可是你们知道吗,如果盲人孩子的父母看到了,他们就不敢再让他们的小孩出来,会影响他们走出家门,走向社会。

后来,我就走了。盲人是可以自由行走的,我不能为了节目配合他们而误导社会对盲人的认识。

在对我妹妹的报道上,一些媒体也是曲意解读,说妹妹为了我,为了我们家受了不少委屈。有些报道说,商春松练体操那么刻苦,就是因为她有个哥哥是盲人,需要她照顾,她要通过比赛挣钱给家里用,所以心理压力特别大。

其实不是这样,我和老婆有工作,收入还不错,能够自食其力,我父母在工地打工也有工资。妹妹是挣钱给家里用,还在长沙买了房子,但那是她比赛得到的奖金,不是家里给她的压力。可是别人就喜欢这样猜想,还在媒体上炒作,想想真挺无聊。

商磊是个敏感而细腻的人。看我一直没说话,他忽然意识到自己的情绪是不是有些激动了。他叹了口气,停下来,轻轻抿了口水。

其实,大多数媒体还是真心关心,正面宣传、报道残疾人的事情。我的朋友圈里,也有不少媒体的人。像你在网上看到的那段视频,就是长沙一家电视台的一个朋友帮我拍摄、制作的,弄好后给挂了出来。

⑤ 维权:盲人有时对自己要狠一点

我看商磊的视频时,对他和一家银行打官司的事印象特别深。现实生活中,存不存在对盲人权利的侵犯,或者说,一个盲人有多少权利会受到侵犯,我们很少有人去想。

可是商磊遇到了,他也认真对待了。当他觉得自己的权利受到了侵害,他需要为自己、为所有的盲人去尽力争取。为了争取一个权利,他不惜以一己之力,去对抗一家银行,乃至一个行业,打一场结果难料的官司。商磊的与众不同,就是发现了来自不同方向的障碍,不退缩,不回避,勇敢地迎上去。在一点点敲碎障碍的同时,他也为盲人撑开更多更大的空间。

我从未想过,会和一家银行发生冲突,还会打一场官司。

我经常出行，带现金不方便，也不安全，就去了长沙的一家银行打算办一张信用卡。哪家银行，请谅解我不说了——事情已经过去，而且得到了圆满解决。

我到柜台提出申请时，银行的工作人员说不能办。我问为什么。她说，办银行卡需要本人签字，你是盲人，看不见，不能签字，所以不能给你办。

遭到拒绝后，开始我还是比较耐心，找出银行业协会和银监会关于对残疾人开展金融业务的一些规定和他们反复沟通，差不多沟通了有一个半月，他们还是拒绝给我办理。我就向湖南省银监局和银行的行业热线进行投诉，后来他们答复我，说不给你办是有法律规定的。

我说你们告诉我是哪一部法律的哪一条规定，他们说是民法通则的第十六条。我说请你们读给我听一听。他们说无民事行为能力的人不能办理银行卡。

我不相信法律会这么说，就查了具体的法律条文，是这么说的——有精神障碍或者年龄不满十六周岁的人是无民事行为能力的人。对照法律条款，我既不是精神障碍，也不是未满十六周岁，因此不是无民事行为能力的人。他们用这条规定来解释是说不通的。

于是我通过律师把这家银行告上了法庭，法庭进行调解，他们表示愿意庭外和解，答应克服困难给我办卡，还承诺在一个月之内，把他们在长沙的各个网点都装上专门供盲人用的解码器，并且答应以后为包括盲人在内的残疾人办理业务并提供良好的服务。

这件事之后,这家银行对待残疾人的态度确实有了很大的变化。我了解过,包括盲人在内的其他残疾人再去他们那里办理业务都很顺利,也很满意。

虽然经历了这段波折,不过说心里话,我还是挺感激他们。

从这件事情本身来说,商磊取得了胜利。尽管商磊在和我说起事情的经过和结果时,没有丝毫得意,甚至有些沉重和无奈。他也知道,一家银行转变了,未必其他银行也会跟着转变。一个长沙的残疾人去银行方便了,未必其他地方的残疾人去银行也方便。但重要的是,一朵浪花可能掀不起一场风暴,却一定能让原本沉寂的水面产生几波涟漪。

涟漪多了,就会形成气候。

我忽然想到,2016年下半年媒体热切关注的一件事,河南省一个名叫吴建平的残疾人(此时,我并未想到半年之后,我会在郑州和吴建平交谈),由于失去双臂,在买房贷款时不能在贷款协议上摁手印,被告知没有贷款资格。我看了报道时,内心的悲鸣无法抑制。一个残疾人艰苦努力,好不容易凑够首付,却因失去了双臂,不能贷款,导致将失去为自己购房的机会。好在事情经媒体广泛报道后,银行采取了变通措施,他用脚趾代替手指,摁上了鲜红的印记。

不知道他这一个脚趾印,是否如商磊一样推动整个残疾人群体向前迈动了一小步。

我和商磊聊起吴建平的事情。他微微笑了笑,说我们都挺不容易的。

不知不觉到了中午,商磊十一点钟要上班,我们就在茶社点了简单的午餐。

一个上午的接触,我觉得商磊是个盲人,但又不是一个人们传统观念中的盲人。吃饭时,我们边吃边聊,他的思维和思路,与我们没什么不同。但是对着桌上的盘子,他需要同座的朋友不停地把菜夹到他面前的碗里。世界在他面前的障碍,呈现着真实而现实的状态。

午饭后,我们一起下楼,商磊要从另外一个门的员工通道上楼去工作。我们在初冬的斜风中道别,绵长的雨季后,长沙久违的阳光动情地抚摸着城市和街道,还有站在路边的我们。

商磊转身离开,我看着他在走到两条路的交汇处时,像计算好了一样,准确地呈直角转身,走向另一个方向。

我和商磊互扫了微信,可以常常联系。但我不知道下一次再见他,会是何时。

苏小斌

我不想他们认我,我只想知道亲生父母是谁

> 时间：2016年冬
> 地址：江苏省苏州市相城区新福路苏州市社会福利总院
> 身份：脑瘫孤儿

隆冬时节，距农历新年的春节还有九天时间。

岁末年初，南京的天气依然延续着全年多雨的习性。前夜的雨一直淅淅沥沥，心有不甘地"啰嗦"到早晨。为了配合雨的心思，夜里气温也下降了五六度。

因有任务，我起了个早。拉开窗帘，冬日六点钟，窗玻璃不愿睁开眼睛，一副赖床的懒状。外面的房屋和树木隐隐约约，沉默不语。

萧萧冬雨中，我乘上去苏州的高铁，此行的采访对象是一个孤残孩子，今年已经十八岁，他叫苏小斌。苏小斌的故事，我在和苏州特殊教育的同行们聊天时，偶尔得知。当时就请同行们约见他,到了年底,他说愿意见面,但聊天得在下班后,上班时间他不能出来。

① 福利院:苏小斌一直的家

高铁改变生活,主要体现在改变了城市之间、人与人之间的空间距离。

出了苏州站撑开雨伞,发现上车时收起的雨伞上南京带来的雨滴还没有散尽。都是冬雨,弥漫在苏州城的雨婉约了许多。车辆在江南古城中穿行,我的耳边满是琵琶和笛子合奏的《江南烟雨》。

苏州市社会福利院坐落在城外,从车辆行驶的时间看,离市区有段不近的距离。福利院对很多人来说,都是个陌生的地方,我也是。

车停下来,驾驶员说到了。

我看到一个阔气的大门,迎门是一幢很端庄的房屋,外形上采用了中国古典建筑的沉稳风格,选材上又是现代的元素,给人不像是福利院的感受。如果不是门口横着书写的"苏州市社会福利总院"几个金色大字,我会把它想象成一个研究机构,或者一个机关大院。我不由在心里叹了一下,到底是苏州,福利院也这么有派头,尽管我不知道福利院应该是什么样的。

接待我的福利院吴科长,是个女同志,在福利院工作了二十多年。吴科长介绍,这是新院,搬过来的时间不长,老院原来在虎丘那边,地方太小,设施也落后。前几年市里投了几个亿,就搬到这里来了。离市区远了点，但办福利院合适。

吴科长说，现在福利院里有将近两百个孩子，几乎都是被遗弃的残疾儿童，各种类型都有。来这里的孩子，只有一个姓，都姓苏，然后根据不同的阶段排列命名，比如一批是"苏大"什么，一批是"苏小"什么，一批是"苏顺"什么。我这次来寻访的苏小斌就属于"苏小"的序列。

我突然想，一个院内长期住着近两百个都姓苏的孩子，这应该是苏州最大的"家庭"了。

因苏州的同行事先和吴科长说过我的来意，她特别查阅了苏小斌的材料。毕竟是十几年前的事情，一批又一批的孩子，不容易记得那么清楚。

苏小斌被送到福利院的时候什么信息也没有，是火车站派出所送来的。福利院的很多孩子都是公安机关送来的。老百姓发现被遗弃的孩子，就报警，警察到现场发现没什么线索，就把孩子送到福利院暂时寄养，再发出寻找父母的公告，一般都不会有消息，只是按规定走个程序。两个月后，福利院正式办理弃婴收养手续，福利院就成了被遗弃孩子的家。

苏小斌被送来时，会说话，但不能走路。福利院的医生一检查，发现他是脑瘫患儿，自己不能行动，只能整天躺在床上，靠别人照顾。医生根据他的齿龄发育，估计他在三岁左右。

福利院有对残疾孩子进行的专门康复训练，经过大约四年的努力，苏小斌慢慢可以自己行走了。开始走得不是很稳，但随着年龄增长，逐步好转。因为他的智力还可以，福利院就把他送到当时院所在地附近的虎丘小学上学，但他不适应，很快又转到了苏州市金阊培智学校读书。

金阊培智学校离福利院有一定距离，福利院做不到每天安排人接送苏小斌还有其他孩子上学、放学，就在学校旁边的迎春巷租了房子，把几个在学校读书的福利院孩子集中安排住在那里，雇人照顾他们的生活，又联系了"志愿苏州"公益组织的志愿者，请爱心人士一起照顾他们。每次学校开家长会，福利院就派"家长"参加，配合学校开展对孩子们的教育。

苏小斌前年（2014年）毕业，他在金阊培智学校接受职业教育时，对学习制作西点很感兴趣。毕业后，在学校老师，还有他助养家庭的妈妈——张总的帮助下，去了一个蛋糕店实习。后来又换了另外一家蛋糕店工作，福利院也派人去考察过，觉得还不错，他就留在那儿干了。

虽然工作了，福利院还是苏小斌的家，院里有他的宿舍。他每天早出晚归，住在福利院，除了午餐在蛋糕店，早餐和晚餐，还有不上班的日子，福利院都免费供应伙食。

吴科长说，他们这些孩子，只要一天不离开福利院，这里就一直是他们的家，想待多久就待多久。如果有的孩子发展得比较好，到了谈婚论嫁的年龄，能够组建家庭了，婚事的操办也是福利院的事。福利院就是他们的"娘家"，结过婚走向社会单独过日子了，逢年过节还会去慰问他们。每年年三十，院里也要把大家召集回来，一起吃年夜饭。平时遇到什么事情，福利院也会尽力去关照、帮助他们。就像普通家庭的父母对子女一样，一辈子放不下。

我问吴科长，像苏小斌这样在福利院长大的孩子，他们想过寻找自己的亲生父母吗?

吴科长说,福利院的孩子只要智力认知还可以的,都有这个想法。苏小斌是受到另一个比他大一些的叫苏大阳的孩子的影响。苏大阳在福利院的孩子中算能力还不错的,他在一个叫"宝贝回家"的网上发布了自己渴望找到父母的信息,引起了志愿者的注意。几经周折,他终于找到了他的亲生父母。

苏小斌看苏大阳找到了,他也想找。但靠他自己的努力,不太可能。除非他的父母亲有这个意愿,因为他们当初遗弃他就是为了摆脱负担,把困难抛给政府和社会。现在过了这么多年怎么可能再来找他。但是孩子不管,孩子想啊,就想知道自己的爸爸妈妈是谁。

我突然想到另外一个话题,就问吴科长,像苏小斌这样残疾程度不算特别重,还能走出去接受教育,走向社会工作的孩子逐渐有了出路,而那些重度的连生活都不能自理的孩子怎么办?

吴科长说,苏小斌这样的毕竟是少数,福利院收养的孩子大多数都是重度残疾,基本上都需要人终生照顾,他们就一辈子待在福利院里。小的时候,福利院里有老师对他们进行特殊教育,也进行康复训练;年龄大了,就从儿童部转到托养中心;老年后就转到老人院,在那里养老送终。苏州市社会福利总院包括这三个阶段,可以为他们的一生提供服务。

我明白了,难怪刚才看到大门口的名字是"总院"。

听着吴科长的介绍,我的心里涌起一股难以名状的气流,说温暖很苍白,说感动也显得肤浅。我下意识地看了看放在桌上的录音笔,它上面那条随着声音大小而起伏的声线,忽高忽低,

苏小斌　　　　　　　　　　　　　　　　　　我不想他们认我，我只想知道亲生父母是谁

像细浪一样逶迤起伏，连绵不绝。

从福利院出来，天空依然阴郁，但雨停了。在苏州市特殊教育同行的引路下，我们驱车直奔苏小斌的工作地点。

② 蛋糕店：苏小斌的工作场所

苏小斌工作的蛋糕店位于苏州市内繁华的长江一号商业街。下午三点多钟，路上比较畅通。我们粗略计算了一下，从福利院到蛋糕店，开车用了四十分钟左右。

蛋糕店不大，我目测了一下，整间店大概四十平方米。四十平方米的空间又被分割成四块：一道玻璃门后面是操作间，几个穿白大褂的师傅在里面忙碌着；靠门边上一块方形的空间放了一张不大的方桌，客人可以坐下来吃东西；紧邻操作间做了个窄窄的收银台；剩下的空间是营业大厅，立着三排透明的玻璃柜，里面放着各式各样的蛋糕及其他产品，品种不少。

我看到有的蛋糕做成汽车模型，有的长着哆啦A梦的笑脸。还有一种有纪念意义的蛋糕，把几个人合影的照片制作在蛋糕上，栩栩动人。

我们和收银台的女孩打了个招呼，她冲着操作间甜甜地喊：小斌，有人找你。

很快，一个穿着白色工作服、面色白皙的男孩走了出来。虽只是几步的距离，我还是感觉到他的步子不太稳，脚在地上有明显的拖动，移动时前后仰合的幅度很大。

我想他就是苏小斌了。他冲着与我同行的同行们——她们

是他培智学校的校长和老师——使劲"挤"动脸上的肌肉,笑容就显现出来,堆积在脸颊的上部,眼睛很快被肌肉推到一起,眯成一条缝。

苏小斌说,我去换个衣服。我没太听懂他的话。同行的老师听懂了,她"翻译"了一下,并且告诉我,由于脑瘫,苏小斌的语言表达也不是很清楚,需要仔细地听。

事先说好了晚上要请苏小斌一起吃晚饭,边吃边聊。离开蛋糕店,去了我住宿的饭店的一楼餐厅坐下。晚餐尚早,我们就先聊起来。

也许是基于对也是特教老师的我的一种信任,苏小斌并没有太拘谨,甚至还让我觉得,这孩子在与人交往上比同龄的健全孩子还显得老练。尽管在交流时,我会不停询问、重复他说的我没听清的话语,他的老师们也会在看到我带着疑惑的表情后,做一些翻译,我们的交流算是顺畅,起码比较自然。说实话,第一眼看到小斌,他的脑瘫程度及影响比我听说他的事情后想象出来的状况要重。

苏小斌首先说,他和其他人不一样,六岁以前一点不会走路,只能躺在床上。福利院的主任说,小斌你要进行康复训练,要站起来。训练时老师使劲压他的腿,拉开腿筋,锻炼肌肉,他疼得要命,咬着牙坚持。夏天,为了训练他的平衡能力,老师让他托着大大的西瓜学走路,西瓜不能掉在地上。

他说很感谢主任和老师,如果不是训练,他就站不起来。学会了走路,路就开了。老师们觉得他的能力还可以,就把他送到附近的虎丘小学去上学,但是他只上了两个星期,没办法跟上。

而且，在那里上学，有人会欺负他，他们觉得他不一样，说他是个没有爸爸妈妈的孩子。他不想在那上了，福利院就把他领回去，送到金阊培智学校上学。在金阊，他学到了很多技能，画画、唱歌，还上了烘焙课，学做饼干和蛋糕。后来，他对做蛋糕产生了兴趣，就跟着老师认真学。毕业后到一家蛋糕店实习一年，原来打算实习结束就留在那里工作，但后来和老板发生了矛盾。

"发生矛盾？"我不由得地追问了一句。

苏小斌大概看出了我的好奇和紧张，我也不知道自己怎么就紧张了一下。他把身体靠在椅子上，开心而坏坏地笑着。笑的时候，他的脖子大幅度地向一边歪，不自觉地来回抽动着。

实习的那家店，对苏小斌不错，除了教他手艺，每天还给他五十块钱的工资。可是有一天下班后，老板让工人把当天没有卖完的蛋糕放进冷柜收起来。苏小斌看到了就对老板说，没卖完的蛋糕应该处理掉，不能留着再卖。老板说，我也没说再拿出来卖呀。苏小斌不依不饶：那你把它们收起来干什么？老板生气了，通知学校把苏小斌带走。老师问苏小斌事情的经过，他坚持说自己没有做错。

于是，只能重新寻找其他蛋糕店。

到了新的店，开始也不是很顺利，带他的师傅是个只比他大五岁的年轻人，脾气很大，会训斥人。有次，苏小斌把黄油当成了色拉油用，被师傅当众训了一通。他心里很生气，不过能理解，是自己没有认真听师傅讲才弄错的。从那次以后，他就不敢大意了。

在师傅的调教下，苏小斌做蛋糕的手艺提高很快，从发面、塑形,到入烤箱,都基本掌握了。但他给自己提出了更高的要求,他说仅仅会做还不够,要有自己的想法,把自己的想法放进蛋糕里,才能做出好的产品。

住在福利院,到市里的蛋糕店上班,每天来回的路对苏小斌是个不小的考验。店里要求早上到班的时间是夏天七点,冬天八点。而福利院因为位置较偏,门口经过的公交车很少,只有一趟一小时一班的车,时间不吻合。

为了不迟到,苏小斌清晨五点半就得出门,走一点五公里的路,才能坐上市内的公交车,然后再换乘地铁去上班。一点五公里并不算远,但我知道,对他的行走速度来说,已显得漫长。

我的脑海中浮现出一幅画面,无论风霜雨雪,一个踽踽独行的身影,在苏州郊外的清晨匆匆走出福利院,挪动着脚步走向远处的公交站台,赶着去自己喜爱的蛋糕店上班。那里有他的信心、价值,有他对生活的寄托、向往与梦想。

来这个店上班一年多时间,苏小斌从未迟到过一次。

苏小斌的工资是每月两千五百块钱,他把工资交给福利院帮他保管,用他的名字存进银行,自己只留三百块零花钱。常常是一个月下来,他三百块的零花钱还能余下一百多。他说自己吃住在福利院,中午也在店里吃,不需要花什么钱。

因是冬季,又是阴雨天,窗外不知不觉就暗了下来。我们坐在窗边,不时有车辆驶过,灯光毫不顾忌地刺穿玻璃,绕着我们的脸庞泼洒。

聊了会工作,我们自然地谈到苏小斌寻找父母亲的事。他在金阊培智学校读书时,曾经有特别强烈的愿望想找到他们,也向来学校报道的媒体求助过,但没有结果。现在觉得不太可能找到他们了,想也没用。

苏小斌说,他不怪父母,他们当时一定是有自己的难处,无法克服,才把自己丢掉。他说他当时已经四岁了,记得一点情况:是冬天,爸爸用个棉被裹着他,坐火车出来的,妈妈没有来。下了火车,爸爸把他丢在火车站出口旁边的一个垃圾桶旁,就走了。他说自己不是一定要认他们,只是想要知道自己的亲生父母是谁。他想恨他们,又不想恨。如果真的能找到,他会尽力照顾他们,不管怎么说,是他们给了他生命,把他带到了这个世界。他们把他送到苏州丢掉,可能也是考虑到苏州是个好地方,被人捡走后,得到的照顾会好些。

说到父母,苏小斌没有流泪,但他的嗓子有些沙哑。

我们沉默了一会儿。六点钟了,服务员过来上菜,我们开始用餐。

苏小斌是左手拿筷子,我注意到他的右手很少动,几个手指蜷曲在一起。我和老师们纷纷把菜夹到他的碗里,他吃得不多,左手的筷子挑饭时,不时会有小饭团掉在桌上。

我递给他一个饭勺,他说不用,还是用筷子好。

我边吃边想,这个刚刚十八岁的脑瘫孩子,如何学会走路,如何每天奔波在苏州郊区和老城之间的路上,如何学会揉面、塑形、打开烤箱去烘焙自己理想的蛋糕,如何渴望知道自己的亲生父母是谁。

我装作在吃饭,其实我是在激烈地思考这些问题。面对他,我又不能让他看出我的心思。

或许,他已经看出了我的心思。

③ 助养家庭:苏小斌温暖的家

在福利院时,吴科长一再提到,苏小斌的成长和他的助养家庭的张妈妈——张总分不开,说张妈妈比福利院的人还了解苏小斌。

和苏小斌聊天时,他也不止一次提到助养家庭。他不是称呼张妈妈,而是毫不含糊地说"我妈妈"。他对妈妈家的情况很清楚,也很关注,他说最近"我妈妈"比较辛苦,因为"我外婆"生病了瘫痪在床上,需要"我妈妈"照顾,休息的时候,他经常去陪外婆说说话。

我提出了拜会苏小斌"妈妈"的想法,同行们也觉得有必要,很快就联系好了,第二天上午九点钟直接去她位于苏州市区时代花园的家里。

我们如约而至张家,细心的女老师还捧了束鲜花。

事先已经知道张总是做企业出身,我在头脑中设计了若干个女汉子的形象,打开门时,却是一个纤巧细致、白皙智慧、果断干练的江南女性。

张总很健谈,谈起苏小斌来如数家珍。她不煽情,苏小斌就是她们家助养的一个残疾孩子。她也不炫耀自己十多年来的坚持,只是觉得这些年的陪伴对苏小斌的成长、对她自己心灵和生活的丰富都非常有意义。

我静静地打开录音笔。录音笔忠实地记录着张总那清脆的江南普通话的平静叙述。

　　2004年的时候,我们工厂组织去福利院开展慰问活动,去了一帮人,有很多女工。

　　当我走过孩子们面前时,突然有个孩子喊我,阿姨好。我仔细一看,一个白白净净的小男孩坐在那里,就是他喊的我。我一下子觉得特别有缘分。在我前面走过了很多人,他都没有喊她们,我走过来时他喊了我,不是缘分是什么!我的心一下子就有被扯动的感觉,问他叫什么名字,他说他叫苏小斌。我记住了。

　　回来后,总觉得放不下那个孩子,得为他做点什么,就让办公室的人去福利院问怎么可以帮助孩子。福利院说可以助养,但要办理手续,签订助养协议。我说那就办吧,就签了协议。

　　我到现在还记得他第一次来我们家的情形。

　　开始我们带他在小区的院子里玩,还挺好,后来要进家里时,他把住门框死活不肯进来。因为他没有家的概念,这里对他又是一个完全陌生的地方,他没有安全感。哄了好一阵,总算进来了。这就好了,再后来就愿意来了。

　　我们一般是星期六接他来家里,住一晚,星期天下午送他回去。每次要走的时候,他都不太愿意,小嘴巴瘪在一起,很委屈的样子。在家里和车上都不哭,下车进了福利院大门"哇"地一声就哭开了。我是既高兴又难受，但没有办法，那时候我要管理一个厂子，我老公也很忙，有时只能半个月、一个月地接他来一次。

小斌这些年的变化还是很大的，开始的时候他很自私，以自我为中心的意识很强。

助养他不久，我又助养了一个女孩叫苏小凤，会把他们俩一起接来家里。你就感觉到吃饭、玩玩具的时候，小斌会抢得很厉害，他害怕东西被别人拿走。而小凤总是让着他，还处处照顾他。慢慢地，我发觉小斌也在改变，和小凤相处得越来越好。

2006年的时候，小凤被一个美国家庭领养了。小斌不愿意，他对我说，妈妈你把小凤留下来养吧。你在你家旁边买个房子，给我们住，长大后我们养你。我也很伤心，我说妈妈身体不好，照顾不了你们，小凤去美国能生活得更好。

走的时候，两个小孩哭得不行。小凤告诉小斌要听妈妈的话，不要离开这里，以后长大了她会回来找他。我们都知道那基本是不可能的事，但对孩子是个念想，我们不忍心说。小凤走了，再也没回来过，现在应该也长大了。

2007年的春节，小斌没有来我们家过年，被另一个家庭接走了。春节之后他来我们家，很不开心。我问他怎么了，他说，妈妈以后过年你早点来接我，这样别人就不能接走我了。原来，接他去的那家，为了显摆，过年时联系了电视台来采访，弄得很热闹。但是，采访

苏小斌　　　　　　　　　　　　　我不想他们认我，我只想知道亲生父母是谁

结束后，家里人对他就不太理睬，还嫌他脏、动作慢，家里来人也说怎么弄个残疾人来家里。对他伤害很大。

我就开导他，不是每个人都一样的。这也帮助我们去认识人，识别人。

说到这里，张总叹了口气。

说实在的，开始助养这个孩子，还有点怜悯的心理，但要长期坚持下来，还是需要些勇气的。小斌才来我们家的时候，年龄小，状态也不好，还在练习走路，走起来是歪的，嘴角挂着口水，说话也听不清楚。福利院的营养肯定不如家里，他每次来，我们都买很多好吃的东西，他也不知道节制，拼命吃，吃多了肠胃就受不了，然后不停地拉，一会儿一趟厕所。

吃饭时，我们不管有没有客人，都让他上桌一起吃，他拿不稳筷子，一顿饭下来，桌上、地下洒了一片。带他在小区里散步的时候，周围邻居也是用异样的眼光看我们。我们看得懂那种眼神，是说我们家怎么生了个残疾孩子。我们也不解释，解释就会伤到小斌。既然做了助养的决定，这些都是要承受的。我们也不能半途而废，虽然没人会说什么，但自己的良心上会过不去，也对不起这个孩子，我们不能再伤害他。

小斌是个失去家庭的残疾人，内心很敏感，也很脆弱。

有次,他在家里洗过澡,家里请来的阿姨用洗衣机洗大家的衣服。衣服比较多,阿姨洗好一桶去晾。小斌的衣服放在了下一桶,一会儿他看到他的衣服洗好了,但洗衣机的滚筒旁有一些泡沫。他误解了阿姨,认为阿姨歧视他,故意不给他洗干净,就冲到阳台上对阿姨大喊大叫。阿姨被弄得莫名其妙,也很委屈,又说不清楚。我听到了赶紧过去,问清了情况,就劝导他,阿姨不会歧视他,洗衣机洗好有点泡沫是正常的现象。他不相信,我就做给他看,重新放洗衣液,给他试验了一遍。结果还是有泡沫。他不说话了。

我借此告诉他,人不分贵贱,都是凭自己的劳动吃饭、生活,你不能这样对待阿姨,应该给她道歉。这孩子这点好,知道错了能改正,就红着脸给阿姨认错。

小斌有着很强烈的公平意识,害怕别人对他有不公正的对待。

他的双手协调能力不太好,每次在家里吃饭,我们都是在他面前单独放个碗,把他要吃的菜夹到碗里,再让他自己夹到碗里吃。突然有一天,他说,今天我不要那个碗了,我要和你们一样自己夹菜吃。我说,好啊,但是你为什么要自己夹呢,夹好放在你面前不是更方便吗?他说,你们这是把我看作和你们不一样的人,我现在可以自己夹了。他就在我们的注视下自己用筷子夹菜。我很吃惊。

饭后在小区里散步,我就问他,你怎么就会用筷子夹菜了呢。他说,我不想接受你们的不公平对待,就自己在宿舍里练习用筷子夹东西,我练习了一年,但我不告诉你们。

　　我当时很惭愧,我以为对他多一些照顾就是对他好,而忽视了他的自尊和心理需要。从那以后,我也觉得,这孩子是真长大了。这是好事,对我和他都是好事。助养他这些年风风雨雨的,不就是希望能帮助他成长吗?

听张总说到这里,我想到昨天晚上和苏小斌一起吃饭时,我们都犯了同样的错误,依然是照顾性地把菜弄到他面前的碗里,让他自己夹着吃,难怪他吃得很少。

我们还真是不会和残疾人相处,有时候善意表达得不好就是伤害。

我也感慨小斌确实成熟了,也豁达了不少。整个用餐的过程中,他没有反对,也没有说我自己来。

张总继续说。

　　小斌的变化是渐进的,他懂得了替他人着想,懂得了感恩。

　　稍微大点,大概十四岁时,他主动加入了苏州本地的义工群,有空时就去做义工,照顾残疾的老人、孩子。他会协助保育员阿姨带很小的孩子去超市,认识物品,锻炼购物能力。因为他是残疾人,他知道这些环境对残疾小孩子有吸引力。

我记得他刚来我们家时，我们带他去超市，把他放在那个购物车上推着走，他像进了童话世界，看什么东西都好奇，看到什么都想要，抓着就往车里装。在这之前，他从来没去过超市。所以，他想用自己的亲身感受，来帮助别的残疾孩子，让他们的经历更丰富一些。

过年的时候，我们一家去上海走亲戚，自然也带着他去。亲戚们也不见外，给我女儿压岁钱也一样给他。后来他在电视上看到有一个孩子生重病，家里无钱医治，就让我们把他的压岁钱全部捐给了那个孩子，一分也不留。我告诉他，你献爱心可以的，但也要给自己留一点。他说，我现在还小，留着钱没什么用，那个妹妹需要钱救命，我能帮就帮她一点。

小斌在金阊培智学校读书时，为了就近上学，福利院在学校旁边为他们租了房子。当时他们一起住的有一个盲人孩子，脾气古怪、非常刁蛮，说话做事都不近情理，帮助他们的志愿者都无法和他相处。时间长了，那个盲孩子把自己弄得很孤单。小斌很同情他，就和我说，妈妈我从他身上看到了过去的自己，我也是在你们的帮助下成长的，我想帮助他。我说那你就试试吧，但不要过于为难自己。

开始，那孩子也是不领小斌的情，拒绝和小斌交往，还经常把宿舍里弄得很脏乱。有时，到吃饭的时间他不吃，过了时间又喊饿，小斌耐着性子，几次跑到外面给他买吃的。有次,买东西回来衣服都淋湿了,还感冒了。时间长了,他知道小斌是真的对他好,而且他知道小斌也是个残疾人,走路也不方便,还这么尽力照顾他。后来,那个盲孩子发生了很大的改变,主动和别人交往,也知道为一起生活的人着想了。

小斌很高兴地告诉我这些事情。我就启发他,人和人之间是相互温暖的,你温暖了别人,别人的温度升高了,他回过头也会温暖你、温暖其他人。我们的社会需要这些温暖。

小斌有段时期很喜欢看电视上的选秀节目,说电视影响大,要上电视选秀节目,让自己的父母看到他,从而找到他们。

我没有试图打消他的想法,而是告诉他,不是每个人都能参加选秀节目的,上电视要有才艺、要有特长。他听了很当真,就学习画画、穿串珠,还买了把吉他学习弹唱。这孩子,学东西用心也有灵气。

张总说着,站起身从家里客厅电视机上方的展示柜里拿出小斌的作品——一只串珠做成的狗和一张画在32开纸上的马。坦率地说,小斌的作品充满童趣,但并不是那么精致、成熟。

我环视了一下,张总家的客厅是比较考究的,通俗地讲,就是一个成功的企业家应该有的那种摆设。从张总随手取来小斌的作品,我可以看出,当时小斌送给张妈妈自己的作品是认真的,张妈妈把它们放在家里显眼的位置也是认真的。小斌是真正地融入了张妈妈的家庭,成了张妈妈家庭生活的一部分。

张总从我们的手中把小斌的作品接过去,又放回原来的位置,就像那里就是它们应当摆放的地方。

我的眼眶忽而有些潮热。现如今,在我们这个经济利益至上、经济实力基本决定一切的大环境下,一个掌管着一家企业的成功女性,让我们看到了她在经济上取得成功之外的另一面。

经过改革开放以来近四十年的快速发展,社会的物质财富快速积累,很多人想方设法削尖脑袋想成为有钱人。可是有钱之后,该为社会做点什么,很多人没想明白,或者压根也没去想。

这时,张总的电话响了,她客气地冲我们笑笑,用如唱歌般动听的苏州话应答。

我看看时间已不早,就关掉录音笔,准备告辞。

张总接完电话,送我们出门,走到门外,她站在草坪中间的石板路上说:

> 我要感谢小斌,是他让我有机会走进这样一种生活,接触到残疾人,也知道了残疾人有他们自己独特的激励作用。从小斌身上,我感到有时他给社会的正能量,远远大于我们的表现。
>
> 我在做企业的过程中也经常遇到困难,但面对这个孩子,这十几年来,我觉得我应该向他学习。从面对生活、挑战命运的角度来看,我不如他,他比我更乐观、更有毅力。

短暂的接触，来不及理清思路，我还不能深刻理解张总这番话的含义，因而未敢多做应和。

　　春节期间，我没有程序性地致张总新年问候，从小斌的微信上，我看到了他和张妈妈一家过的除夕夜。他们在放焰火，花团锦簇的烟花旁，小斌欢叫着跑动。

　　他的步伐歪斜但是快乐，他的笑容拥挤但是灿烂。

　　苏州今年也是禁放焰火的。小斌和张妈妈他们一家去了哪里过年，我不知道。我知道的是，小斌和我们一样，在家里和亲人一起过着中国人期盼的团圆年。

毕海虹

现在的坚守是为了将来的放手

时间：2017年春
地址：北京市海淀区强佑清河新城
身份：自闭症患者母亲

见到程鹏和他的妈妈毕海虹是个偶然。

2017年的3月中旬，我到了北京，和中国精神残疾人及亲友协会的温洪主席在一起谈事情。其间，我提出想采写一个自闭症患者及其家庭，她很支持，并开始打电话。因为是临时，联系上的对象不是在京外，就是有其他事情抽不开时间。一番忙碌，终于有一个家长同意见面了，她就是程鹏的妈妈毕海虹。经商量，地点就放在程鹏工作的位于西五环外那个叫"康纳洲"的烘焙坊。

打车前往。初春的北京依然寒气袭人，首都的冬天姗姗不退，温暖的春天还有待时日。昨天刚下了场雨，笼罩在人们心头的雾霾也略显淡薄,天空呈现出浩荡的灰白。

我到"康纳洲"时,店里没有客人,一个带班的女老师带着一个大男孩在店里忙活。店面不大,各色的蛋糕、面包、饼干香味交汇在一起,散发出混合型的浓香。和老师说明来意,老师看着那个男孩说,他就是程鹏。我和程鹏打了个招呼,坐了下来。老师没有提示,程鹏提着泡了茶的壶,给我倒了一杯茶,接着又回到他的工作台前裁剪做点心盒包装的透明纸。

不一会儿,一个中等身材的中年妇女匆匆走了进来,我起身问候,她道歉说路上太堵了,堵了四个红绿灯才到。程鹏看到妈妈来了,也没觉得特别意外,很亲昵地过来和妈妈照个面,就回到工作台继续做自己的事情。

毕海虹性格开朗,和所有的母亲一样,谈起自己的儿子,都是有一肚子话要说。

① 陪伴

程鹏的爸爸是个科技人员,常年在西北某地戈壁里的某单位工作。戈壁荒芜,周围人烟稀少,他工作的单位自然形成一个大院,大院也是一个小社会,医院、学校等社会服务设施一应俱全。

开始毕海虹和丈夫是两地分居,程鹏出生后,她自己在老家带着他生活。到了两岁的时候,她就觉得这孩子和别的孩子有点不一样,闹得厉害,但也没往别处想,只是觉得带着挺费劲。后来想爸爸在身边,两人一起带能好些,她就放弃了自己的专业，从老家调到程鹏爸爸的单位工作，一家人在一起生活。

到了上学的年龄，程鹏上了单位内部的子弟学校。课堂上，他坐不住时会去干扰其他的孩子，老师和其他孩子的家长就不太愿意。

有一次，同班的孩子家长约好集体来到毕海虹家，围住她家的大门，要求她将程鹏转走，离开这个班级，不要再影响他们的孩子。毕海虹没有答应，她也无法答应，茫茫戈壁，离开子弟学校程鹏就没有地方上学了。

上学期间，程鹏不断地制造麻烦，毕海虹就不断地去学校道歉。后来看总这样也不是办法，她就和单位领导申请调到学校的图书室工作。一来可以减轻学校的压力，有什么情况，作为妈妈，她可以随时处理；二来也是考虑到程鹏的成长，毕竟她如果在学校工作，其他老师、家长和孩子对程鹏的态度会有所改变，至少会有所收敛。以前，有的孩子会捉弄他。她在学校工作后，别人就有了顾忌，因为不知道她会在什么时候出现。程鹏在学校的境遇也就比原来好了不少。

毕海虹说她其实是在陪伴，陪伴程鹏度过很关键的成长期。

说到这里，她像要考考儿子似的，转头问在里间工作的程鹏：我是哪一年开始在学校陪你的？程鹏清晰地回答，是从五年级开始的。毕海虹说，对了，到初中毕业，在学校陪了五年。现在回过头来看，毕海虹认为，这五年的陪伴至关重要，它让程鹏向另一个方向发展，他焦躁不安的情绪在减少，慢慢变得平和、友好，能静下心来做自己的事情了。后来的文化课，程鹏其实听不懂也跟不上，但他会坐在自己的座位上安静地画画，不影响别人。毕海虹说,如果那时不管不顾,很难想象现在的程鹏会是什么样子。

在程鹏走向社会后,毕海虹遇到了许多和程鹏一样的自闭症孩子,她都和他们的父母说,一定要把握住成长的关键期特别是青春期那段时间的陪伴,不能让他们遭受过多的刺激,不能用强压的方式去抑制他们的内在情绪。不少自闭症的孩子在青春期以后还会有癫痫发作,需要引起家长的注意。如果做好关键期的过渡,不少毛病是可以减轻或克服的。

看着毕海虹在轻轻地叙述,我不禁感叹:这么多年的陪伴俨然已经使她成为一个非常熟悉自闭症孩子的专家。不同的是,她没有著书立说,到处传经送宝,她只是用一个自闭症孩子母亲特有的经历在默默地陪着自己的儿子,同时用平和的心态关注着和自己有类似遭遇的孩子、母亲、家庭。

毕海虹就这样在学校坚持陪伴着程鹏往前走,一直到他初中毕业。毕业后,夫妻俩商量了一下,认为儿子没必要再上学了,因为儿子注定要走一条与别的孩子不同的人生道路。但他的道路到底是什么,他们也不清楚,他们只能陪着他一步步摸索前行。

② 走出去

程鹏初中毕业的那个夏天,毕海虹带他去南方旅行,然后来到北京,准备在北京转转就回去。当时的打算是带他离开单位所在地,把家安在酒泉。酒泉是离单位最近的一个城市,有一百五十公里。当时的考虑是单位里面比较小，也封闭，能获得的机会不多，对程鹏今后的发展不利。

没想到的是，北京之行改变了程鹏的命运，准确地说是改变了程鹏的生活环境。我感到毕海虹的语气有了变化，听得出来她对程鹏来北京是满意的，也隐约透露出幸运的意思。

在北京逗留期间，一个朋友安排了一个聚会，其中有个朋友的朋友是做私企的，他听了程鹏的事，觉得这孩子不错，提出让程鹏去他的企业干一年，锻炼锻炼。程鹏愿意，毕海虹也就同意了。这一年程鹏在企业里和工人们一起干电容电阻的焊接活，他干得还不错。很快一年过去了，人家没有要继续留他的意思，毕海虹不好多问也不好强求，程鹏就离开了。她看得很开，人家毕竟是私营企业，要效益，程鹏总归是比别人出活少，离开也是应该的。

说到这里，突然听到毕海虹问：怎么了？我放下手中的笔抬头一看，程鹏站在妈妈的旁边。他说，那年八月份，我被炒了。毕海虹说，炒了？程鹏说，炒鱿鱼了。我们愣了一下，笑了起来。程鹏让我刮目相看了。

程鹏没有笑，他看着我问他妈妈：他是哪儿的人？毕海虹说，他是南京的老师。他"哦"了一声，似乎在思考什么，说，南京的老师，然后又回到里面的工作间，忙自己的活。我的心动了一下，他给人一种油然而生的亲近感。

丢了工作后，程鹏有些失落，没什么事干，回到家里待了几个月。程鹏工作的这一年，毕海虹已经把家安在了北京，打算在北京长住了。这时，他们遇到了窦老师。窦老师在北京的一个自闭症康复机构工作,对自闭症孩子的康复和发展充满执着和热情。

窦老师有个常人看起来匪夷所思的计划,他打算用踏行滑板车的方式,从中国北边的漠河一路滑到南边的三亚,沿途为自闭症孩子的康复治疗做宣传,扩大社会对自闭症人群的认识和关爱。毕海虹对窦老师的计划很心动,认为这是一个锻炼程鹏的好机会,就对窦老师说,你带着程鹏一起去吧。没想到窦老师同意了。可能他一是觉得程鹏确实不错,路途上不会有太大的问题;二是考虑带着一个自闭症孩子同行,更有意义,可以让人们更好地看到自闭症孩子的潜能。

计划定下来后,毕海虹给程鹏买了滑板车,窦老师就开始带着他在北京的玉渊潭公园练习滑行。熟悉了动作之后,就上四环上滑,四环一圈是六十公里,两人一天就可以滑完。着实训练了一阵,差不多觉得可以上路了,就准备出发。

说到出发的时间,毕海虹的记忆有点模糊,她习惯性地向里面问了一声:程鹏,你们去漠河是哪年来着?程鹏立即回答,2012年8月23号。我再次感到程鹏对时间记忆的准确性。虽说他是个自闭症孩子,但是,就像大多数年岁慢慢变大的母亲一样,毕海虹无意中已经流露出对儿子的依恋和依赖。这或许是母性的本能,又或许是有意而为的一种沟通方式。

采购好一路上需要的必备品,程鹏背着一个大大的旅行包——包很重,有四五十斤的分量,包里装着吃穿用的东西——跟着窦老师从北京飞到漠河,踏上漫长的滑行征程。

这是一场体力与意志相结合的长途拉练,充满着风险和挑战。两人沿国道一路奔行,穿过大兴安岭,滑过哈尔滨。有时为了赶到有住宿的地方,一天要滑行八十多公里的路程。一个多月之后,到九月底的时候,他们滑行了两千多公里到达北京,然后进行休整,准备后半程的滑行。

过完春节,三月初的时候,他们又滑上北京去三亚的道路。再出发的队伍中增加了两名志愿者,程鹏喊他们哥哥。其中一个志愿者是摄影师,他一路为他们拍照留影。人多了,也就热闹了不少,大家相互鼓励、照顾,于五月底到达滑行的终点,三亚市的著名景点——天涯海角。至此,他们完成了当初定下的目标。

时隔五年,毕海虹再和我说起这个了不起的创举,心中不是骄傲和自豪,而是当初放不下的担忧和牵挂。在程鹏出发之前,她突然有些后悔了,甚至觉得自己是不是太冲动、太草率了。这么多年,程鹏没有离开过她,这一松手,却是这样大的一个挑战。生活上的困难、体力上的艰辛暂且不说,最主要的是安全隐患。几千公里的路途,人来车往,跋山涉水,万一让汽车撞了,或者路上摔坏了,她后悔一辈子也无法弥补。

我问她,既然有这么大的顾虑,为什么还是狠心让他去了?其实,只要她不同意,谁也不敢做这个决定。她说,经过了几个不眠之夜的思想斗争,还是觉得自己的孩子就是要比别人付出更多,自己就是要多一些狠心。好在一路上有惊无险,总体平安。长途的滑行中,程鹏通常是每天晚上到达休息的地方住下后,就会及时给妈妈打电话报平安。接到他的平安电话,毕海虹这一整天拎着的心才能放下。

自然也有揪心的情节。

窦老师带程鹏穿越大兴安岭的时候,滑行在山里高低起伏的公路上,赶上了雷暴雨,雷电交加,大雨如注,惊天动地。程鹏从未见过这种场面,很紧张,掏出手机就打电话给妈妈,大声叫喊说,世界末日到了。毕海虹赶紧安慰他。当时,站在程鹏身边的窦老师吓坏了,在海拔很高的山上,又在打雷,是不能用手机的,很危险。但程鹏不管,遇到紧张的事情,他必须要给妈妈打电话,得到妈妈的安抚他才能平静。好在有惊无险,一路平安。

毕海虹说,能顺利完成从北到南的滑行,还是要感谢窦老师的照料、鼓励,和对他生存能力的培养、训练。

程鹏当时虽说二十岁了,但仍不太会照顾自己,比如要从旅行包里拿个东西,他不是从里面找到拿出来,而是一股脑把包里的东西都倒出来摊开,完了又得窦老师帮他一件件整理回去。窦老师是1963年出生,2012年时已经快五十岁了,那么大的运动量,还得照顾他、不让他出危险,很不容易。不是理解和执着,谁会愿意带个自闭症孩子跑这么远。离开妈妈,程鹏也确实得到了锻炼,能力也在增强。上路一个月之后,他在窦老师的训练下,已经可以每天把自己的行李整理得井井有条,也知道按照顺序拿东西、放东西,不再杂乱无章。有天,窦老师滑行快了,出了点意外,把眼睛摔伤了。程鹏就承担起安排日常生活的责任,购买食品、饮料,到一个地方跑前跑后协助窦老师办理手续,都可以做得不错。

这次经历,让毕海虹认识到,还是要创造更多的机会,让程鹏在大千世界中得到更多的锻炼。

于是,时隔一年,还是窦老师带队,一个六人团队要再创造一次远行记录。依然是踏着滑板车,但线路更具挑战,是沿着川藏线从成都出发,一路向西,目标是拉萨。和上次不同的是,这次毕海虹自己也加入了滑行的队伍,她要和儿子同行。

沿川藏线自驾去拉萨在很多驴友看来已经是一个了不起的举动,但一个母亲陪伴着自己的自闭症孩子,踏着滑板车滑进西藏,你可能闻所未闻,甚至会觉得不可思议。毕海虹带着儿子踏着小小的滑板车出发,陪伴着儿子向他的人生高度发起又一个新的冲击和挑战。

2014年9月1日,他们飞到成都,背着行李上了川藏线。滑板车细小但坚固的滑轮支撑着他们一路不断攀升,勇闯雪域高原,一行人于10月18日成功滑行到达目的地拉萨。听起来像是天方夜谭,但毕海虹做到了,程鹏做到了,他们母子一起做到了。他们并不是创造了奇迹,他们只是一步一步地踏好脚下的每一个脚印,在美丽的山河中留下前行的生动印迹。

自闭症孩子一个很大的问题就是对外界的信息刺激和接收不敏感,反应慢。前几年,为了帮助程鹏获得更多的信息刺激,毕海虹给程鹏做了个"行走北京"计划,陪着儿子专门去看北京大大小小、各式各样的博物馆。只要没什么事,他们周末就背着水和干粮,行走在寻找、参观博物馆的路上。有的博物馆,很多人压根没听说过,比如可乐博物馆、自来水博物馆等,他们都去了。他们每年参观大约二十几座博物馆,三年下来,走遍了北京城内大街小巷、胡同内外的博物馆。探访博物馆,不仅让程鹏看到了新奇的世界,也让毕海虹感觉自己得到了很大提升。母子俩在共同进步。

从 2014 年开始,毕海虹又和儿子开启了"电视剧之旅"。到了晚上八点的黄金时段,毕海虹就和程鹏一起观看央视一套的电视剧节目。选择央视一套,是考虑到电视剧的质量和主流性,可以让程鹏受到正面的引导。比如看《长征》,程鹏会问一些关于革命和历史的事情,对他来说,历史上的事情,比较抽象也比较遥远,但一集一集看下来,毕海虹发觉,他在一点点地理解,对历史的兴趣和认识也在提高。2017 年春天热播的《热血尖兵》,程鹏看得也很带劲,很佩服剧中青春帅气、吃苦耐劳、奋发向上的年轻士兵。

我能理解毕海虹的苦心,也能感知到程鹏的进步,自闭症导致他的认知和能力有所迟缓,但作为社会的一分子,他体内的好奇、求知欲及青春男儿的热情、冲动、向往都保留着,流淌着,他不比任何一个人差。只是需要激发,需要途径。

程鹏上幼儿园的时候,平衡力不太好,在小区草坪边高出地面的浅浅的路牙上都走不稳,属于发育比较差的孩子。而在 20 世纪 90 年代,人们对自闭症还缺乏有效的认知,更谈不上科学的康复、训练手段。这些年,毕海虹无师自通,身体力行地带着程鹏做各种锻炼,学习各项技能,来促进他康复。

起初,她只有一个简单的想法,孩子学习文化比较难,就锻炼他的身体,给他一个好体魄,再增加一些其他的兴趣和能力,同时释放他旺盛的精力。白天安排得充实,晚上他就能睡个好觉。程鹏的羽毛球、乒乓球打得都不错,他还学会了游泳,游得也很棒。此外,他还会滑冰,水冰和旱冰都溜得很。由于从小受爸爸的影响,程鹏学会了吹小号,达到了相对专业的水准,加入了北京的"乐为爱"乐团。他会画素描、水粉,油画也有一定质量。前几年有爱心人士收藏他的绘画作品,靠绘画他还积累了一笔小资金,他说要留着以后创业用。

听毕海虹如数家珍地说着儿子的成绩,我知道每一点一滴的进步,背后凝聚的是数十倍甚至百倍的辛酸和汗水。

陪伴是母性的伟大,坚持是人性的魅力。

作为一个自闭症孩子的母亲,一路走来,毕海虹看到了很多有自闭症孩子的家庭。有的家庭,采取的方式是溺爱和封闭式的看管,导致孩子的自闭行为不断加重,最终和社会隔离。她说,自闭症孩子小的时候,一定要领出去,让他见世面,一点点改变他的认知和习惯。孩子小时候的行为,比如抢别人的物品,在超市里抓起东西就吃,暴力攻击别人等情况,因为他小,别人还能谦让、理解,但如果你不帮助他改变,等他长大了,像程鹏现在这么大,他再有这些行为,别人就不会原谅了。其实,对这样的孩子,作为家长,你就必须得付出,单纯地指望机构不行,机构只是提供一些技术性的帮助,代替不了家庭里的亲情和血缘关系。而且这些孩子很敏感,很在意你对他的态度,你的一举一动,他看似不注意,实际上对他是有影响的。

毕海虹说这些年,自己采取的就是陪伴,陪着他长大,像个朋友一样,和他聊天、走路、外出,观察周围的人和事,见识各种场面,帮助他思考,提高他的认识。

③ 放手

随着程鹏年龄的增长,毕海虹知道放手是迟早的事。她说,迟放不如早放,必须让他锻炼自己生存的能力。现在,她活着,有她照顾,儿子衣食无忧,但将来呢?有一天她不在了,谁来这样照顾他?他的路还得靠他自己走。

我知道,对儿子将来的忧虑是毕海虹内心最大的痛,也是最大的不放心。很多残障孩子的家长,他们平时为孩子的陪伴、照料、就医、康复而四处奔波,虽然很苦、很累,但还能承受。然而,他们内心都有一个最大的痛,那就是将来,万一自己一闭眼不在了,孩子怎么办?

为了有效解决这个痛,变长痛为短痛,毕海虹选择的是逐步放手。

2017年3月中旬,在心里自我斗争了两周后,毕海虹选择了"离家出走",时间是三天。这是二十五年来,毕海虹第一次主动选择离开程鹏,她把程鹏留在家里,自己去北京的郊区顺义住了三天。

人离开了家,可她的视线却一直锁定在手机上——手机和家里的监控连在一起,可以实时看到家里程鹏的举动。她看到儿子下班回来了,手上拎着买的蔬菜、水果。他喜欢吃菠萝,就买了菠萝,自己做菠萝罐头当晚餐吃。吃好了,就打扫卫生,刷碗、拖地,忙得井然有序。程鹏午饭在单位吃,一般都是在家里做好了带去,中午热一下吃。毕海虹看到,晚上休息前,程鹏把菜洗干净放着,肉从冰箱里拿出来化冻,又把米淘好,把电饭锅预约好第二天早上煮饭的时间,然后才进卧室。

第二天一大早,毕海虹就醒了,继续观看儿子在家的"直播"。七点钟,程鹏准时起床了,他到厨房先看看电饭锅里面的饭煮好没有,接着就切肉、炒菜,让毕海虹惊奇的是,儿子居然还煮了自己爱吃的红皮鸡蛋做早餐。吃好后,程鹏把饭菜装进饭盒,打包拎好出门去上班。

儿子做得无可挑剔,可在同一个城市不远处看着视频的毕海虹却哭了。她说,以前都是自己给他做好,这回她待在宾馆里什么事也没有,看着他在家里忙碌,心里酸酸的。说到底还是舍不得。但看着儿子的自理能力不断增强,毕海虹的泪水里还是透露着欣喜和安慰。

毕海虹的"出走"距我们谈话的时间已有两周,可从毕海虹的话语间,依然可以听出她情绪的起伏。她像对我说,又像对她自己下决心似的——还是得放手,以后争取每个月一次,让他锻炼。想想,又有点不放心,她扭头朝里面问道,程鹏,下次妈妈什么时候再出去?程鹏回答,什么时候都可以。她又问,那下次妈妈出去几天?五天!程鹏都没思考,就很有把握地说。倒是毕海虹自己忍不住惊叹了一下,五天哪!这孩子,你看,不需要妈妈了!

我微微地笑着,为这对母子。

毕海虹对程鹏的放手,不仅限于家庭生活,还慢慢向他的社会交往、社会活动方面延伸。

4月2日是世界自闭症日,在2017年的自闭症日到来之前,央视十二套要给程鹏参加的"乐为爱"乐团——乐团的四个成员都是自闭症患者——录制节目,地点就在北京酒仙桥附近著名的798街区。毕海虹和程鹏说好,让他自己去,程鹏也有节目组姐姐的电话。节目组约的录制时间是下午五点,但因为下雨,中途还要倒三趟地铁,程鹏就算好时间,提前在三点二十分就从单位坐地铁出发了。毕海虹也想去看看录制的情况,但她没有告诉儿子。

下午,毕海虹从家里出来坐地铁,出了地铁站去"798"还要走一段不短的距离。她正在街上走着,突然有人从后面在她肩部拍了一下,还"嘿"地打了一声招呼,一回头,是程鹏。毕海虹想,巧了,娘俩居然坐了同一趟地铁。她想让儿子自己走过去,再自己联系节目组的人,看他怎么应付。于是,毕海虹对儿子说,你自己赶时间走去吧,妈妈今天锻炼的时间不够,要从那边一条路绕过去,多走会儿。程鹏同意了。"798"那边,程鹏去过两次,但都是毕海虹带着,路他还不是很熟。不过程鹏会使用导航,就跟着导航走。这也是毕海虹长期对他的锻炼,让他学会自己寻找目的地。

在那个有风也有雨的下午,毕海虹目送着儿子的背影消失在首都雨天熙熙攘攘的人潮中,看不见了。她毅然调转方向从另一条路走。等她到达录制点的时候,他们的节目已经开始。节目组的姐姐告诉她,程鹏到了门口就给她打电话,一点问题都没有,顺利见面,顺利开始。毕海虹舒了口气,心又放下一些。

程鹏的家和单位有五六公里的距离,毕海虹会开车,但程鹏上下班是自己走,毕海虹从不接送他。他嫌挤公交麻烦,就自己滑滑板车来回。毕海虹同意他的选择，毕竟未来的路终归要靠他自己去走。

④ 将来

基于程鹏的巨大进步，我问毕海虹，将来有什么打算。

作为一个自小在北方长大、快人快语的母亲，她的回答却突然迟滞，她的嘴唇嚅动了几下，话没说出来，却先叹了口气。将来，不敢想，真的不敢想。停了停，她又说，成家，能成个家就好了。

我不知道以后会有多少人能看到我的文字。如果你是一个母亲或是一个父亲，你的孩子在一天天长大，你看到毕海虹的这句话时，心会有被什么硬物强烈撞击的感觉吗？我说，以程鹏现在的能力，组建个家庭，应该不会有什么问题。毕海虹用感激的眼光看了看我。我的话里确实有安慰她的成分，但也是建立在我对程鹏认知的基础上。毕海虹显然理解我的意思。作为母亲，她对儿子的期盼最大，但认识也最清楚。她轻轻叹了口气。

近三个小时的交谈，我很少看到她叹气，尽管叹气是多少残疾孩子家长的习惯性动作。像锅里的蒸汽，捂也捂不住。

毕海虹说，程鹏现在照顾自己基本上可以了，但组建家庭和另一个人生活不容易，柴米油盐天天在一起，要能拢得住，很难。别人要能理解他、包容他，毕竟他有自闭症，很少会从别人的角度去想问题。

我没有任何关于自闭症患者组建家庭生活方面的资料和经

验，就没有敢多说什么，只是静静地在听她讲。停了停，她又说，自闭症患者的思维、认知和健全人是不同的，即使程鹏发展到这样的水平，遇到问题时，他思考、解决问题的方法还是和别人不一样。他们特别"机械"，不会"转弯"。比如家里突然遇到停电或者停水了，健全人首先会想是什么原因，弄清原因再想怎么解决。他不会去想原因，而是一遍遍反复在那里磨叨"电没了""水没了"这件事本身，就出不了这个圈，把自己弄得很焦虑，他不会主动去想事情背后的原因。

我问毕海虹，看到这方面的不足，平常有没有采取一些方法训练他。她说，有的，家里现在的水、电、煤气卡都交给程鹏，由他负责打理。电表是要先购电插卡充值才能使用，她也不提醒他，如果他没去买电，电用完了就让它停，期盼这样的举措能让他慢慢有所觉悟。

说起自闭症患者的机械性，坐在旁边的"康纳洲"的张老师说了一个故事。和程鹏同在"康纳洲"工作的另一个小伙小李，也是自闭症患者，他能力也不错，尤其善于表达。客人到店里来，他可以从头至尾、如数家珍地向你介绍整个店的情况，把你说得一愣一愣的，不了解的人都不相信他有自闭症。根据小李的能力，店里安排他给附近的单位送蛋糕、面包等产品。他也很能干，送货一直很顺利。

一天，离店不远的一所大学有人在微信上订了产品，师傅装袋打包好就交给他，让他按他手机微信上的地址给送去。没想到的是，那天小李的手机忘了充电，下楼出门到达那个大学时，手机的电耗光自动关机了。他不知道客人在大学里具体是哪个部门、哪栋楼、哪个房间,只记得客户的姓名。于是一场漫长、艰辛而机械的寻找过程开始了。他一栋楼一栋楼、一个房间一个房间地敲门,问那个客户在哪里。

学校太大,人们相互之间并不认识。小李一直这样拎着袋子在不停地敲门、寻找。最后有人觉得他是故意骚扰,打电话给学校保卫处把他带了过去。保卫人员看到他拎袋上"康纳洲"的电话,就打过去,老师赶过来才解决了问题。

手机没电,丢了客户信息,小李只需要请人给店里打个电话,或者干脆回到店里拿了信息再出来。但是他能想到的只有客户这一个点,就认准这个点去艰苦地寻找,找不到还不行。

这段插曲,在别人听来就是一个自闭症患者不会转弯的故事,但是作为一个特教老师,我的心里有一种酸楚。我在想,小李那么长时间的苦苦寻找,就没有一个人能够停下来好好地问一问他怎么了,就没有人发现他和我们这些人有点不一样而多帮助他一点吗?这还是在一所大学里!当然,这是我心里翻滚的情绪,没有说出来。

毕海虹说,是啊,在自闭症人群中,程鹏和小李这些孩子都属于高功能,不错了,但和普通人比,还是有很大差距。她回头看看依然在里间忙碌的程鹏,说,其实她已经很满意了,看着儿子一天天向着正常人靠拢,起码现在他在街上走着,或者等个公交、候个地铁,站在那里不说话,你看不出来他和别人有什么大的不同,不会招来别人异样的眼光。

我们正说着话,程鹏端着手机走了过来让我看里面的图片。我凑近一看,一把金色锃亮的小号躺在一块大红底色、上面绣着灿烂大花的艳丽布料上,小号和布料形成强烈的视觉反差和冲击。我以为他是让我看他的小号,就问,这是你的小号?他说,是。我说,你的小号真漂亮。他说,床单!"单"字的语气明显加重,拖了个长音,有强化的意思。我明白了,他是让我看他的作品——这幅他刻意构思的"画"——金色小号放在艳丽床单上的独特效果。

我不懂艺术,但直面了震撼,对他独特创意的震撼,色彩搭配的震撼,超常规的艺术思维的震撼。

毕海虹说,特意买的床单,就要这个颜色,花了好几百块。程鹏补充说,665块。

我朝他挑起大拇指,太美了,一般人想不出来,你真厉害。程鹏笑了,呈现的是浅浅的孩子般的谦虚。他又翻开手机相册,让我看里面的一幅幅照片,以风景居多,山水林木,花鸟虫鱼,丰富多彩。

我心里想,这个小伙子是多么热爱生活,多么简单,又多么充实、快乐。

我们的交谈到了尾声,但没想到结束我们谈话的是程鹏。

他提醒我们,时间差不多了。我诧异了一下,用目光问毕海虹,他怎么知道我们该结束了?

毕海虹笑笑,他有数得很。今天下午,他爸爸从单位来北京开会,一会要到家了,他计算着时间要回家去,惦记爸爸给他带回了什么礼物。我想,程鹏该是有段时间没见到爸爸了。这个世界上有很多联结,唯有亲情是天然的纽带,因为它来自生命和血缘。

来去匆匆，我也要去北京南站乘五点的高铁，就赶紧起身。

告别时，我邀请他们母子来南京做客。毕海虹说，南京两年前去过的。程鹏说，去了八天。他对时间的精确记忆让我再次惊叹不已。我说，抽空再来南京。程鹏说，今年夏天我们要去上海，坐高铁会路过南京，不过我们不下车。

你可能不相信这些话是一个自闭症小伙说的，是的，如果不是面对面，我也很难相信。我只是如实记录，没掺杂任何文字加工。

程鹏就是程鹏，他是一个自闭症患者。二十五年来，在妈妈毕海虹的陪伴下，他离我们心目中的自闭症患者越来越远，离我们正常人越来越近。

我知道，我们可能做不到零距离，但我们的距离可以无限缩小。

古屹松

我的心里一直有个大大的问号

时间：2017 年春
地址：江苏省南京市江上区钟
　　　山街道
身份：脊椎病变残疾人

如果没有三岁时的那一跳，古屹松不知道自己的人生道路会怎样展开，甚至不知道自己会长成什么模样，应该起码不会像现在这样只有一米五左右的个头吧。最关键的是，前后胸不会隆起，凸出成两个小山丘一样，让自己负重前行。

可是人生没有假设，命运只由发生了的事情组成。

古屹松的命运在他还懵懂无知的三岁时就已发生了改变。

① 在骨骼变形中生长

幼年时，古屹松活泼好动，小男孩有的顽皮他都有。

三岁那年的一天,他沿着台阶爬上一个六米高的台子,模仿跳水运动员的动作从高处跳下来。六米的高度对一个三岁的孩子来说,实在是太高了。他无法控制下落的姿势,落地时,屁股在地上重重地蹾了一下,感到一阵刺痛。当时也没在意,咧咧嘴本打算哭两声,想想又算了,忍忍痛爬起来就回家了。他并不知道,隐患那时就已经埋下,而且一潜伏就是三年。

六岁时,妈妈发现古屹松的两个肩膀一高一低,是斜的。妈妈一说,他就有意识地调整一下,端端平,但一不注意,就又斜了。家里人不知道是什么原因,古屹松兄弟姐妹五个,其他人都没有这个现象,妈妈觉着不大对头。虽然家里条件不好,但孩子的身体健康比什么都重要,于是领着古屹松去看病,先后去了南京的铁道医学院附属医院、镇江的954医院和上海的同济医院。

奇怪的是,几家医院的医生看了古屹松的X光片,都说这孩子的脊柱没什么问题。医生问他,有没有什么地方疼痛或不舒服,古屹松说没有。那时他确实没有感到疼痛和不舒服。医生和家人认为他的肩膀不平,大概是小孩发育过程中的一个插曲,多注意点,长大就没事了。

古屹松在端平肩膀的时时提醒中,走过了自己的童年。小学毕业时,他已经十四岁。病魔在潜伏多年后终于露出了它狰狞的嘴脸,他幼时受到损伤的脊柱由于变形,开始侧弯、突出,而且愈来愈明显。再去医院,医生从X光片上看到,他的脊柱靠近尾椎部分的椎关节已经坏死,不再发育,而其他的部分在快速生长,于是对坏死的部分产生挤压,形成侧弯并且向外突出。

医生担心家长听不懂,用了大陆架构造的挤压原理来解释。

虽说古屹松的父母亲都是工厂里的工人，文化程度不高，但医生这么一说，他们就懂了。他们需要知道儿子背部拱起来的原因，他们更需要知道怎么来治好儿子的病。医生给他们分析了一个更重要的问题。古屹松的脊柱发育出了问题，会导致肋骨生长的空间受到限制，不能自然向两边伸展，结果是会向胸前后隆起，形成鸡胸和驼背。这又是一个灾难性的变化。因为他年龄不大，还处于发育阶段，医生提出一个"残酷"的治疗方案，让家里给古屹松做一副夹板，把他的前后胸夹住，要达到十五公斤的力，尽量躺在床上不动，时间是两年。这样做的目的是阻止肋骨向前后生长，并强制它们往左右发展。他当时的年龄是生长发育最快的阶段，不强制夹住，肋骨的变形会十分明显。

父母找来两片木板，在板上垫上一层海绵，忍痛给古屹松夹上，木板的对称位置挖了孔，前后用长长的螺栓穿进去，再用螺帽拧紧。这类似电影中的画面，真实地发生在古屹松的身上。

十四岁的古屹松成了个只能躺在床上，门也不能出，学也不能上，哪儿也不能去的人。

医生告诉古屹松的父母，每隔半个月到一个月，还要把夹板的螺丝再拧紧一点，把试图凸出的骨头给压回去。

2017年，古屹松已经六十岁，然而时至今日，回想起四十六年前的"治疗"，他依然记忆犹新、不寒而栗。

夹了两个月，古屹松已经瘦得不成人样。躺在床上，他心里惦记的还是上学，就坚持去学校。为了不让别人看到身上的夹板，他冬天裹着厚厚的棉袄，夏天也罩着宽大的外套，实在是太不方便。古屹松提出来要拿掉夹板，不夹了。妈妈看着也心疼，就同意了,拿掉了夹板。

父母想想不甘心,又把古屹松带到南京市鼓楼医院,问骨科的医生,能不能把坏死的骨头换了,无论花多少钱,倾家荡产、全家人睡马路也愿意。医生仔细检查后说不能换,脊椎的椎管里面有神经,如果手术处理不当伤到神经的话会导致瘫痪,那就连站都站不起来了。他们只好回到家里,任其生长。

随着年龄的增长,除了肋骨畸形生长向前后凸出外,又产生了新的问题。正常人的髋骨和最下面的一根肋骨之间有着大概五厘米的距离,形成了一个有效的缓冲和磨合的空间。古屹松由于椎骨的病变,导致这五厘米的缓冲地带消失,肋骨直接架在了髋骨上。运动或者走路的时间稍长,骨头之间的摩擦加大,就会感到不舒服。去看医生,医生说没什么好办法,只有通过外力的拉伸来缓解。古屹松只能采取一个笨办法,每天睡觉的时候,把上半身固定住,再在床尾悬挂几块砖,用绳子系在腿上,使上半身和下半身之间形成一定张力,促使摩擦的骨头分开。拉伸了几年,到了二十岁,身体发育基本定型,髋骨和肋骨之间的距离也基本保持在了一厘米左右,不影响走路了。

② 曲折的就业创业道路

古屹松知道自己身体有缺陷,身材也很矮,以后不可能从事较重的体力劳动,就暗暗下决心在学习上多下功夫。一直到高中,他在班上都是名列前茅。可遗憾的是,他上高中时处于"文革"期间,上了一阵,学校停课,他只得离开学校准备找个活干。

按照当时的规定,他可以去爸爸的铁器厂上班,但厂里主要是体力活,他干不了,厂长也不愿接收。回家待了一段时间,他家所在的居委会组织大爷大妈们搞了个手工制作的合作社,缺少个识字的人给他们做账。居委会主任想到了古屹松,让他去做,工资是二十块钱一个月。古屹松接下了这份工作——这也是他人生的第一份工作。不管怎么说,挺高兴的,自己可以挣钱了,虽然少点。这件事让古屹松认识到,自己和别人不在一个平台上,以后要想有像样的生活,必须掌握一门技术,靠技术吃饭。

学什么呢?他琢磨了一阵。

正好居委会有台老旧的收音机,一会响,一会不响,个性很强,脾气很大,一般人摆弄不了它,这引起了古屹松的兴趣。他买来书籍,从这台收音机入手,开始自学无线电。学了几年,也亲手捣鼓了一些半导体,他的技术有所长进,就跃跃欲试,想找个地方试试身手。很快得到一个消息,南京邮电器材厂招聘技术人员,要求懂无线电技术,古屹松赶紧去报了名。他顺利通过了理论考试,实践考试是要求分别诊断一台黑白电视机和一台收录机的毛病,找出来故障的原因即可。

那个年代,电视机和收录机可都是稀罕物,是高档生活的标志。好在古屹松自学的过程中有机会在街道的文化站里接触过这些电器,他像医生诊断病人一样,很快找出了故障,被录用到厂里上班。厂里认可了他的技术,给了他四级工的岗位,相当于技术员的待遇。厂领导看他是残疾人,又额外给他加了半级的工资。

南京邮电器材厂是家福利工厂,里面有不少残疾人,主要是聋人和盲人，聋人干的是搬运的体力活，盲人和肢残人在生产线上做零配件安插。厂里负责管理和技术的都是健全人，古屹松作为残疾人能从事技术活，其他残疾人也觉得很长面子，以他为骄傲。

在邮电器材厂，古屹松收获了自己的爱情和婚姻。1991年他和厂里的一个女工组建了家庭。妻子是肢体残疾二级，两人惺惺相惜，相扶相伴，风雨同舟。

平静的日子很快让市场经济的大潮给冲破了，福利企业也不例外。2001年，工厂改制，古屹松夫妻俩只能留一个人在厂里，他毫不犹豫地让妻子留下，自己选择了失业的道路，养老保险也停缴了。妻子留下也只是在厂里继续缴纳养老保险的基础上，每个月领两百元的生活费。到了2003年，妻子两百块的生活费也没有了。那时女儿刚刚三岁，全家一下陷入了困境，没了生活来源。古屹松的父亲去世得早，母亲已经退休，退休工资很低，身体也不好，没有能力来接济他们。

古屹松去了街道，反映了自己的困难。街道给他们办了低保，一个月全家可以领一百九十七元，一家三口吃饭都成问题。困境之中，街道领导给古屹松找了一条出路，把他们家所在的居委会一间闲置的小屋给了他，让他发挥特长，开办无线电修理铺。小屋很小，只有十平方米，屋内漆黑一片。居委会帮忙在破墙上开了个窗户，阳光照射进来，透着光明和向往，把古屹松矮小的身影拉出坚韧的长度。古屹松很满足，也很珍惜，在小小的修理铺中尽心尽力地为居民们服务。

进入21世纪之后，人们的生活水平有了很大提高，城市里居民的家用电器已经比较普及。古屹松的手艺不错,做事也认真,收费比外面的修理店要便宜,周围邻居电器的一些小毛病他能做到当天送来,当天就修好拿走。大家很满意,主动地帮他做宣传。一年之后,古屹松的修理铺已名声在外,送电器来修理的人络绎不绝,店里一派繁忙的景象。古屹松很开心,越干越有劲,到了2007年,他一个月的收入可以达到四千多块。当时街道干部和学校老师的工资一个月还不到一千块。

生意虽然好了,古屹松依然牢记把服务质量和价格优惠放在第一位,收费坚持比外面低百分之三十,同时对残疾人和家庭困难的人只收材料、配件的成本费或者不收费。对重度的生活不能自理的残疾人,他抽空上门服务,帮他们免费修理。

作为残疾人,他更能理解残疾人的难处,他知道这些不能下床、不能出门的重度残疾人,就指望电视机、收音机来打发时光,他要尽自己的能力充实他们的生活。

随着经济的进一步发展,空调也慢慢走进普通百姓的生活。古屹松嗅出了其中的商机,又学会了修理空调,扩大自己的业务范围。他不辞劳苦,只要自己的身体允许,爬高上低,凡是够得着的地方,他都克服困难去接活。他不敢放松,也不能放松,必须珍惜来之不易的机会,尽可能多挣些钱,为自己和家庭打下基础。

古屹松努力挣钱的时候,他的妻子也没闲着。她在街道的关心下领着一帮人成立了手工制作社,制作一些手工艺品,销量不错,每个月也有了固定的收入。女儿大了,家庭的负担减轻了不少,日子看着是一天比一天好了。古屹松很满足,身体残疾带来的体力和心理上的负担也渐渐消遁。

③ 放弃生意做残疾人专职委员

2006年,为进一步关心残疾人,了解残疾人,加强对残疾人的沟通和帮扶,国家残联在全国乡镇、城市街道一级设立残疾人专职委员岗位,这是一个很多人闻所未闻的岗位。

古屹松家所在的街道也积极物色残疾人专职委员人选。在修理家电的过程中,古屹松和残疾人有很多接触,他愿意和他们接触,也受到他们的欢迎和信任。街道领导觉得他适合这个岗位,就聘他为残疾人专职委员。起初是兼职,给的报酬不高,一个月四百块钱。古屹松没有嫌钱少,也不觉得工作会耽误赚钱。生意之余,他满怀热情地去做事情,跑得很勤快,很快乐,也很尽职。街道辖区内的残疾人都很喜欢他,家长里短,冷暖饱饥,高兴不高兴的事,都愿意和他说。

到了2008年,残疾人专职委员的工作职能不断强化,任务逐步加重,工资也涨到了九百四十块,但比以前忙多了。古屹松还是坚持着做,两头忙。2010年,政府考虑到形势发展对残疾人工作的需要,提出残疾人专职委员工作要常态化、日常化,要签订用工合同,人员要正常到街道上班,和其他工作人员一样考勤。这就是真正意义上的"专职"了。古屹松犯难了,如果丢掉修理铺,专职委员的工资很低,相当于当时南京市规定的最低工资。如果放弃专职委员岗位,心里又舍不得。七八年下来,街道里的残疾人都熟悉了,大家离不开他,他也放不下他们。

可是怎么选择，对他和家庭来说，是个大问题。纠结了一阵，他想好了，下决心去街道上班。在和妻子商量前，他准备了一堆说服她的理由，比如残疾人不是给点钱吃饱饭就可以了，比如谁家的残疾人长期不能出门，心理严重变化，对家庭和孩子都带来不利影响，等等。没想到，他一开口，妻子就首先表示支持，支持他放下修理铺，去做残疾人工作。妻子还做起了他的工作：我们现在的日子比以前好过多了，也有了积蓄，该协助政府去帮帮其他残疾人。古屹松心定了。

2010年春暖花开的季节，他关闭了给他带来希望、信心和幸福的修理铺，和街道签了合同，安心拿起了每月一千四百五十块钱的最低工资。

正式上任后，古屹松从走家串户做起，挨个了解残疾人特别是重度残疾人的情况，掌握他们的第一手资料，分类整理后再向有关部门汇报，予以重点帮扶。

街道辖区内有个残疾人叫闻江龙，45岁，肢体一级残疾，四肢不能活动，整天躺在床上。古屹松去他家的时候，他年迈的父母正在给他喂饭。他坐不稳，两个老人一个坐在床上从后面架着他，一个喂他吃饭。吃了饭，他要上厕所，两个老人在地上放了个粗布袋，把他抬到袋子上，再拽着袋子一步一挪向卫生间拖。老人力气小拖得慢，闻江龙来不及了，大小便就洒在袋子上，弄得满地都是。闻江龙不能站立，也坐不起来，长期不能洗澡，家里的味道很重，人都不能走近他。

看着闻江龙，看着他的生活，古屹松眼眶发烫，回去就给残联领导打了个报告，申请给他专项帮扶。

领导不相信，说，现在还有这样生活的残疾人？古屹松说，不信哪天我陪你去看看。领导忙，就派了个科长跟他去了，刚进闻江龙的家门，科长就让室内强烈的味道给熏得退了出来。科长捂着鼻子说，不看了，我相信你说的话。回去汇报之后，领导批了一笔费用专门帮助解决闻江龙的生活困难。古屹松用这笔钱请人在闻江龙的床边装了个和床一样高的无障碍马桶，他要上厕所时，老人只需要把他从床上架起来挪上马桶，固定在无障碍架子上就可以了。然后又帮他买了一台全功能的轮椅，让他能在家里活动，能移动到卫生间洗澡。考虑到闻江龙的父母年纪大了，古屹松还联系了社区的青年志愿者，定期上门为他家里打扫卫生，天气好时用轮椅推闻江龙出来晒晒太阳，透透气。

闻江龙第一次出门，坐着轮椅被推到小区公园里，他的老母亲跟在后面泪流不止。她佝偻着背对和自己差不多身高的古屹松千恩万谢，说儿子终于可以出来了，终于可以见人了。

对街道辖区内的其他重度残疾人，肢残的，古屹松想办法帮他们申请各种辅助器具，帮助他们站起来，走出家门；盲人或低视力的，古屹松为他们配备音频文艺作品，大字版的读物，扩展他们的知识面。古屹松创造条件组织残疾人在一起交流，让他们适当参加一些文体活动，改变他们的生活状态和精神面貌。

残疾人理解残疾人的艰难。结合自己艰难曲折的求职之路，古屹松知道一份工作对残疾人及其家庭的重要性。在残疾人的就业中，聋人和盲人已经有了一定的渠道，择业也相对容易些。比较困难的是智障人员，很多单位都不肯接纳。

古屹松动了脑筋。

南京市区的苏果超市门店很多,他观察到,每个门店都需要有人在门口管理顾客的非机动车,让顾客按指定区域停车。这个活相对简单,要求也不高,一般程度的智力障碍人员可以胜任。他就去了苏果超市公司,找到负责招工的人,说能不能安排几个智障的残疾人来就业,负责看管自行车、电动车等。招收残疾人就业你们企业也可以减免一定数额的税,还做了好事,解决了残疾人和他们家庭的困难。负责人说,他们能做吗?古屹松说培训一下没问题。负责人说,那就试试,考核一下。

回到街道,古屹松赶紧召集了十个智障程度相对较低的残疾人,在超市门口,实地教他们怎样管理非机动车,也就是告诉顾客把车辆停放在指定的区域,把区域外的车搬到区域内。经过三天的训练,他们中的多数人基本掌握了工作要求。古屹松心里有了底,就请苏果超市招工办的人来考核,结果第一批录用了六个,另外四个,招工的人觉得不行,没有接收。苏果超市人事部门和区残联以及被录用的残疾人签了用工协议,把他们分配到不同的门店去看管车辆。让古屹松感动的是,苏果超市很大气,没有按照最低工资标准,而是给了他们和正常人同样的工资待遇,扣缴养老保险等各类社保项目后,每人一个月可以拿到两千七八百块钱。几个残疾人很满足,家里人更是喜出望外。

平时稍有空闲,古屹松就会去几个残疾人工作的门店转转,看看他们的工作状况。天气炎热时,惦记他们在高温下工作可能会中暑,他就买绿豆和冰糖送给他们,让他们熬汤喝,防暑降温。

这几个残疾人中有个叫潘晓军,智障三级,在南京市清凉门的苏果门店工作。古屹松去看他,和他聊天。古屹松问他,如果别人把车子乱放不听你的,你怎么办？潘晓军说,我就等他走,他一走,我就把车搬到黄线里面去。潘晓军胆子比较小,他告诉古屹松,一次,他不让一个男的在超市门口的人行道上停车,那个男的很生气,说要用刀砍他,他很害怕。古屹松告诉他,他看你是残疾人,吓唬你,他不敢真的砍你。不过,想想还是不放心,古屹松又教他,看车时不要和别人发生冲突,如果有人骂你、打你,你不要回骂、还手,你就走开,跑去找店长,首先要保护好自己。古屹松相信,绝大多数来超市的顾客,看到残疾人在管理车辆,会自觉配合,体谅他们的不容易。

有了安排智障残疾人到超市看管车辆的渠道,六年中,古屹松解决了十四个智障残疾人的就业问题。他觉得这是自己工作中很大的成就。通过自己的奔波、残疾人自身的努力,加上社会的关心,在帮残疾人实现就业这方面古屹松充满信心。

残疾人专职委员工作并不是事事顺心,在六年的专职委员历程中,古屹松也有无奈、无助、焦虑的时候。

残疾人是个特殊的群体,在这个特殊的群体中,精神残疾人是个让人捉摸不定的特殊人群。做精神残疾人的工作,古屹松心里也没底。面对一个精神残疾人,你不知道他随时会出现什么状况,可能一分钟之前还是正常的,一分钟之后就不正常了。

街道社区内曾经出现一个男性精神残疾人,在家里待着好好的,爸爸上班了,妈妈去菜场买个菜的工夫,他病情突然发作,在家里点火,给自己家造成了重大损失。幸亏发现、扑救得及时，火势没有蔓延，他本人只是轻度烧伤，也没有给邻居造成损伤。

对狂躁型的精神病人，一般采用长期服用药物的方式，保持他们的情绪平稳。精神病人中也有病情好转、长期不发作的，但即使稳定了，他们依然受到各种制约，给工作、生活带来很多不便。

街道有个女性精神病人叫刘子宁，2017年才29岁，医院鉴定她为精神残疾三级。她找到古屹松，要求残联出面帮她把精神残疾的残疾登记取消掉。她说自己已经九年没有服药了，没服药的这九年也没有发过病，自己的病好了，不是残疾人了。

古屹松说，那你去医院复诊，确认没有问题了，就开个鉴定，证明你的病好了，我到区残联帮你去办。刘子宁说她去过医院几趟了，找了几个医生，但是医生认定她是精神病，不相信她的话，不给她开证明，让她回来从社区到街道，再到残联开证明，证明她过去九年没服药也没犯过病，已经完全好了。她去社区，根本没人理她，她只好来街道找古屹松。

古屹松心里清楚，这几个地方都无法给她开这个证明，也不敢开。如果开了，万一她再犯病出了事，谁也承担不起责任和后果。古屹松还是很慎重，向残联领导做了汇报。领导说，当初是医院诊断她有病，开具了诊断鉴定书，才给她办的残疾证，现在，要取消残疾证，也得医院出具诊断证明，证明她确实好了、没有问题了，才能注销残疾证。

于是这事成了个死结，两边相互推，各说各的道理，谁也不愿，谁也不敢，先迈出第一步。

刘子宁哭着说，当初证明我是残疾人很简单，医院盖一个章，残联一个残疾人证，就给我贴上标签了。今天要证明我不是残疾人，撕掉这个标签怎么这么难？不摘掉残疾人的帽子，我找工作没人要，谈对象没人敢接近，学驾照报不了名，想出门旅行，旅行社拿着我的身份证在网上一查，看到我是精神病人也不带我，我活着什么也做不了，还不如死掉算了。

古屹松看着刘子宁的状态很着急，也很心痛。就陪着她专门跑到当初给她出具医学鉴定的那家医院，找到负责鉴定的那个科室的医生，请求医生从技术上对她进行医学鉴定。如果鉴定她确实好转了、没有问题了，请医院给她出具医学鉴定证明，残联系统凭医学证明注销她的残疾证，并且和相关部门联系，把身份系统内她的精神残疾信息删除，让她过正常人的生活。但是医生不同意，找各种理由推脱，还是坚持要社区、街道和残联先出具证明，证明她的病好了。

古屹松很生气，也很无奈，一个基层街道的残疾人专职委员，他可以放弃赚钱的生意来做专职委员，可以拖着瘦小的身躯为残疾人跑腿，可以走进每个残疾人的家庭和残疾人面对面，可以为他们伤心、为他们流泪，但他无力证明一个精神残疾的人是否已经康复，也无法帮她恢复一个正常人的身份。

所以，九年没服药、九年没发过病的刘子宁至今还是"残疾人"。

古屹松的电脑里详细录入了全街道 1400 多名残疾人的信息，这些残疾人中，他最为棘手的还是精神病人。其他类型的残疾人，需求都还好满足，也相对好沟通和交流，但精神残疾的人，包括他们的家庭，在沟通上困难都较大。让他困惑和心痛的是，在精神残疾的人群中，年轻人不断出现，有低龄化的趋势。他说社会的竞争给年轻人的压力太大了，很多家庭，在孩子压力过大生病后非常后悔，却不知道在孩子的成长过程中降低要求，给他们减压。毕竟普普通通的人居多，不是每个孩子都能成龙成凤的。

可是，没有几个家长能悟出和接受这样简单的道理。家长眼里只有起跑线和终点线。但其实，人生不是一场竞赛，永远没有终点。家长更应关注的是孩子成长的过程，恰当的教育方式决定了孩子生命的质量。

④ 在歧视中坚守

古屹松每天都在为残疾人奔走、为残疾人服务，这是他的职责，也是他的幸福，更是他的生活内容。

为残疾人做的事多了，他也会生出小小的成就感，有时他甚至觉得自己和他们不一样了。然而，他知道这不过是自己的错觉。

坐在街道办事处的办公楼里，和身体健全的同事们一起忙碌，看起来并无不同，其实，他处处能感受到若有若无的歧视。经意的，不经意的；主观的，客观的；有意的，无意的。歧视就在那摆着，一不小心就戳他一下，至于疼不疼、痛不痛，他的内心能不能经受得起，别人好像并不太会察觉到，他自然也不会和别人说起。有时，还是挺难受的，他是有血有肉的人，是个残疾人，也是个男人。男人的面子和自尊心与残不残疾没有关系。或者，关系更大，更需要兼顾。但人们显然认为残疾人的面子和自尊心也是残疾的，是低人一等的，是可以忽略的。

一次，省里有位分管民政和残疾人工作的领导到古屹松所在街道的一个社区来调研，实地了解基层民众的生活保障情况。残疾人工作是领导本次调研的一个方面，区里通知要安排熟悉业务的人员参加，座谈时要能谈出实际经验和真情实感。

街道领导让各部门安排参加座谈会的人员，结果没有通知古屹松。他很奇怪，就去问相关领导。领导倒也不隐瞒，直接说，你去不太合适。古屹松问，街道只有我一个残疾人专职委员，残疾人工作我最熟悉，怎么不合适了？领导看他不明白，更直接地说，你的样子不太合适，面上不好看，影响街道形象。

古屹松不说话了。领导到基层调研残疾人工作，他一个专职的残疾人工作委员，却因为自身残疾，去了不合适。他还能说什么？

领导看出了他情绪的变化，就安慰他：你的工作还是不错的，业务能力也很好，一会让其他人说，如果有不清楚的，再和你联系，你指导他们。古屹松笑了，是越过尴尬后给自己找台阶式的微笑。他说，可以，听领导安排。

一个小小的街道，反映的却是社会的大天地。人情厚薄，世故冷暖，古屹松记忆犹新。

街道办事处是区政府的派出办事机构，有很多口子，残联只是其中一个。这些年，古屹松的辛勤工作还是得到了不少认可，他先后获得"南京好市民""南京好人""南京市道德模范"的荣誉称号。他带着荣誉回来,街道里却没什么反应,几声淡淡的祝贺都难以听到,像什么也没发生。与此相对照的是,街道的相关部门获得了市里的一个表彰,周围的祝贺声、恭维声、表扬声不绝于耳,像是为街道做了了不起的贡献,赢得了了不起的声誉。古屹松说自己已经被磨炼得很不自卑了,但要是说他不需要别人的祝贺和认可,他也没那么清高。他心里还是有酸楚在流淌。

1957年出生的古屹松,到了2017年已经年满六十周岁,到了退休的年龄。拖着矮而瘦小的身躯,他忙碌了一辈子,可以回家休息了。

残联、街道的相关领导有返聘他继续工作的意思,他也吃不准,到底该走还是留。走了吧,他很担心接任的残疾人专职委员能不能经常走入残疾人家庭去面对面地了解、看望他们。残疾人和健全人不一样,他们的事情和需求不是到街道的政务大厅来几趟就能办好的,特别是行动不方便的残疾人。很多事情,国家想到了,也努力做了。现在的残疾人很少有吃不上饭、没衣服穿的,他们一般的需求也都能得到满足。但是,残疾人也是有理想有追求的,不是仅仅停留在不挨饿受冻的低层次需求上就可以的,而是要满足他们的精神需求、情感交流、社会参与和价值实现。

欲说还休,欲去还留。

古屹松有些矛盾,也有些放不下。想了一阵,似乎是想明白了,又似乎是没想明白。不管将来怎样,有一点,他很清楚,六十岁了,在不在岗位上,只是个形式。无论在哪里,只要残疾人信任他、找到他,他依然会一如既往地去为他们奔走、忙碌。

做残疾人工作近十年,他心里一直有个这样大大的问号,除不掉,又想不明白,沉甸甸地压在心头。

想多了,古屹松会安慰自己,谁让自己是个残疾人,工作面对的也是残疾人呢。

吴建平

失去双臂,我还是拥抱生活

时间：2017年春
地址：河南省郑州市中牟县三官庙乡秦家村
身份：肢体残疾人

    2016年的11月，国内的很多媒体，尤其是网络，报道了河南郑州的一个小伙子由于失去双臂，在购买房屋时无法在贷款合同上摁手印，而被银行拒绝贷款的事。后来在媒体的介入和小伙子的坚持下，事情得到了解决，采取的是用脚趾摁脚趾印的替代办法。事情和事情背后的主人公引起了我的好奇。

    我在百度上稍一搜索，就获得了不少相关报道。小伙子叫吴建平，河南中牟县人，郑州轻工业学院毕业。让我意外的是，除了文字和图片的报道，我还搜到一个关于他的电视求职真人秀的视频。

① 求职节目展露风采

2014年的12月,吴建平大学四年级的上学期,他参加了天津卫视的一档求职节目——《非你莫属》。

这是我第一次看到这档节目。或许是我的职业敏感,视频画面一打开,我就被吸引住了。

画面从后台开始,吴建平坐在沙发上,两只脚配合用手机发短信。只见他左右脚协调配合,左脚的大拇指和食指夹住手机,右脚的大拇指灵活地点开屏幕,熟练地做着文字操作。

我清晰地看到他用全拼快速打出的短信文字内容——"媳妇儿,也要去"。看来是在和女朋友交谈。

接下来的镜头是吴建平从后台进入演播大厅,他侧斜着身体,弯下腰用右肩部按下门把手,再用右脚拨开门,走了进去。演播大厅一片明亮,霓虹闪烁,光束打在吴建平的身上,他穿着一件棉质的格子衬衫,外面套了件黑色勾着红色边线的毛线背心。他沉稳地沿着台阶走向舞台中央,双肩下两只空荡荡的袖管前后摆动,分外醒目。

吴建平开始做自我介绍,从他的介绍中,可以看到他丰富的大学经历。他说自己开过网店,做过家教,从事过校园创业,做过很多场励志演讲,还担任过一个慈善基金的形象大使。面对镜头、观众、主持人和现场的十二位企业老板,他很自然,一点也不扭捏、慌乱,一看就是历经过磨炼的人。他也很坦诚,直奔主题,说自己今天来是想谋得一份教育培训或者互联网领域的工作。他还善解人意,懂得换位思考,加了一句:或者各位老板认为适合我的工作。他的话音刚落,台下坐着的和他年龄相仿的年轻观众毫不吝啬地把掌声如潮水般推向舞台,送给吴建平。毫无疑问,他的开场是精彩的,也是加分的。

主持人出示了一份纸质的表格,告诉大家这是吴建平用嘴巴填写的。虽然主持人没说完整,但在场的人显然都明白了是吴建平用嘴巴咬着笔写的。主持人说,吴建平用嘴巴写出来的字刚劲有力,非常有笔锋,而且他写字的速度不亚于我们。导播把镜头推向了表格。

电脑看视频比电视好,因为可以停住画面。当表格布满镜头的时候,我按了暂停键,那是一张《非你莫属》的选手报名表。到底是求职的节目,表格设计得比较细致,我数了一下,有八行二十三列。

吴建平填得很认真,每个字都是行楷,清晰、有力度,更有态度。就字的书写水平,主持人的表扬不过分。在现场的一片惊呼和欢呼声中,主持人像是要打消大家的疑虑似的,让人拿了支签字笔,请吴建平现场在报名表下方的空白处写上自己的名字。报名表被垫在一块硬质的塑料本上,主持人托着,吴建平咬住签字笔的末端,微微弯腰,流利地签上了"吴建平"三个字。镜头再次推近,和表格顶端姓名栏内的签名丝毫不差。掌声和欢呼声再次响了起来。

简单过渡,主持人当着十二位企业老板和观众的面,开始测试吴建平的能力,也就是失去了双臂后他的生活、工作的能力。

主持人问吴建平,你依靠两只脚家里的活都能干吗?比如洗脸、刷牙、洗衣服等。

吴建平说,很多事情,我在一年之前还是不能做的。但是,一年前,我知道我马上要离开校园,我必须要独立、自立,而且我相信虽然我没有了双臂,很多事情我是可以承担起来的。

为了验证吴建平在生活当中依靠双脚能够完成正常生活中的一些任务,也为了让大家感受没有双臂如何去生活,节目安排了一个有趣的环节:让十二位老板跟着吴建平一道用脚刷牙。

主持人说,这是《非你莫属》有史以来最神奇的一幕。

各位老板脱掉袜子,手忙脚乱地把牙刷夹在一只脚的大脚趾和二趾间。

主持人在桌上放了一个杯子,杯子里立着一支牙膏和一把牙刷。吴建平开始演示,他用右脚稳稳夹起牙膏,送到面前,用牙齿轻轻一带很轻松地打开牙膏盖。然后,他用嘴巴咬住牙刷,右脚的一二两趾缓缓用力挤动,把牙膏抹在牙刷上。放下牙膏,右脚从嘴上接过牙刷,夹住,开始自如地刷牙。他的动作娴熟,和我们每天用手刷牙,别无二致。老板们和现场的观众惊呆了。

吴建平谈动作要领,最主要的就是用脚夹住牙刷,并且能送到嘴边。

主持人请各位老板开始做动作,十二位老板有借助手使劲的,有运用椅子扶手用力的,甚至有站起来把脚架在椅子背上的，可谓花样百出，结果勉强能把牙刷送到嘴边的只有三位。

老板们很感慨，"复华资产"的总经理孟宪萌说，把牙刷放在脚上的那一瞬间，我觉得太艰难了。

现场的气氛很活跃，吴建平觉得一下拉近了和这些成功人士之间的距离。他说，从个人生活来说，我觉得遇到的第一个困难不是刷牙，而是穿袜子。当初，吴建平向家里提出独立时，妈妈说，如果你能自己把袜子穿好，我就给你独立的机会。吴建平边说边展示，镜头所聚，只见他两脚配合，麻利地穿好袜子。演播室内，掌声四起。

吴建平说，开始的时候，我也穿不好，虽然我的脚相对要灵活些，右脚穿左脚的袜子还好，左脚穿右脚的却怎么也穿不好。

大家看到，吴建平右脚的袜子是烂的，一二趾漏在外面。他说，这是我故意弄坏的，为了用手机方便。

其实，在生活中像刷牙、穿袜子这类小事情无处不在。吴建平说，自大三开始一年多以来，我在买饭、洗澡、穿衣服、洗衣服等各方面全面锻炼自己，我必须依靠自己解决好这些对常人来说不是问题的问题。同时，我把解决这些问题看作是对自己意志力的锻炼。

主持人顺势而上，说，吴建平今天是来求职的。我们可以看到，为了让将来录用他的单位的老板们放心，他提前一年锻炼，做了充分的准备。现在，请各位老板对他的去或留做出选择。

结果很快出来，十二位老板全部为他亮了灯。现场一片欢腾。

进入才艺展示环节。吴建平做了课件。首先呈现的是他的三张图片——刷牙、洗衣服和骑自行车。

主持人问吴建平,电脑会不会用?

他很自信地说,电脑我比百分之九十的同学用得要好。

主持人继续问,打字速度是多少,一分钟?

他回答,我没具体算过,我出去做励志演讲,一篇演讲稿5000—10000字,连想带写,一上午或大半天可以完成。

节目继续,屏幕上展示了吴建平的高考成绩单,他的硬笔书法作品,大学期间的荣誉证书等。证书琳琅满目,而且含金量很高,有河南省大学生演讲比赛第一名、中国大学生自强之星、国家励志奖学金等。接着还展示了吴建平在多所高校开展励志演讲的照片。

老板们显然是被打动了。没等主持人说话,荣程集团的副总裁管然率先拿起话筒,她说,建平,你知道吗?你是现代版的约翰·库提斯,他没有下肢,是澳大利亚知名的激励大师。管然非常动情地说,我相信你一定会把你的正能量传递给更多的人。

掌声再次点燃现场。此情此景,掌声是观众们对吴建平表达自发而由衷的敬意的最好方式。

吴建平在掌声中保持着一贯的冷峻,他微微弯下腰,向管然、向观众们致意。主持人观察到了这一点,他说,吴建平很平淡,他不会说到激动的时候就流眼泪,气馁的时候就很沮丧,他一点都没有。他始终是一种很坚强的状态,他与众不同。

吴建平说,有时候,苦难是人生的一笔财富,我觉得真是这样。我走到了现在,以后还会遇到风风雨雨,困难还会更多,但我有能力越过困难,让自己变得更强大。

管然再次拿起话筒,她说,建平你是非常健康的正常人,甚至比很多正常人还要正常，还要健康。

思埠集团首席执行官马锐接过话，他说，建平你是真正新青年的偶像，我会一直支持你，一直顶你到底。

节目进入第二个环节，直接选择去或留。主持人预见很可能再次出现爆灯，他提醒，如果出现爆灯，就直接抢人。果不其然，十二位老板全部为吴建平亮了灯。主持人要求老板们在提供职位的同时，直接给出待遇或薪酬。

高潮出现了。

暴风影音副总裁王刚表态，建平，我诚挚地邀请你加入暴风影音，作为我们的电话客服人员。有意思的是，王刚说薪酬待会再提。看来他是想看看其他人的出价。

思敏文化首席执行官周思敏说，建平，我觉得你一路就是"尊重"的代言人，我给你的岗位就是将来要把你打造为优秀的励志讲师，我提供的薪水是一万元起。

周思敏的话音刚落，王刚坐不住了。他报出了暴风影音的待遇是一万二，还幽默地加了一句：第一次报价，大有志在必得的意思。

复华资产的总经理孟宪萌站了起来，他说，建平，这时候我必须要站起来，表达对你的尊重。你知道"复华资产"是做金融管理的，你学的是经济学，我想把你招进来，让你破格进入我们在全球范围内培养的一百名金融营养师，底薪是我们在《非你莫属》平台最高的一万五起。

福能集团董事长刘佳勇表示，我看建平不是一个员工，而是一个合伙人。我做的就是专门针对大学生的创业平台，建平到我这来,薪水二十万起,年薪。同时,我们是创业合伙人。

演播厅内一片惊呼声。

看到这里,我内心产生了疑问,不是对老板们的诚意有疑问,而是对吴建平自己的想法。显然,电视台的节目组非常了解包括我在内的观众心理。

这时,电视画面呈现出节目结束后对吴建平的采访。

吴建平谈他的感想。他说,听到年薪二十万,还有月薪过万的时候,我的心里其实是像被刺扎了一下。我特别怕出现这种情况,我想,我有多大能力呢?作为一个应届大学毕业生,我虽然很自信,但还没有自信到那个程度。

说实话,节目视频看到现在,打动我的不是现场一波又一波的掌声,也不是老板们一浪高过一浪的薪水,而是吴建平的这段话。我的心在颤动,他的冷静、理性,对自己的认知,才是他最宝贵的人生财富。有了这些财富,我相信他会走得更远。

节目继续,后面包括58同城、华艺传媒、优胜教育集团老板们给出的薪水在五千到七千不等。十二位老板给出薪酬标准后,按规定,吴建平要灭掉十盏灯,只能留下两盏。

吴建平没有犹豫,他健步走向老板们的座位,非常有礼貌地不停地说着,非常感谢您对我的支持,不好意思,并欠身弯腰用右肩膀熄灭了十盏灯，留下的是优胜教育集团和福能集团两盏灯。

回到舞台中央，吴建平问了优胜教育集团董事长陈昊一个问题。他说，您能不能在北京给我提供住宿？陈昊很爽快，说我可以给你一个月一千元的补贴，这是我参加节目这么久唯一的一次。

福能集团董事长刘佳勇和优胜教育集团董事长陈昊开始阐述他们对吴建平加入他们公司带来的价值的看法。陈昊很坦诚，他对吴建平说，我一开始都觉得自己有点可耻，我是想用你的励志经历去感染我们的学生。后来我想我要真的这么做是在透支你的价值，我要做的是培养你的能力，像我们的企业口号一样——优能力，胜未来。让你和我们的企业一起成长。

主持人把最后的选择权交给吴建平，告诉他，请选择福能集团或优胜教育集团，或者是"谢谢，再见"。给吴建平考虑的时间是十五秒，他要在年薪二十万和月薪五千之间做出选择。十五秒很快，只是短暂的沉默。吴建平坚定地说，我选优胜教育集团。在尘埃落定的尖叫和掌声中，电视屏幕上打出字幕：吴建平成功应聘优胜教育集团，管理培训生，月薪5000元（试用期）。

节目结束了，十二位老板纷纷起身和吴建平告别，他们一一和他深情拥抱，赞赏他，勉励他，祝福他。

② 童年失去双臂

我在位于郑州市金水区硅谷商务中心A座22楼领帮教育的办公室内，和吴建平面对面聊天的时间，是2017年5月8日的下午。五月的郑州，天气已经热了起来，但办公室内还没有到开空调的程度。吴建平穿着短袖衬衫，袖口松松地耷在肩膀两侧。他的脸上带着标志性的坚毅微笑，是我在电视节目上看到的一贯的笑容。

虽是第一次见面，却像熟识已久的朋友，我直接喊他"建平"，他也很自然地接受了。

我开门见山，问吴建平失去双臂的原因和经过。

吴建平说，自小在农村，家里条件不好，妈妈忙农田里的事，爸爸外出打工，我和村里的小孩一样，基本处于放养状态。

五岁那年，吴建平和姐姐、弟弟在家里玩，玩一阵肚子饿了，三个人就去农田找妈妈要吃的。去田间的路上，他们路过一台变压器，变压器的位置很低，外围也没什么保护装置，基本呈裸露状。这台变压器原本和吴建平没有关系，可是当他靠近变压器后，他的人生轨迹发生了巨大的变化。吴建平记不清自己为什么要靠近变压器，他只记得他离变压器很近时，一股巨大的吸力把他抓了过去，他幼小的身躯还来不及挣扎，就昏了过去。据在旁边目睹了这场事故的大人后来说，当时变压器上不知怎么挂了一把木制的小剑，吴建平看见了，就走过去想爬上变压器去拿那把木剑。

家人把吴建平送到医院，医生检查他的烧伤情况后，只能为他进行了截去双臂的手术。失去双臂后，小小的吴建平还没有觉得会对自己的人生造成多大影响，他只是觉得有些不方便。住院的日子里，他依然活泼好动，闲不住。从病床上下来很简单，"哧溜"一下就可以了。可是，想爬上床就不行了。以前在家里，床和桌子的高度，搬个小凳子一垫就轻松上去了。现在不行了,得要大人抱上床才行。他自己没多想,可是父母亲看着心酸,也心疼,不忍心告诉他,怕他太小经受不住打击,就瞒着他,告诉他失去的手臂以后还会长出来。他也就相信了,等着手臂长出来。

带着长出手臂的期待,吴建平从童年到少年,又从少年到了青年。他微笑着略带调侃地说,到今年为止,我整整等了二十二年。看来是不会长出来了,除非以后能装上义肢。

事故发生后,截肢和后期治疗的费用给本就不宽裕的家庭带来巨大的经济压力。在律师的支持下,吴建平家里将未尽到防护义务的供电公司和村委会作为被告告上法庭,法庭审理判定供电公司和村委会承担责任,要赔付给吴建平家人民币六万块。两个被告不服,提出上诉,再审他们还是输掉官司。但他们输了官司就是不按法院判决执行,一拖好几年过去了,赔偿的钱还是拿不到。那些年,爸爸带着吴建平跑遍了河南省和郑州市的各级机关,还去北京到最高人民法院上访。几经周折,在他失去双臂九年后,法院决定强制执行。最后,供电公司赔了一万九千元,剩下的由村委会赔偿。村委会没钱,就和吴建平爸爸商量,把村里的集体土地划出几十亩给他们家种,一亩地一年一百多元的租金,免予收取,直到租金抵过赔偿款为止。吴建平爸爸想想就答应了,多些地种,终归是多些收入。孩子已经残疾了,只要有地,农村人,日子还得过下去。

③ 艰难的求学路

到了上学的年龄,吴建平和其他小朋友一样背着书包蹦蹦跳跳地去学校。

一到三年级没什么问题，学校就在村里，离家很近，走着就到了。四年级开始要到镇上的学校去，有三公里的距离。别的孩子都是骑着自行车去，吴建平看着羡慕，也想学。但父母亲不让，怕他不安全。他认为别的小孩能骑，他也能骑，就偷偷地学。别的小孩学骑自行车有大人帮助，在后面扶着，教他们。吴建平不能，他不能让父母知道。他常常趁父母不在家的时候，把家里那辆老式的二八自行车偷偷弄出来，从推自行车开始学，一点点练习。不知摔了多少跤，他也不放弃。于是，突然有一天，父母惊讶地发现，儿子会骑自行车了，还骑得挺麻溜。看着他骑着车来去自如，父母慢慢也就放心了。

在《非你莫属》的节目里，我看过他骑自行车的照片。不过面对面我还是很好奇，就问他怎么骑的。

他很轻松地比划了一下：我就把两个肩膀压在龙头上，控制住方向就可以了。

我还想问其他的问题，包括担心、舒适等。但是想了想，我没有问。这些重要吗？很重要，但又不重要。重要的是，吴建平在他失去双臂的孩提时代，和健全孩子一样骑上了自行车，来去自如。

时光如梭。很快，吴建平小学毕业，在全乡几百名孩子中他以前几名的成绩考入了镇上的初中。进入青春期，他的身高蹿得很快，可骑的自行车还是原来的高度，人趴在龙头上，腰弓着很不舒服，他就选择每天来回四趟走着往返在家和学校之间。年龄增长，看到其他同学在运动场上打篮球、做各种运动，他不能参与，就有了自己和他们不同的强烈自卑感。他知道小时候父母安慰的话不过是善意的谎言，自己失去的双臂再也不可能回来。整个初中前两年，他的心态都不是很好，很压抑、苦闷。心态影响了学习，他的成绩也不理想。初三的时候，他的心智慢慢成熟，就思考自己能不能考上高中，以后能不能考上大学，将来能做什么。

中考前的两三个月，为了节约时间，他想想还是忍受着不适骑自行车上学。一天，自行车骑到水泥路上人家晒的玉米粒上，车轮一打滑，吴建平摔了下来，导致右肩部粉碎性骨折，在医院躺了两周。出院后，迎来中考，他估算自己的成绩在中牟一高、二高和四高的三所高中里，恐怕只能上相对弱一点的二高。但填志愿时，他想想又不甘心，把排第二的四高填在第一志愿，二高放在第二。分数出来，他考了415分，不够四高的线，巧的是当年二高的录取线刚好是415分。问题又来了，二高他填的是第二志愿，县里有个规定，第二志愿录取的要在录取线上加十分。这样，吴建平比二高的录取线又少了十分。正常录取不可能了。那时，中牟还有择校费的做法，即在一定分数范围内，可以通过缴纳相应费用的方式降分入学。

我知道，那个年代交择校费是通行的做法，我上学时也有同学交过择校费。我问他，要交多少。他说，七千。我说具体是哪一年。他想了想，说他2015年大学毕业，中考是2008年。我在心里计算了一下，2008年的七千,对一个农民家庭来说,可能不算太多,但也绝对不少了。

这时,吴建平放在桌上的手机响了。他看了一眼屏幕,探下头,用下巴在屏幕上习惯地划了一下,又用鼻尖点下免提键,和对方说话。

吴建平的思维很连贯,处理好事情,他继续和我聊天。

他说,那些年,家里一直给我看病,还忙着打官司,耽误了不少事,根本拿不出这么多钱。父母亲和家里其他亲戚商量了一阵,觉得吴建平初中毕业,也算有了点文化,择校费家里交不起,以后就是读了高中,遇到的困难也会更多,不如早点出来找点合适的事情做做。

吴建平不甘心,他想继续读书。他从家里"偷"了十块钱,一个人坐车跑到县城。那是他第一次去县城,也是第一次一个人跑那么远。到了县城,他打听到二高的地址,找到校长。校长说,你第一志愿报的不是二高,分数不够,家里不支持你交择校费,我也没办法。离开二高,吴建平又去了四高。二高在县城的西边,四高在县城的东边,吴建平身上只剩下五块钱,是回去的车费,他只能步行。在夏日高温笼罩下步行穿过中牟县城的大街小巷,他找到了四高,但是没有见着校长。在四高大门的台阶上坐了一阵,吴建平回家了。

父母知道他去了县城,问他情况怎么样。

他说,不行。父母也没多说什么。

接下来的日子,吴建平成天待在家里,哪儿也不去,意志非常消沉。

母子连心，妈妈心疼儿子，就和吴建平爸爸说，孩子不死心，你带他再去学校找找，大人去了，人家校长能重视些，实在不行，择校费咱也多少交点，求求人家。

爸爸同意了，带着吴建平去了县城。

他们先去了县教育局，没什么结果。爸爸以前带吴建平打官司，去过县信访办，知道那里有人接待，兴许能解决问题。信访办人很多，排队等了很长时间才见到领导。那天接访的是王新林副县长，他听了他们的诉求，说孩子要读书是好事，我跟县教育局关照一下，你们去找教育局的田局长，问题不大。王县长这么说了，可吴建平父子俩并不轻松，他们认为这只是一种常规的敷衍，县里领导和教育局来回踢皮球。打官司的那些年，他们见过太多面上和和气气的领导，但事情却得不到解决。他们决定回家。

坐车回家的路上，正好路过教育局大门，吴建平心动了一下，他对爸爸说，我们下车去看看。爸爸不忍心拒绝他，父子俩就去了教育局。门卫倒挺客气，说局长下乡去了，不知啥时候回来，你们要愿意等就在他办公室门口等。爸爸说，走吧，下乡一时半会回不来。吴建平坚持，我们就等十分钟到二十分钟，如果局长不回来，我们就走。结果不到五分钟，局长回来了，请他们进屋，问他们什么事。爸爸说明来由，局长没说什么，在一张纸上写道：吴建平，录取中牟二中，免择校费，田锡洲。写好后，让他们拿着去找二中的蔡校长。父子俩赶紧赶到二中，蔡校长看了田局长的批示说，你准备准备来上学吧。

吴建平描述这一段经历,语气依然平淡、冷静,但我能看出他内心的感激之情。时隔九年,他依然清晰地记得那位副县长的名字。一个处于特殊困境中的热血男儿,你给他一份关爱,他在心中记你一生。

几经周折,入学问题解决了,但新的问题接踵而来。县城离家六十多公里,吴建平必须要住校。为了减轻家庭负担,吴建平的姐姐、弟弟都已辍学,外出打工。父母亲不停忙碌,谁去陪读呢?爸爸去,家里没了经济来源;妈妈去,爸爸的生活更辛苦。思来想去,最后还是妈妈到县城陪读。母子俩在校外租了间小平房,安顿下来。

吴建平的高中开始得很艰难。第一次月考,全年级一千六百多人他考了一千六百多名,几乎是最后几名,妈妈看着着急。吴建平对妈妈说,你放心,如果到期中考试我进不了前一百名,我就不读了。结果仅仅过了一个多月,第二次月考时他就考了个全年级二十四名。

我以为自己听错了。还重复了一句,二十四名?一个月上升了一千六百名左右?他说,是的。我问,这么短时间,你是怎么做到的?

吴建平说,那段时间我静下心好好反思了自己。初中的学习不理想,完全是我的心态问题,我要求自己放下包袱,全身心投入到学习中。学校每天晚自习到十点,十点半后宿舍熄灯。

我住在外面，十点半后还可以继续看书，坚持到凌晨两三点钟再睡觉。老师们对我也好，我经常去问问题，数学老师让我晚自习后可以去他办公室接受辅导，只要他办公室灯亮着就可以去。

那次月考后，学校开了总结会。蔡校长用吴建平的进步激励全体学生。他说的话，吴建平始终记在脑中。蔡校长说，吴建平进来时差不多就是倒数几名，看起来他是应该考倒数的。他的基础不好，考进高中时分数不高；他的身体条件不好，比所有人都困难；他的家庭条件不好，也请不起家教辅导。但是他很争气，一个多月就突飞猛进，进步了一千多名。

老师和同学们都对吴建平刮目相看。蔡校长考虑到他家里的负担，亲自安排在学校里腾了间房子，让吴建平和妈妈免费住到学校里，学习也方便多了。吴建平一鼓作气，成绩一直保持在全年级前列。高二文理分科，他选了文科，一共八九百名学生，高考之前的各类考试他基本在前五名，排第一名也是家常便饭。

三年苦读，走进高考考场，吴建平有些紧张。他分析说，当时还是心态问题，觉得高考对自己的人生太重要了，别人考不好还会有其他机会，而自己只有这一条路可以走。过于在意，导致了他发挥得不理想。高考成绩出来，他的英语、数学考得很好，都是133分，但是语文和文科综合考得不好。语文为了赶时间，作文写得字迹潦草，阅卷老师不知道那是用嘴巴咬着笔写的，会影响给分。文综的答题量很大，有几道题目没来得及写。结果总分考了548分。吴建平认为自己的正常分数应该在600多分，那才是自己真实的水平，如果时间充足，心态好一些，可以再提高个50分左右。

录取通知书下来，吴建平被录进郑州轻工业学院。

吴建平说自己真正放松心态是进了大学，高中三年背负着沉重的负担，想的就是要争气，要考所好大学，要出人头地，所以拼命学习。父母亲的周到照顾，整个家庭为他做出的牺牲，也给他很大的压力。上了大学，学业的压力轻了很多，他开始思考自己想要做一个什么样的人，想要过什么样的生活，为此应该付出什么样的努力。带着这些思考，吴建平爱上了阅读。

他说，自己喜欢看史铁生的书，他书中展示的经历虽然不是很丰富，但对人生和人性的思考很深刻，给他的启发很大。

逐渐地，吴建平对社会、对自己的认知也在发生改变。他说，我不再纠结于自己失去的双臂，这仅仅是我和别人的一点不同，就像别人的脸上有颗痣，而我没有，仅此而已。它不是根本性的区别，更不能让它成为困扰自己一生的问题。有了这些想法，自己也就慢慢地解脱了。他给自己定下目标，就是要做一个和健全人一样的人，和大家一样，踏实学习，毕业后有个工作，闯出自己人生的一片天地。

交谈中，吴建平有一句话让我印象深刻，这句话充满哲理。他说，我以前没有世界观，都没好好看过世界，哪里谈得上世界观。吴建平在大学阶段，比同龄人收获要大得多。

大学毕业之前，吴建平开始四处投递简历。他获得很多鼓励，也获得差不多的失利。表扬、认可，甚至赞叹的很多，但是愿意接受他的不多,也可以说没有。吴建平思考,也许需要通过一个什么平台来展示自己。经过检索,他选择了天津卫视的《非你莫属》。于是,我便在网上看到了那段视频。

④ 买房风波

毕业前夕,吴建平在北京优胜教育集团实习的那段时间,妈妈操劳过度,病倒了,在病床上躺了三个月。等接到家里电话,他匆匆赶回来时,妈妈已经去世了。妈妈去世时,爸爸还住在医院里。为了照顾妈妈,爸爸的体重从一百四十多斤下降到了一百斤,瘦成了皮包骨头。

失去了妈妈,吴建平不能再失去爸爸,他决定回郑州,离家里近点,也好照顾爸爸。

吴建平的女朋友是他的大学同学,和他一起去的北京,也和他一起回的郑州。回来后,工作和生活都稳定下来。2016年下半年,爸爸不放心,让他们抓紧买个房,早点结婚。看看郑州的房地产行情,吴建平也觉得该抓紧。在亲戚、朋友的支持下,吴建平和女朋友拿出自己的积蓄,选中一处房屋,和开发商签了合同,付了首付。但在和银行签贷款合同的时候,卡壳了。

银行的人对吴建平说,你不能摁手印,按照我们的规定,是不能贷款的。

吴建平说,难道就因为摁不了手印,我就不能买房了?

银行的人说,那没办法,按规定我们办不了。

当时在售楼处和开发商合作的银行有三家,分别是工行、农行、邮储银行。三家银行的人都说办不了。

僵持了一段时间,吴建平和一个从事媒体工作的朋友说了这件事,他听了也很不理解,就给电视台的同学打了个电话,说做做跟踪,向社会反映反映。

吴建平再次和银行人员沟通的时候,电视台的人员做了暗拍,并在电视上播了出来,产生了较大的社会反响。银行和开发商压力很大,答应和吴建平商量解决问题。他们建议吴建平做摁指纹的公证授权转让,让他爸爸或女朋友代替他摁手印。吴建平不同意,他说,以后类似用手的地方很多,自己总不能每次都做公证转让吧。而且,这是我的基本权利,我干吗要通过转让来行使呢!

银行说,我们也没有办法。

重回僵持。事情也持续发酵。跟进的媒体不断增多,报道推波助澜。国外的媒体也捕捉到了气息,他们给吴建平打电话,说这牵扯到中国的人权问题,希望采访吴建平,吴建平毫不含糊地拒绝了。

大约拖了两个月时间,银行扛不住了,他们找了个替代方案,同意吴建平用脚趾代替手指,在贷款合同上摁指印。事情总算解决了。

我问吴建平,银行让你用脚趾头代替,你是怎么想的?

他说,我由于身体的原因,本就已经不方便了,社会要做的是如何为我提供方便,而不是为这个不方便再设置障碍。

手续办完后,吴建平问了银行工作人员一个问题。他说,我因为还有点社会关系,媒体的朋友帮忙报道,社会上还有许多和我差不多的人,他们可能没有社会资源,以后如果再遇到这样的情况,你们会给他们贷款吗?

银行的工作人员没有回答。

吴建平说,后来自己做了分析,根源还是在于自己的身体原因。在售楼处签贷款合同时,银行的工作人员看到自己没有双臂,他们是在怀疑自己以后的还贷能力,但又不能直说,怕有歧视残疾人的嫌疑,就找个由头想限制贷款。

我看看手表,不经意间,我们已经聊了小半天时间。

帮我联系吴建平的郑州工程技术学院的团委副书记陈洁,一直静静地坐在旁边,看我们聊天。她看出吴建平有点口渴,就插话说,建平,你喝点水。

吴建平说,谢谢。探头咬住插在水杯里的吸管,深深地吸了几口。水杯的底部是泡开的小花状的植物。

我想,应该是吴建平女朋友或同事们体贴地放入的。

阳光穿过吴建平办公室薄薄的纱质的窗帘,铺满桌面,洒在我们的脸上,照射出灿烂的色泽。

交谈结束。告别时,我说,建平,我们拥抱一下。

我搂住他的双肩,他的双肩很有力量。

是男子汉的雄浑。

李小姣

为了自闭症孩子,再难我也要坚持下去

时间：2017年夏
地址：山西省太原市万柏林区义井街灵星社区服务中心
身份：自闭症机构负责人

1990年出生的李小姣，老家在山西省忻州市，高考被录取到山西广播电视大学教育管理专业，来到省城太原上大学。大学期间，她对未来有过若干种设想，但从未想过会和残疾人打交道，何况还是残疾人中的残障孩子，又是残障孩子中尤为特殊的类型——自闭症孩子。

从一个自闭症孩子到一群自闭症孩子，李小姣试图改变他们的人生，而他们也改变了李小姣的人生轨迹。

① 初识自闭症孩子

对李小姣来说，接触到自闭症孩子，实在是个偶然。

2008年，李小姣大学的一个心理学专业老师，在太原开办了一家培训机构，主要是面向普通孩子，运用心理学的知识来训练提高他们的智商和情商。

双休日的时候，李小姣到老师的机构来帮忙，也是做社会实践。在这里，她遇到了一个叫超超的孩子。这个孩子与众不同，他不和其他孩子交往，也不和老师交流，只是沉浸在自己的世界里，时不时地还自言自语，说着别人听不懂的话。超超的表现引起了李小姣的注意，她问老师超超的情况。老师告诉她，超超经太原市儿童医院诊断为自闭症，家长不懂什么是自闭症，认为他是心理问题，就把他送到这里来，希望能通过做一些心理疏导、感觉统合和语言强化方面的训练，促进他的发展。

2008年的时候，不仅太原、山西，甚至全国对自闭症的认识都还处于十分欠缺的阶段。那时，整个太原市还找不到一家关于自闭症的康复训练机构。

超超的出现，激起了李小姣探究自闭症孩子的欲望。但她对此一无所知，就问老师该如何着手进行训练。老师说，超超的问题是不和人交流，你试着从语言启发的角度切入，看能不能和他建立起沟通的渠道。李小姣开始和超超接触，她发现，超超不是不会说话，而是他不看周围的人，信息对接不上。她就摸索着训练超超的注意力，让他模仿自己的发音。发音不是目的，主要是想和他建立起一种联系的渠道。

开始，超超"目中无人"，对李小姣视若无睹，当她不存在一样。李小姣不气馁，节假日和平时的晚上，一有空她就往机构跑，反复训练，反复磨炼，反复强化。日复一日，两个多月下来，超超终于愿意跟着李小姣发音了。李小姣和超超面对面发出"a""o"的声音时,超超也可以模仿发出相同的声音。家长激动得不能自已,因为之前医生诊断后告诉他们,自闭症孩子可能会终生不语,而他们的孩子开口发音了。李小姣开心坏了,她的尝试和努力得到了孩子的回应。她再接再厉,又过了三个月左右,超超不仅能喊"爸爸""妈妈",还能比较完整地表达出自己的意思。他会对李小姣说,李——老——师,我想——吃——苹果。虽然很慢,很稚嫩,但是李小姣很满足了。超超是个眉清目秀、惹人怜爱的小男孩,和别的小孩并没有什么不同。那时,超超三岁半。三岁半的超超,把李小姣的心融化了,也把她的注意力吸引了过来。

李小姣的课余时间,主要放在了超超身上。超超身上有一些奇怪的现象,将近四岁的孩子,还不会上楼梯。他会走路,但是不会倒脚,就是左右脚交替上下楼梯,每次都是家长背着上下楼。他吃饭也很奇怪,只吃锅巴,其他主食碰都不碰。李小姣就扶着超超的脚一遍遍不厌其烦地教他上下楼梯,然后把锅巴一点点捣碎了,拌在米饭里一口口喂他。就这样,李小姣用常人难以想象的方式进行着训练。付出是艰辛的,效果也是可喜的。一年以后,超超可以自己上下楼梯了,也不再只吃锅巴,米饭和面食他都可以吃下去。

就在这个时候,老师要把这个培训机构关掉了,因为效益不好,不挣钱。家长们还是更在意奥语、奥数,还有音乐、美术、舞蹈等艺术类的培训。机构关了,超超不再来培训,李小姣也不再频繁地从学校往外跑。纵然放不下,也舍不得,但她觉得和超超、和自闭症孩子之间的联结该结束了。很快到了大二年级的寒假,完成一学期的学习后,李小姣回到忻州,在家休息。

假期中,李小姣突然接到超超爸爸的电话。他说,李老师,你能不能帮帮我们家里?对超超,我真的是没有办法了,才给你打电话。一听到关于超超,李小姣本能地紧张起来,她问,超超怎么了?

超超爸爸说,我带超超去医院打针,他怎么也不听话,紧紧地抓着我,不肯下地,指甲都把我的脸抓破了。医生上来哄也没有用,他一边哭,一边喊着:要李老师,要李老师啊!我们知道这孩子听你的话,想你,离不开你。

李小姣愣住了,她问,你们有什么想法?

超超爸爸说,我们想请你来帮我们继续教这个孩子。他在家,我们上班上不了,爷爷奶奶看不住,一不小心就跑出去了,担心他出事情。

说不出是什么原因,听了超超爸爸的话,李小姣没加思考就答应了,她说,没问题,我这就过去,帮你们带超超。

放下电话,李小姣和爸爸妈妈说了这件事。父母不干了,他们说,你怎么想的?你自己也还是个孩子,放假了,跑到一个不熟悉的人家去住,帮人家带孩子?你是什么,保姆?你疯了吧!

李小姣劝导父母,那孩子挺可爱的,我就是去教他写字、画画、看电视,带他一起训练。

看女儿的态度很坚决,父母也知道他们的女儿从小就是个热心肠,就让了步,但只同意她去一个星期,一个星期后就回家。

于是,李小姣的寒假挪到了太原,住进了超超家里。

每天，她领着超超走出家门，到院子里和人接触，教他与不同的人打招呼。还带他去菜场买菜，教他认识不同的菜，土豆是什么，豆角是什么，买回来又带他一起做，一起吃。空闲时间，带他看电视，电视里放《喜羊羊与灰太狼》，超超看不懂，她就模仿各种角色，演示给他看，增强他的理解。看完电视，就教他看书写字。

奇怪的是，超超在李小姣身边像换了个人，很乖，一种很安心的乖。这让他的父母无法理解。

北方的寒假比较漫长，但整个寒假李小姣很充实，超超也安静平和，超超家的生活有了温暖，家人的脸上有了温度。只是李小姣的父母不太放心，在他们一再的催促中，李小姣回家过了春节，然后又返回太原。超超太牵动她的心了。

② 办起自闭症培训班

寒假过后，超超的父母带他去医院复诊。

残疾孩子的家长对医院的心态很古怪，也很复杂。既想去，又害怕去。希望有成绩，又担心受打击。但不管怎样，一个阶段一次的检查还是要去的，总希望会有奇迹出现。

检查了一通，医生和其他自闭症孩子的家长都觉得不可思议，超超怎么会进步这么快？不仅认识各种形状，会识别颜色，还能和别人简单交流。他们就问超超父母是怎么回事。超超父母也很骄傲，说因为我们家超超有个李老师。

就这么一句话让家长们如同有了救命稻草。四五个家长找到了李小姣,李小姣没有推脱,也推脱不了。她想如果说在超超身上的尝试有了点成效,那就多帮帮其他的孩子吧。

家长们一商量,一致决定晚上把孩子送到超超家里来训练。说起来容易,做起来却很艰难。自闭症孩子的训练只能采取个别化的方式,李小姣连轴转,一个孩子一个孩子地训练,几个孩子忙完,每天回到宿舍都将近深夜十二点了。家长们看她这么辛苦,也过意不去,就说,李老师,你这么辛苦,我们给你些费用吧。李小姣谢绝了,她说,我不是冲钱来的。我们家条件不错,如果想挣钱,我不会来辅导这些孩子。

转眼到了2011年下半年,李小姣快大学毕业了,进入实习阶段。实习内容,她选择的还是陪伴、训练这些自闭症孩子。但直到此时,她仍没想过,自己以后的职业生涯会是和自闭症孩子长期打交道。她想,毕业后走向社会、找个工作,这段经历就结束了,只当作是一段青春时期的难忘经历。

每天四五个孩子集中在超超家里,对超超家的生活影响很大,也不方便。这时有个叫琪琪的自闭症孩子的妈妈给李小姣提了个建议。她说,李老师,干脆我们每个家庭出点钱,你去租一个房子,办个小培训班。我们把孩子送过去,你集中管理,训练起来也方便,还不影响超超家的生活。

李小姣想想有道理,离实习结束还有一段时间,租个房子也好。但她不想收家长的钱,就回家向父母求援。这次,父母表达了坚决反对的态度。他们说,你以前作为实践,做做也就算了,现在还要办培训班,还要从家里拿钱去办。不行,我们不能听你的。李小姣和父母磨了几天,父母态度没有转变。看着这样不行，李小姣灵机一动，向爷爷奶奶求助。在家里，爷爷奶奶最喜欢她这个孙女，平时对她百依百顺。李小姣对爷爷奶奶撒娇，说，我是实习，等把他们带好一点，能上幼儿园了，我就关掉培训班，回来找个工作，好好上班。爷爷奶奶被孙女说得心动了，说到底还是舍不得宝贝孙女，就说，我们支持你去做。但其实，爷爷奶奶也在心里打着小九九：这个孙女从小娇生惯养，这么苦的事，能坚持多久呢？让她去弄，弄一阵，弄不下去了，她自然学乖就不干了。老人用智慧包容着亲情，又因为亲情而充满智慧。当然，当时李小姣并不知道爷爷奶奶的良苦用心。

于是，在父母的反对和不理解中，李小姣拿着爷爷奶奶赞助的两万块钱，办起了自己的自闭症培训班。她用一万五千块钱租了套房子，剩下的钱买了几张床、海绵垫、锅碗瓢盆，她得给自己和孩子们做饭吃。两万块钱很快就用完了，不得已，她只能继续向父母求援。父母余气未消，坚决地从经济上"封杀"。李小姣没办法，开不了源，就选择节流。买不起黑板，她就到建材市场买装潢用的三合板，刷上墨，挂在墙上使用。孩子们不知道老师的艰难，他们不安静，午休时总喜欢在床上跳。买的时候为了省钱，床的质量也不太好，跳了一阵，床不堪折磨，塌了，只好捡来砖块垫在下面。

日子就在理想和热情的支撑下艰难前行。培训班开办了四个月，四个月下来，李小姣内心依然似火，经过每天的朝夕相处，她更加离不开这些天真无邪的孩子们。可是，长时间的疲劳和高度的紧张让她的身体支撑不住了。每天，她早早起来，做好早饭，等孩子们来了一起吃；吃好了，接着洗刷，边洗还要边回头看他们,他们没有安全意识,要随时防止他们出状况;然后再上课。个别训练时,忙着这个孩子,另一个就拉了或者尿在裤子上,赶忙又得去换洗。天天如此。只要孩子们在身边,每时每刻都不敢大意,不敢有稍许放松,人跟上了发条似的,绷得很紧。

一天,李小姣早上起来感觉头疼得厉害,就吃了止疼药。连续吃了三天,还是不见缓解,眼看支撑不住了,她赶紧给妈妈打了电话,说,妈妈你能不能过来几天,帮帮我,我身体不行了。妈妈一听,放下手中的事,心急火燎地赶到太原。

妈妈来了,帮助李小姣给孩子们做饭,同时在饮食上给李小姣调理,晚上九点钟等孩子们走后陪着她去医院挂水。妈妈来后的第四天晚上,李小姣发了高烧,额头烫得吓人。妈妈用湿毛巾帮她降温,但是没效果,脸色难看,人都休克了过去。妈妈吓坏了,打了120,救护车把李小姣送到医院,做各种检查、处理,折腾了一夜。

第二天早上醒来,李小姣看到爸爸坐在病床边,满脸焦虑地看着她。他是下班后连夜从忻州赶过来的。看到女儿醒来,爸爸又气又急,责令她今天就必须把培训班关掉。李小姣不答应,哭着求爸爸让她再坚持一段时间。爸爸气急了,挥手打了她一巴掌。这是李小姣记事以来,爸爸第一次动手打她。李小姣知道爸爸心疼她,也担心她,但她不能答应爸爸。爸爸也不同意她继续办下去。父女俩谁也说服不了谁,形成了僵局。李小姣的倔劲上来了,她开始不吃饭,父母买来的食物碰都不碰。妈妈从中讲和,说,你先吃东西,办不办都得把身体养好不是。看父母有所松动,李小姣"得寸进尺",说孩子不能耽误,要不我们不住院了,回去正常训练。中午的时候你们看着孩子,我来医院挂水。这样两头都不耽误。父母亲看她如此固执,只好同意。

妈妈把忻州的生意委托给亲戚照管,爸爸也跟单位请了一个月的假,两人一起帮她照看孩子们。妈妈负责买菜做饭。上课时,李小姣训练一个孩子,爸爸就负责照看其他几个孩子。一家人忙碌、循环了一个月的时间。爸爸有工作,不可能长期待在太原,临走时,他给了女儿三万块钱,说,姣姣,你不要把自己累垮了,用这个钱请一个阿姨帮你做饭,另外再请一个老师协助你训练。

爸爸虽没有说支持她继续做下去,但他的举动表示了对她的理解。李小姣分析,爸爸这样做一方面是舍不得女儿,不愿她累坏了,另一方面是他对自闭症孩子的认识发生了转变。以前,爸爸和社会上的大多数人一样,并不了解自闭症是怎么回事,认为他们都是傻子、白痴,教了也白教,不值得投入精力。可是这一个月和孩子们的相处,让爸爸的认识发生了根本的改变。

自闭症孩子是有缺陷,有不同程度的社会交往障碍,但他们是有感情的,能分辨出别人对他们的好坏,而且可以反馈对他们的爱。爸爸和他们相处了一阵,他们熟悉了他,也建立了信任感。训练时,孩子们骑在羊角球上跳,他们会拉着爸爸的手,让他和他们一起跳。对这些一般不看别人、不和别人交往的孩子来说,这是多么大的信任。很多孩子,对自己的父母也做不到这点。爸爸被他们感动了,也喜欢上了这些孩子。

回忻州后,爸爸几乎每天晚上都要打电话过来,就问李小姣两件事,你的身体怎么样了?孩子们怎么样?有时还会具体到单个孩子的身上,超超进步大不大?琪琪乖不乖?爸爸也开始放不下这些孩子了。李小姣欣慰,也有些忧伤。欣慰的是,自己终于得到了家人的理解。忧伤的是,她的选择,甚至是一意孤行,给家人带来了太多的忧虑、负担和付出。

③ 三次搬家

得到家人的支持后,李小姣心定了很多。可是,新的烦恼又接踵而来。这次对她不满的是培训班租用房屋的楼上楼下的邻居们。

自闭症孩子也有着孩子好动的天性,他们不知道从别人的角度去想,也不知道他们的举动会吵着邻居们。在室内,他们会不停地跳动、跑动,弄得地板咚咚响,还会不时地大喊大叫,发出刺耳的声响,分贝很高。

自闭症孩子不能长期封闭在室内,李小姣经常带他们下楼到小区里活动,接触外面的世界。孩子们有自己的独特兴趣,他们对圆的、有弧度的东西情有独钟。在小区里看到汽车,不管它是不是行驶着,冲上去就拉车门,带来安全隐患。上下楼梯,看到单元楼门口对讲电话上的数字,会从一楼到六楼挨个摁上一遍,干扰了邻居们的生活。邻居们很生气,就上门来质问,李小姣只得赔着笑脸耐心解释,说孩子们是特殊儿童,不太懂事。邻居们说,一个个长得人模人样的,怎么就特殊了?李小姣就耐心讲解一通。遇到好说话的邻居,姑且原谅一回。遇到不好说话的,斥责也是家常便饭。那阵,李小姣落了个心病,就是怕听到有人来敲门,一敲门就是邻居来责问,吓得都不敢开门了。时间长了,邻居们还是不堪其扰,也不再听她的解释,大家就联名要求物业把他们从小区里赶出去,物业只好通知房东让李小姣搬家。

一番寻找,他们换了个地方,可是孩子们的习惯很难改变,没多久,就又重复着先前的情节,他们又被赶了出来。

2012年6月,李小姣大学毕业了,她的同学们去了不同的单位工作,李小姣却继续着自己的自闭症培训班,带着孩子们再一次搬家。

这次,李小姣有了经验,她提前做功课,和租房的房东做了充分的说明。房东姓王,是个很开明、很有同情心,也很细心的人。他肯定了李小姣的做法,理解她的难处,也表示要帮她排忧解难。他在和李小姣签订租房协议前,自己买了一些礼物,把楼上楼下的邻居都跑了一遍,征求大家的意见,看大家能不能接受自闭症孩子住进他的房子。如果大家不同意,他就不出租房屋。邻居们听了他的说明,也很感动,纷纷表示能理解,不介意。

李小姣心存感激,和孩子们顺利住了进来。更让李小姣感动的是,房东知道李小姣费用紧张,把一年三万块钱的房租主动降到了一万八。房东的举动,让李小姣备受鼓舞,她觉得自己遇到了好人,更重要的是,她觉得自己的付出得到了理解和呼应。一路走来,她太需要这样的理解和帮助了。

在这个充满理解和宽容的小区里,李小姣带着孩子们安安心心地待了两年。两年中,她的队伍不断扩大,自闭症孩子从四个增加到九个。通过在"58同城"上发招聘信息,她还招收了四个教师，都是小姑娘，师范或幼师毕业。李小姣手把手地教她们如何带这些孩子。不过，小姑娘们上班前就明确地和李小姣说，她们只负责教学、活动，孩子拉屎撒尿的事她们不管。李小姣说，可以，这些事我来做。不久后的一天，李小姣清晰地记得，是一个周五下午。上课时，一个孩子拉在裤子上，李小姣赶紧帮他处理。不巧的是，就在这时，另一个孩子也拉了，弄得满裤子都是。李小姣忙不过来，就对一个小姑娘说，小李，你帮我把他领到卫生间，把裤子脱了，别蹭得到处都是。说了一声，小李没动。李小姣有点着急，就说，你把他领到卫生间去在那别动就行，等我来处理。小李这才勉强地把那个孩子牵到卫生间。李小姣擦洗干净这个孩子，又忙着去处理他。

然而，让李小姣意外的是，双休日过后的周一，四个小姑娘都没有来上班。她一个一个地打电话，她们谁也不接。看着满屋跑动的孩子，李小姣一下觉得自己快崩溃了。原以为孩子增加了，招聘了老师，看到了希望。没想到，这么一件小事，就让她们集体选择了甩手。李小姣陷入了茫然，一路走来，家人不理解可以，老师、同学不理解可以，邻居们不理解也可以。但是，这件事让她感觉到前所未有的孤单和无助。她反思，是的，她给老师们的待遇确实很低，一个月才八百块钱，工作还那么烦琐、无趣。想来想去，她想通了，这条路是自己选择的，她不能要求别人都和自己一样。可不管怎么样，还得解决眼前的困境。九个孩子，自己一个人是无论如何也应对不了的。

无奈之下，她再一次向家里求援。

接到女儿电话，妈妈又火速赶到太原。一进门，李小姣扑在妈妈怀里放声大哭。她说，妈妈我快坚持不下去了，我不知道自己选择这条路到底对不对！最心疼女儿，最了解女儿，最支持女儿的还是妈妈。妈妈开导她：一路走来，你最艰难的不是现在，你身体那么差的时候，你都熬过来了，现在的困难不算什么。

妈妈考虑得很周全，这次来，知道人手很紧，她还把李小姣的嫂子也带来了。妈妈脱下外套帮孩子们做饭，嫂子协助李小姣看孩子。她们很快又发布了招聘教师的信息。三个人坚持了一个星期。这时，走掉的四个老师中的一个回来了。她说，李老师，我是看你太难了，良心上过不去，我再帮你一阵，等你招到了人我就走。李小姣很感激。她接着说，你不要怪我们，在这工作真是太累了，每天我们都高度紧张，还要不停地和孩子说话，一天下来，嗓子都干得快冒烟了。一个月八百块钱，做个服务员都不止，但是我知道，一个孩子一个月只交几百块生活费，你能给我们付出工资已经很不容易了。

有了上次的教训，再次招聘教师时，李小姣提前和她们说清楚自闭症孩子的特性，希望她们在理解、接纳的前提下加入到队伍中来。经过逐步的磨炼，李小姣的心智不断成熟，她的管理协调能力也在提高。

④ 卖房交房租

2013年7月的一天，李小姣接到一个在电视台工作的大学同学的电话，想报道她的自闭症孩子培训班。

李小姣一听很高兴，她希望通过报道增加人们对自闭症的认识和关注，就去征求家长的意见。让她意外的是，家长们不同意电视台报道。他们认为自己的孩子已经是这样了，不愿意让同学、同事和其他更多的人知道，能包着就包着，能藏着就藏着。李小姣做家长们的工作，她开导家长：孩子们的康复训练是一个长久的过程，会持续很长时间，现在靠我一个人的力量，很难支撑下去。你们一个孩子一个月交八百块钱，我要支付房租、水电费，还有五个老师的工资，缺口太大了，窟窿会越来越深。我也不能总让我父母亲把家里的钱往这里砸，他们也要生活。我们要抱团，要勇敢地面向社会，让社会的力量来关注、帮助我们。沟通了好一阵，终于有两位家长同意报道。李小姣又和他们一道做其他家长的工作，最终达成一致意见。电视台来到培训班拍摄、报道。

现代社会，传媒的力量是巨大的。节目播出后，产生了很好的效应。

李小姣接到很多电话，她说自己和孩子们的第一个恩人叫刘锦旺，他在电话里直接问，李老师你们现在最缺的是什么？李小姣说，我们急需的是孩子们的床，孩子们好动，一个星期就把床给跳坏了。刘锦旺问，你们需要什么样的床，上下铺吗？李小姣说，我们要通铺的床，平时我睡在中间，视线内可以看到所有孩子，确保他们的安全，床越牢固越好。刘锦旺说，我懂了。他很快安排手下的员工上门量好尺寸，把定制好的、非常结实的床铺送过来。这位恩人，李小姣直到两年后才见到面。

节目产生的另一个效应是，送孩子上门的家长不断增多。很快，李小姣这里的自闭症孩子达到了十五个。一套房子容不下了,她在同一小区里又租了一套房子。

看到女儿在"扩大"规模,不像是当初说的"试一试"了,李小姣的父母坐不住了。他们请了爷爷奶奶,一家人开了个正式的家庭会议,深谈了一次。家人觉得她坚持到现在,付出了这么多,已经对得起这些孩子了。再干下去,只会越来越累,越陷越深。他们主要还是心疼她的身体,几年前的那次发烧留下了后遗症,她经常头痛,每个月都要到医院去挂一次水缓解。爸爸说,姣姣,咱们可以了,你一个人的力量救不了他们,回来吧!去你妈公司帮帮她也可以,找个班上也可以,轻松点。

李小姣知道亲人的不舍和关心,但她已经放不下这些孩子了。她对亲人们说,让我再坚持一段时间。我现在撒手,他们能去哪?去不了幼儿园,也上不了小学。我坚持了这么些年,看着他们在一天天地变好,他们真的很需要我。我可以做其他事情,但那些事情谁都可以做。她用祈求、愧疚、却又执着的眼光看着她最亲最近、生养哺育她的亲人们:让我再接着做下去,好吗?爷爷、奶奶、妈妈都没说话。爸爸沉重地叹了口气:那你就再干干"看"吧!

十五个孩子,两个点,李小姣已经够累了。意外的是,很快她又"合并"了另一个培训班。一个老师找上门来,她三年前办了个自闭症培训班,她再三请求李小姣把她那边的孩子和老师都接过来。她说,李老师,我坚持了三年,撑不下去了,太难了!我的经济跟不上,没有钱再贴进去了。我的精神已经不太好了,再不脱手,我就要疯了!面对她,面对孩子,李小姣没有办法不接收。两个班也是办,三个班也是办,无非就是困难再大点。交接后,那个老师说,这辈子再也不接触自闭症了!

她走了,李小姣的自闭症孩子数量一下增加到二十七个。场地又成了问题。

2013年年底,李小姣接到山西省一个医药公司陈总的电话。他说,我看了关于你们的报道,知道你们不容易,现在,有人给我介绍了一个场地,你看看是不是适合你们。

李小姣赶紧去了。那是中化二建闲置的一栋五层的楼房,体量不小,差不多一千多个平方。问了房租,一年要两百多万。李小姣吓一跳,说太贵了,我这里的孩子一个人一个月收八百块,怎么也付不起,就走了。

没几天,陈总又打来电话说,李老师你看你需要多大的面积,能承担多少房租,如果不够的话,我来给你补贴。李小姣不踏实,就告诉爸爸。爸爸也犯嘀咕,说你一个小姑娘,人家凭什么这样帮你,别是有什么企图吧?李小姣说,爸爸你去和他谈吧。爸爸出面,接触下来,发现人家是真心地想帮助这些孩子。于是,拿了一楼一层一半的房子。年租金二十二万,陈总很爽快,付了一半租金。

2014年7月,李小姣和老师、孩子们搬到了新的地方。有了独立的地方,楼后面还有个不错的小院,可以做操场,虽然不大,但孩子们有了自己的活动空间。以前在小区里,孩子们每次下去活动,李小姣都提心吊胆,害怕他们冲撞了其他孩子。这下李小姣可美了!为了省钱,她带领老师把楼上中化二建留下不要的旧桌椅、板凳等家具一股脑搬下来,擦洗干净,刷上油漆重新用。房子里的墙壁是黑的,李小姣就带着老师们买来涂料自己刷白。厨房、卫生间里的用品，也得到了各方面的捐赠。

培训班正规了，一下子有了学校的模样。这是李小姣多年的奋斗目标，也是她的梦想。

她在大门边的墙上，工整地贴上"灵星社区服务中心"的字样。"灵星"是这些自闭症孩子们正式的家。孩子们有家了。

然而好日子只过了半年，到了2014年底，要交下一年房租的时候，陈总的公司经营出了状况，他不能再帮李小姣缴纳房租了。危急关头，李小姣又和家里商量。这次，爸爸没多说什么，也没责怪她，而是咬了咬牙，把家里在忻州的一套房子卖了二十六万，交了房租。

陈总后来还是持续在关注"灵星"的孩子们，不时送来米、面、油和其他生活用品。"灵星"的大门、草坪、活动器材，也都来自方方面面的支持，李小姣很感激。这些关注和支持，成为她前行动力的一部分。

⑤ 坚持的困惑

2017年，李小姣"灵星"的孩子已经达到七十二个。虽然在苦苦支撑，但每当遇到自闭症孩子，她还是毫不犹豫地收下。

家长们把她看作家庭和孩子的救星，当她支撑不下去，动了关闭培训班的念头时，首先不答应的是家长。有的家长对她说，你如果不干了，我的孩子能去哪里？让孩子回到家里，我还不如和他一起死了算了。

出于对孩子的爱，也出于对他们家庭的同情，李小姣总是尽量减轻家长的负担——心理上的，精神上的，经济上的。再多的苦痛她都先自己扛着。然而，时间长了，李小姣也发现，家长们的依赖心理越来越重。她生病了，有家长会说，那不耽误孩子吗？她的嗓子发炎说不出话来，有家长会问，你自己说不出话，怎么教孩子？听了这些看似不近人情的话，李小姣也失望，也伤心，但她从不和家长们计较，也不放在心上。她知道，他们不是故意的，他们只是不放心孩子，完全把她和孩子联系在一起了。

她，一个柔弱的女孩，却不得不成为这些家庭的支柱和希望。可是她知道，她不是小船，她充其量只是这些飘摇在风雨交加海面上的家庭的一块木板。

李小姣有个梦想，就是把"灵星"办成一所民办的自闭症培训学校。为了这个梦想，她拿着申请在教育局、民政局、残联之间不知跑了多少个来回。教育局说，我们可以批准幼儿园、民办学校，但残疾孩子的民办学校我们批不了。民政局说，我们可以批准老年大学之类的，残疾人学校不归我们管。残联很关心她，但是说他们无权办教育，更没有审批资格。在这之前，李小姣实际上处于一种无证无照的非法运营中，培训班随时可能被取缔。这也是她一听到敲门就异常紧张的一个原因。后来，实在无解，她就在太原市民政局的关心下，采取变通措施，注册成立了现在的"灵星社区服务中心"。虽说名不副实，也名不正言不顺，但总算是有了一个合法的名头。

坚持了八年，经费始终是李小姣最棘手的问题，她不能让自己变成家里的"无底洞"。在婚姻上，她遇到了一个和父母一样无条件支持她走下去的好伴侣。她没有收入来源，丈夫就努力挣钱，在忻州经管两台挖掘机。他对李小姣说，我要能挣到把你养好的钱，让你放心地去做事情。

孩子们不断增加，经费缺口也在扩大，为了保证运行，她不得不向家长们收一点生活费来贴补。可是，因为有了收费，她就被认定为是经营性的行为，是企业，得自负盈亏，贴钱只能说明你没办好。也因此，她去向民政局、残联、红十字会、慈善总会争取支持时，不能获得一分钱的资助，只能得到一些物品方面的帮助。

2016年，她得知每个自闭症孩子可以通过政府购买服务的方式，每年获得一万三千元的专项补助，可以直接从残联划拨给"灵星"，但前提是不能再收任何费用。李小姣算了一笔账，按七十二个孩子算，全年有九十三万六千元的补贴，每个月人员工资支出五万多，一年六十多万，房租一年二十二万，再加上水电支出，所剩无几，教师和孩子外出学习、培训的费用很难安排。就是这笔钱也还面临着周转的困难。2017年初她递交了报告，到了六月份费用还没拨过来，账上已经没有钱可用了。除了反复汇报、翘首以待，别无他法，李小姣实在是焦虑。

有人说李小姣是在做公益，做公益就应该把自己完全放进去，去过苦行僧的日子。太原的一家群团组织的负责人很关心"灵星"，得知孩子们条件简陋，冬天室内没有取暖设备，很冷，就联系了一个公司，为孩子们的宿舍装上了空调。可是，有一次，这个组织的一个工作人员对李小姣说，以后他们不会再给"灵星"帮助了。李小姣很紧张，以为自己做错了什么，就问原因。那个工作人员说，他们领导看到李小姣来谈事情是开着私家车来的，就认为她并不困难，自己都开上车了，还向别人要什么帮助。

李小姣彻底无语了。这辆车是她结婚时,爸爸拿出自己的养老钱给她的陪嫁。爸爸说她成家了要多抽空回忻州,"灵星"规模扩大了,也需要多对外联络。为了方便,也考虑她的身体不太好,就给她陪嫁了这辆车,没想到却给她带来了"麻烦"。李小姣很委屈,也有些伤心。她想,难道我做公益就应该把自己弄得衣衫褴褛,骑着破旧的自行车四处乞讨,灰头土脸地奔波吗?就应该把自己彻底掏空,一无所有吗?

委屈归委屈,伤心归伤心。一回到"灵星",一看到孩子们,她又像打了鸡血似的,激发出的爱心和热情又生生不息地绽放。她还没有孩子,但她看这些自闭症孩子时眼神中的母性,超越了任何一位母亲,慈爱而坚定。她的第一个"孩子"超超已经十二岁了,三岁遇到她,转眼已是九年。九年中,李小姣对超超不离不弃,带着他辗转。

超超大了,懂事了很多,对李小姣的依恋也更深了,他说自己有两个妈妈,他更离不开的是小姣妈妈。

李小姣说,为了孩子们,我要把"灵星"办好,等我老了,给自己一个交代。她知道,她的交代其实是给孩子们的交代。

九年下来,她深深明白,包括超超在内的大多数自闭症孩子很难完全独立地走向社会,他们需要有人终生照料、陪伴。她和"灵星",和这些还有以后会陆续进来的孩子,是分不开的。

"等我老了!"

李小姣说这句话时,不知有没有想过,等她老时,还有多久,还要跨越多长的跋涉,还有多少艰难困苦在不远处排着队向她招手。

张崇虎

重权厚薪心不动　乐与残童耳鬓磨

> 时间：2017年夏
> 地址：山西省运城市临猗县角杯乡西张吴村
> 身份：孤残儿童家庭寄养管理服务站站长

仲夏时节，地处晋西南的运城市迎来了三十六度的高温。

六月末的一天上午，顶着八点多钟的太阳，我和临猗县特殊教育学校的吴会英校长一行三人从运城出发，开车奔赴位于临猗县角杯乡西张吴村的孤残儿童家庭寄养管理服务站。

2017年，运城大地雨水充沛，透过车窗，沿途草木葱茏，道路两边的杨树枝繁叶茂，有的树枝，意气风发，直指天空。临猗盛产水果，鲜桃刚刚下市，田里的苹果竞相张望，有的被套上纸袋，为不久后的丰收积蓄力量。放眼都是果子们你追我赶的喜人景象。

车进西张吴村。说是村，原本是一个乡的政府所在地，乡镇合并调整,撤销了西张吴的乡建制,乡政府搬走,原有的街道显得落寞,也有点萧条。在一排楼房中穿行不过两百米,一个大门闪现,大门门楼上赭红色人造大理石上刻有"儿童之家"四个金色大字。门左边的墙上挂着个铜牌,标明身份——运城市社会福利院孤残儿童管理服务站。

① 特别的演出

一位老人迎了出来,他红光满面,慈眉善目,微笑始终挂在脸上。吴校长介绍,这是服务站的张站长——张崇虎。

进了院子,还来不及细看,我们便被迎到会场。会场是半开放式的,把两栋房子之间的空间用钢材搭在一起,铺上彩钢瓦,放进桌椅,就成了会场。我目测了一下,面积有七八十平方米。会场里坐满了老人和孩子,他们是救助站的孤残儿童和坐在孩子们身边接收他们的寄养家庭的爷爷奶奶们。老人和孩子们显然常常在这里聚会,也见惯了来自不同地方的到访者,他们对我这个陌生人的到来并不感到新奇。会场里,声音嘈杂,喧哗程度与气温相当。

拿起话筒,张崇虎站长开始讲话,会场的声音小了不少。虽然他的普通话洋溢着强烈的临猗地方风味,我大体上还是能听懂。他在总结前段时间的工作,主要是孩子们的寄养情况。

张站长说话的时候,听众们的注意力集中度有限,邻座的孩子互相嬉笑,小幅度地推搡。几个孩子表情呆滞,眨巴着眼睛,不知道在想什么,像在漫不经心地看,又像在深入地思考。一张轮椅放在墙边,上面坐着一个个头很大的男孩,脖子在一轮一轮顽强地梗动,却始终伸不直。一个婴幼儿用的推车排在轮椅前面,盖着薄薄的床单,看不见人。床单一会被轻轻地顶起一点,放下,又顶起一点,又放下。我知道,那里面也躺着一个残疾孩子,应该是重度残疾,连坐都坐不起来的。几个老人,把稍小的孩子放在腿上,搂在胸前,轻轻地用饱经沧桑、青筋暴露的瘦削的手摩挲着孩子的小脸。孩子很享受地时不时眯一下眼睛,又睁开。

这里的每一个孩子都由于自身的残疾——他们可能是在公园一棵粗壮的大树下,也许是在车站角落一个陈旧的座椅上,抑或是在一个垃圾桶边,又或许是在医院的某个旮旯——被他们的亲生父母给遗弃了。失去了家庭的残疾孩子成了孤儿,他们被从运城各地送到市福利院,又辗转来到西张吴村,走进自己的新家。

说了一会儿,张站长说演出开始,就把话筒交给了一个五十岁左右的妇女。张站长告诉我,这是服务站特教班的老师,平时负责给娃娃们上课。他口中的"娃娃",虽是当地的习惯叫法,但让我觉得亲近、自然。

第一个节目是集体背诵《弟子规》。孩子们很卖力,会背诵的争抢着用各种表情、各种嗓音、各种辅助动作,扭动着身体的各部位大力地发声。大约三分之一的孩子可以和老师保持同步。另一部分孩子吃力地跟着发音,跟得很累,连呼吸都变得困难,像在和别人吵架,憋得脸红脖子粗的。还有几个孩子,似乎置身事外,变成观众外的观众,静静地,默默地,茫然地看着眼前的一切。他们像出世的高人,似乎在看,又像什么也没看。一个视力障碍的孩子,一直微闭双眼,面含浅笑,那微笑是沉静的、祥和的,仿佛幼小的心灵已洞察一切。

第二个节目是唱歌,唱《感恩的心》。我不知道这些残疾孩子理不理解歌曲和歌词的意思,但是他们和朗诵一样用心,甚至比朗诵更用力。他们不是在唱,而是在喊,他们的喊比任何歌唱,都更让我的心震颤。

第三个节目是个人表演,两个帮忙的村民抬过来一张椭圆形的长茶几,一个孩子被架着双肩抱了上来。他的双臂蜷曲,两只手都畸形着向内不规则地勾在一起。我看出,这是一个脑瘫孩子,而且程度很重,双手完全不能自由控制。老师在他面前放上一张普通的A4打印纸,他艰难地移动身躯,调整着位置,然后伸出右脚,老师把一支水彩笔夹在他的大脚趾和二脚趾之间,他开始在纸上写字。准确地说,是用脚推着笔在纸上一点点移动,每移动一下,笔尖都和纸张发出艰涩而沉重的摩擦声。他很专注,也很耐心,先写了一个"党"字。张站长告诉我,服务站所有的孩子都姓"党"。没做解释,他明白我知道其中的含义。那个写字的孩子的脚走了一会,已在纸上清晰地写下了自己的名字——党晓寒。因为时间关系,他没有继续往下写。老师说,他有绘画的专长,没有人教,他自己看书,看电视上的画,跟着学,画得不错。老师拿出一沓打印纸,上面花花绿绿,都是党晓寒的作品。老师问,我们送一张给客人好不好?党晓寒把双臂收在胸前,脸上的肌肉挤在一起,他是在笑,在向我表示礼貌。我小心翼翼地接过他的画,画上,一只颀长的长颈鹿立在旁边,看着左边一棵高大的果树,树枝间满是不规则但丰硕的水果,和我来时看到的地里的苹果一样。我猜测,他画的是丰收的苹果树,因为树干上靠着梯子,两个人在喜滋滋地向上爬,目标很明确,就是奔着苹果去的。整幅画线条很粗,颜色的搭配并不算多,但他是用脚画的,因而显得特别的浓墨重彩,有种不可抗拒的力量。我把画放进随身的包里,向党晓寒伸出大拇指。他笑了,用七八十岁老人的速度扭动脖子,很开心的模样。

温度很高,张崇虎站长说了声,大家都散了吧。一阵忙乱,爷爷奶奶们用各种姿势纷纷带着自己的孩子,离开会场,轮椅、电动农用车喧闹一阵。不一会儿,服务站里静了下来。

已近午时,太阳愈发卖力地向下泼洒光线,整个院子更显空旷。

② 特别的坚守

看我站在院子里若有所思的样子,张崇虎站长说,到我屋里坐会儿吧,我们坐下来聊聊这些娃娃的事。

张站长的房间是办公室兼卧室,屋内分两部分:靠门口的是办公区,摆着办公桌、沙发、茶几;靠里面墙边的是休息区,一张简单的大床,上面铺着朴素但整洁的薄被。办公室是整个服务站的指挥中心,也是他在西张吴村的家的一部分。他的家有两处,一处是西张吴村的服务站,一处是他在临猗县城的房子。

我问张站长,是县城和这里来回跑吗?

他说,县城里的房子空了七八年了,因为老伴也跟着来服务站协助他工作了。从他的语气看，也不是一点不留念县城。他略带惋惜地说，每年还要交三千块钱暖气费呢。可是他不能离开，也不敢离开。只有二十四小时留在服务站里，做离这些孤残孩子最近的人，他的心才踏实，才敢放下。

张站长很健谈，为人也很随和，话语中不时发出爽朗的笑声。一番交谈，我知道了这个管理服务站的来龙去脉，走过的曲折，曾经的困难，现在的平稳，也知道了张站长和西张吴村的乡亲们对接收孤残儿童寄养的心路历程。

西张吴村是张崇虎的老家，他从小在这里长大，也在这里工作过，还曾是自己家乡的"父母官"——乡镇撤并前，他做过西张吴乡的乡长。在组织的安排下，他又去其他乡镇工作，后来从农村进城，当了临猗县的民政局局长，一干就是十年，2006年在民政局局长的岗位上光荣退休。退休不久，经一个熟悉他的领导和管理能力的朋友推荐，他被聘任为总部位于运城经济技术开发区的禹王一品餐饮有限公司的总经理。那时给他的年薪是六万元，还配备了专车和司机。张崇虎不负企业所望，担任总经理的一年多时间里，他带领三百多名员工，强化管理，吃透市场，开拓进取，把禹王餐饮弄得风生水起，营业额节节攀升。

禹王餐饮公司和运城市社会福利院紧挨着，也许是当了多年民政局局长的缘故，心中总有放不下的民政情结。工作间隙，张崇虎总是会时不时地关注着隔壁福利院里的那些孤残孩子。

一天，他看到国家民政部关于鼓励福利院设置管理服务站，为孤残儿童提供家庭寄养支持的文件。这一看，张崇虎坐不住了。

作为老民政局局长，他深深知道福利院只能为这些孩子提供必要的生活、康复和教育方面的服务，但在福利院里长大的孤残儿童，缺失了人生成长最重要的一个环节，那就是家庭氛围中的亲情、温暖和教化。

国家出台了政策，说明国家也敏锐地意识到了这个不足。张崇虎迅速找到市福利院的院长，提出能否让他尝试建立专门的管理服务站，尝试开展寄养工作。院长知道他是个很有名气的老民政人，市福利院本身也想在落实国家的政策方面做一些探索和尝试，于是非常支持他的想法。

事情定下来，张崇虎就紧锣密鼓地忙碌起来。

在服务站选址的问题上，张崇虎建议放在他的老家西张吴村。说实话，他提出西张吴村，除了熟悉那里的环境，主要还是对乡亲们有信心。院长向市民政局领导汇报，几个人亲自到西张吴村实地考察那里的民风、环境、交通等情况后，同意把服务站建在那里。

张崇虎在禹王内外的人们疑惑的眼光中，结束了短暂的商场履历，踏上不可预知的孤残儿童家庭寄养管理服务的道路。

服务站创办初期，条件不只是艰苦，而是艰苦得连立足的地方都没有。乡里供销社的退休干部张永法，把自己家二十平方米的客厅让出来给他们办公。县水利局退休的办公室主任张万成作为志愿者，也和张崇虎一道义无反顾地投入到服务站的筹建中。运城市民政局和社会福利院初期投入的资金有限，张崇虎就拿出自己的积蓄五万元垫上。

一番忙碌，2009年11月，运城市第一家孤残儿童管理服务站总算是开张了。

然而,事情并没有想象得那么顺利。如果说条件简陋还可以克服的话,那么乡亲们对接收孤残孩子寄养的不积极,着实让张崇虎他们犯了难。仔细分析原因,他们认为有两点阻碍,一是费用较低,接收一个孩子一个月三百元钱,除去吃饭开支,剩不了一点。那时村民帮果农打理果园或摘苹果一天的工资就将近一百元。家里寄养孩子要贴上大量的时间和精力,还得承担责任。二是村里老人的子女们不愿意,觉得老人地里还有活,忙都忙不过来,哪有时间去管残疾孩子。

第一批来到服务站的十二个孩子中,脑瘫七人,唇裂三人,眼睛失明一人,脚外翻一人。孩子的残疾程度都不轻。起初,有几个接收了残疾孩子的家庭,把孩子带回家,一看孩子大小便都不会自理,有的坐不住,也不会走,有的一顿饭要喂一两个小时,吓得赶紧把孩子送回来。有时,一个孩子上午在一家,下午就被换到另一家,有的孩子没地方去,他们干脆直接送给张崇虎。

开局不是很理想。如何打开局面,成了张崇虎首先要考虑的问题,必须得让更多的乡亲们加入到接收寄养的队伍中来。集思广益,他们决定从"三小"入手,先成立个小学校。开始没地方,就放在一个村民的家里,让孩子们白天有个地方去学习、活动,还聘请了从教已经二十二年的民办教师张会云到服务站任教。然后组织个小宣传队,把接收了孩子的家庭编成故事在村里作为好人好事大力宣传,产生带动效应。最后编写一份小简报,用图文的形式及时报道与寄养相关的各种信息,反馈服务站收集到的情况,增进乡亲们对寄养的理解。坚持了一段时间,

"三小"的效应逐渐显现,大家接收孤残孩子的愿望慢慢提高,参与的村民和家庭也逐渐增多,通过服务站送到村民家里寄养的孩子从最初的十二个,增加到四十个,再增加到最多时的一百二十六个。

随着时间的推移,在西张吴村,家里有孤残儿童寄养,已成为常态。国家也不断调整寄养的补贴,费用在不断增长,2017年达到700—1200元的标准。人们也开始由当初的疑虑、排斥,变为主动要求把孩子领回去寄养。

变化是喜人的。分析变化的原因,张崇虎认为,农村家庭很多是空巢,只有老年人待在家里,没什么事做。以往子女们反对,是担心老人太累,给家庭增加负担,但后来发现,老人原本年纪大了不愿意动,接收了孩子,就得经常带他们出去活动,扶着他们走一走、动一动,孩子体质改变了,老人的身体素质也提高了,原来的高血压、高血脂等毛病反而减轻了。每个月的寄养补贴虽说不多,但让老人有了零花钱,减轻了子女的压力,促进了家庭的和睦。

张崇虎说了件有趣的事情:曾经连续三年,运城的夏天刮大风、下冰雹,把临猗很多地方果树上的果子给砸坏了,但西张吴村的果树却毫发无损。很神奇的现象!当地人把老人们的身体硬朗、天气照顾,归结为他们接收了孤残儿童,积德行善,是福报,才换得了心情好、精神好、身体好,换得了老天的眷顾和庇护。这种认识,更促使把孩子领回家里寄养成为西张吴村的一种风尚。

服务站推进寄养模式的成功,让西张吴村声名鹊起,出镜率、曝光率不断增加,来视察、参观、采访的人多了起来。这时,张崇虎会把和他一起坚守的乡亲们的代表推到摄像机的镜头前、媒体记者的笔端前。

为了给我这个风尘仆仆、远道而来的业余作家增添素材,他给我说了几个老乡的故事。

赵改变老奶奶年过古稀,三个儿子和一个女儿都跳出农门,在临猗县城工作,并且安家落户,她的老伴退休后也有退休金。2009年之前,老两口随儿女在县城已经居住了十年,生活安逸,安享天伦。那年的11月,老人回西张吴村走亲戚,听说了孤残儿童服务站的事,就第一个报名带头接收孤残儿童寄养,成为全村"家庭寄养第一人"。儿女们不理解,觉得老人年纪大了,身体不太好,也不缺钱,干吗还要为残疾孩子操劳、担风险。母亲袒露了自己愿意为这些孩子做奉献的心声后,子女们也慢慢地理解了,一起支持她的寄养行动。开始,赵改变是将孤残儿童接到县城的家里抚养,但是给服务站和自己都带来很多不方便。她就和老伴、子女一商量,干脆和老伴把家又搬回了西张吴村,把自家闲置已久的老房子整修一番,来接收孤残儿童寄养。九年来,她和老伴先后接收了十六个孩子寄养。这些孩子最大的十五岁,最小的只有两岁,她一律视如家人,尽心尽力地抚养。在她家寄养的小女孩赵运茹,发展良好,上了村里和镇里的小学、中学,后来上了中专,毕业后去了北京的一家药业公司工作,成了一名和健全人一样自食其力的劳动者。老人说,只要她还养得动,她就要一直把这些可怜的娃养下去。

周萍老人是临猗县城一位以制作、出售纸花为生的老太太,经济并不宽裕，但她为孤残孩子献爱心却很大方。冬天她一下子给孩子们捐出四十八套棉衣，价值超过四千元。老人做的纸花，一套只能卖五元钱。一次她来服务站捐款一千元，拿出的钱面额全是五元，两百张五元放在一起，厚厚的一沓，每一张都是老人起早贪黑干活赶出来的辛苦钱。

王银成是中国人保财险公司总裁，临猗县角杯乡人，2011年11月，他回乡探亲，去服务站看望慰问孤残儿童，个人捐款一万元。2012年，得知"儿童之家"二期扩建工程建设缺钱，他动员公司的慈善总会，募集资金五十三万元捐给服务站，解决了建设经费不足的燃眉之急。服务站建成后，王总无论多忙，都会不定期打电话给张崇虎，询问站里的困难和孩子们的需要，尽力帮他们解决困难。这几年，他陆续为站里配备了电脑、打印机，为寄养家庭送来了棉被，给孩子们每人添置一套书包、文具。

西张吴村人自己的爱心，和来自方方面面的关心结合在一起，形成了关爱孤残儿童的正能量，并且日积月累，蔚然成风。现在的西张吴村，寄养家庭的孩子大了要离开了，或者被国内外符合条件的人家领养走了，村里人马上又到服务站提出要继续接收孩子回家寄养。

说到这里，张崇虎自豪地调侃自己，他们现在都来抢娃，可我已经没有这么多娃给他们抢了。

一路走来，孤残儿童寄养最需要的是坚守。令人欣慰的是，八年下来，这份事业已不是张崇虎一个人的坚守，也不是一个服务站的坚守，是整个西张吴村的坚守，也是整个社会最真最美的坚守。

这份坚守,传递了力量,传送了温暖,传播了美德。

④ 特别的管理

我提出一个疑问,这么多孤残儿童分散在几十个家庭寄养,如何确保寄养的质量、身心成长,特别是孩子们的安全问题。

张崇虎听了我的问题,哈哈笑了。从他的眼神,我看到赞许的意思,也许是认为我这个问题问得有点专业水准。他说,你的疑问就是我们建站时最大的顾虑。说实话,硬件基础条件差,我并不担心,依靠政府和社会的爱心捐助,慢慢努力总可以解决。这不,八年下来,你看服务站已经有了占地四亩、房屋2700多平方米的固定场所,教室、康复功能室、活动室、食堂、浴室,都齐备了。其实,我最担心的就是服务站搞起来了,娃们寄养到各家各户去了,他们到底有没有得到家庭的关心,享受到亲人般的温暖,在家庭中健康成长。尤其是不能出安全事故,无论前面做得有多好,只要有一个娃娃出了事故,比如烧伤、烫伤、生病医治不及时出了事情、交通事故、家庭虐待、暴力伤害,甚至出现死亡等,那我们所有的工作都白做了。我们无法向上级交代,也无法向社会和娃们交代。

说到这里,张崇虎有些激动,多年的压力瞬间在他体内升腾——毕竟当初他是主动请缨来创办临猗服务站的。他站起来,端起水杯拧开盖子却没有喝,又坐下来。

我看着眼前这位已七十岁的老人,慈爱、热情、执着、敢于担当,这些正能量,在他的身上并没有随着年龄的增长而衰减。八年如一日，他的压力、他的担子、他的忧虑，不知有多少人清楚、理解。人们看到的是到目前为止，他的成功，以及各级、各类媒体为他戴上的光环。

我有点走神，一时不知道接下去该问什么了。

张崇虎转过头，注视着窗外，视线所及，是服务站院子里的小花园，草木葳蕤，各种我叫得出、叫不出名的花竞相盛放。这里是孩子们的乐园。

沉默了一会儿。我问张崇虎，这些年您是怎么一点点加强管理，使服务站稳步发展起来的？他站起身说，我带你去看看我们的管理制度和资料。

来到会议室，墙上很醒目地张贴着《安全管理制度》《家庭寄养义务》《家庭寄养监护制度》《家庭寄养职责》等一系列规章。我仔细阅读，这些制度中非常明确而详细地列出了各方面的要求，所有的要求都突出一个中心点，那就是被寄养的孩子，怎么保障他们的安全、利益、教育、康复、身心健康发展和相应的防范、监督措施等。我边看边用手机拍照。我对张站长说，我要把你这些人性化的管理措施记下来，慢慢消化。他很高兴，说，有的是根据上面文件精神制定的，有的是我和其他人结合服务站的管理，一起琢磨的。

移步之间，我看到墙上有一个"五比五看"的张贴，内容很简单：一、吃比可口，看花样；二、穿比合身，看整齐；三、住比舒心，看宽敞；四、医比及时，看疗效；五、教比重视，看成绩。吃、穿、住、医、教，每一点都是残疾孩子最贴切的需要。

我说，这一定是您的原创了。

他笑了,说,是的,想想就是这些事。

我又问,制度定下了,怎么落到实处呢?

他说,我再带你看,我们有配套的落实措施。他让我看一个亮闪闪的铜牌和一块类似宣传广告板的牌子。他说,我们要求每个寄养家庭在签订寄养协议后,都要挂这两块牌子,小的铜牌就挂在各家大门口的醒目位置,大的挂在各人的家里。

我看到,小铜牌上刻写着"运城市社会福利院临猗家庭寄养户"的字样,金色的底,红色的字,清晰而温馨。挂在门口,当是种责任,也是种荣誉,类似评比出的"五好家庭""军属光荣"的牌子。别人从门前路过,看到这块铜牌就知道这户人家有孤残孩子寄养。对自己和别人,都是无形的监督和影响。大的牌子上方是"家庭寄养"四个大字,左边印着刚才看到的《安全管理制度》《家庭寄养义务》,右上方是寄养孩子的姓名、性别和身体状况(残疾类型),右下方是"寄养园地",空出的部分可以用来张贴一些资料、照片。

看我看得很认真,张崇虎说,这只是面上的监督,带有宣传、引起大家重视的意思。我们还有一系列的具体措施。服务站从开始选择寄养家庭就有标准,不是每个家庭都可以接收娃寄养。首先我们要考察这个家庭是否妻贤子孝,家庭和睦,不孝敬老人的家庭不选,不关心孩子的家庭不选。另外,家庭特别富裕的不选,这样的家庭不在乎这点钱,很难对他们提出要求;家庭特别贫困的也不选,他们连自己的生活都困难,娃在他们家寄养,生活得不到保障。我们只选那些条件还可以,又关系和顺的家庭来寄养。

张崇虎说,选好家庭只是基础,服务站的工作人员会在每月的5号、15号、25号分三次去各个寄养家庭实地巡查,八年来雷打不动,长期坚持。说着我们走到了墙上的一块水泥黑板前,上面写着"寄养家庭月检查评估优模公布栏"。下面是表格,纵向是月份,从时间看是2017年的,已经开展到了5月。横向表头是各寄养家庭家长的姓名,写着张凤琴、张伟霞、张志刚、吴杏梅等一长溜,一排不够,写了两排,赵改变老人的名字也在其中。不同的月份不同的人名下贴着红艳艳的五角星,有的家庭五个月拿了三颗星,有的一颗也没有。

结果是怎么评出来的?我问张崇虎。

他让旁边的工作人员打开一个文件柜,拿出一沓厚厚的资料。我从这一沓中抽出一张,抬头是"入户检查评比登记表",日期显示是2017年3月30日。每一个寄养家庭的后面有十项指标,包括:室内宽敞、干净通风;环境优美、卫生整洁;饮食卫生、饭菜花样多;安全措施;监护人是否二十四小时和孩子在一起;是否和孩子同吃、同住、同享受;等等。每项指标10分,满分100分,合计成当月总分。这张表上,我看到合计的总分各家都在97分、98分左右,显示水准不低。我又从另一沓表格中抽出一张,是"临猗家庭寄养管理服务站儿童评估登记表",前面是家长姓名,后面是儿童姓名,再后面是四个指标,分别为身高、体重、头围、胸围。我有点不解。张崇虎解释,你别看这四个指标,我们把这个月和上个月做比较,就可以看出一个娃一个月的生长状况,半年、一年下来,前后一比较,就更清楚了。家长们可在意这几个指标了,都想把各自家里的娃娃养得高高壮壮的,评比时好拿高分，拿五角星，再用积累的五角星争流动红旗。服务站每年召开表彰大会，颁发流动红旗，还对"优模户"予以物质奖励。

张崇虎说，服务站不仅强化对寄养家庭的管理，还注重通过活动，开展家庭之间的竞赛。服务站每年分春秋两季，开展"赛衣会"，家长们将各家为孩子准备的换季新衣服拿到一起，集中展示，组织评比，看谁家的布料好，谁家的做工细，谁家的合身舒适，谁家的娃娃穿着好看。家长们可重视这个竞赛了，大村大道，谁也不愿意落在后面，都尽力把娃们的衣服置办得妥妥帖帖，变着花样弄得漂漂亮亮。

看着张崇虎兴致盎然地叙述，我忽然觉得眼前的这个退休老干部不仅执着、刚毅，还很可爱，充满童心。没有一颗童心的人，谁能想出"赛衣会"这法子，还让寄养户的家长们"趋之若鹜"，忙得团团转。

⑤ 特别的思念

中午，我谢绝了外出用餐，坚持在服务站的食堂吃饭。张崇虎特意嘱咐师傅加两个炒菜。坐下来，啃着挺有嚼劲的大馒头，感觉唇齿生香。一碗凉丝丝的汤料下肚，顿觉腹中无比充实。我发自内心地赞叹服务站的伙食好。张崇虎说，娃娃们也喜欢站里的营养餐。

2015年12月，在上级的关心下，服务站精心配备，为孩子们提供每周两次免费的营养餐，促进他们的身体康复和生长。我说，难怪我这个不喜欢面食的"南蛮子"也吃得津津有味呢，原来是专业的营养餐。张崇虎再次哈哈大笑起来。

趁他高兴的劲头,我提出想找个寄养家庭实地看看。他没有犹豫,让一个工作人员通知一家,说我们马上就到。

打过电话,那个工作人员骑着电瓶车在前面带路,我们坐上车,跟着他走。在一排排房子中拐了几个弯,车停在一户人家门口。一下车我就看到大门边上挂着"家庭寄养户"的铜牌,在夏日炽烈的阳光下闪着金光。走进大门,是一个围墙和楼房组成的阔大的院子。围墙很高,院子里有植物,黄瓜藤爬得卖力,几枝黄花很妖娆地在空中对视。往院子中间一站,颇有庭院深深的感觉。

我在心里叹了一声,好漂亮的房子。可以看出家境的殷实。

迎接我们的是两个老人,爷爷的手上抱着个孩子。走进屋里,墙上挂着另一块"家庭寄养"的牌子,显示寄养的孩子名叫党恒敏,女孩,脑瘫。

在堂屋坐下来,我问奶奶,家里寄养孩子有几年时间了?

她说,养娃有六年了。

我看着爷爷腿上的孩子问,六年了?这个孩子好像不大嘛。

爷爷的眼睛始终看着孩子。奶奶说,不是这个娃,这个娃是家里抚养的第二个娃。

我问,那前面那个娃呢?

她说,去年(2016年)8月28号被领养走了,去了美国。他走了不几天,我在9月8号又要了这个娃来养。这个娃那时只有七个月大,养到现在,会走了。

老两口很默契,听了奶奶的话,爷爷把孩子放到地上。孩子颤颤悠悠地走到茶几旁,伸手去抓盘子里的糖果,抓得多了,糖果掉在地上,爷爷捡起来放进盘子里,孩子突然生气起来,把手上的东西又扔到地上。

奶奶看着孩子说,我这个娃脾气不好,会摔东西,没有前面那个娃好,那个娃娃嘴甜,会哄我们高兴。

我对奶奶说,你把那个孩子的情况说给我们听听。

张崇虎说,不能说那个娃,说了他们会伤心。

奶奶停了停,揉揉眼睛,开始说那个娃。我那个娃,刚来家里的时候只有三个月,眼睛不好,睁开了只有眼白,混嘟嘟的,看不见东西。养了一段时间,我们带他去运城的医院看医生,我们不懂,儿子、媳妇在太原上班,不放心娃的治疗,就两头跑,一起帮他看病。从医院回来,我们经常带他去服务站的康复室训练,慢慢他能看见了。娃的眼睛一点点变好,把我们高兴坏了。

我说,那个娃在你们家养了多长时间?

奶奶想了想说,前后有五年,三个月来,六岁走的。

我说,养了五年被人领走,而且是去美国,舍得吗?

我这句话戳到了他们的伤心处。爷爷把头转向门外,不看我们。奶奶用手背擦拭着眼睛。

张崇虎说,舍得肯定是舍不得。这些年,从服务站被领走的娃一起有四十八个,没有一个家庭舍得。你说,在一个屋子里同吃同住五年,别说一个活生生的娃娃,就是一个小猫小狗也舍不得。可是我们知道,不走不行,那些符合领养条件的家庭都经过国务院领养中心的严格审核,条件比咱们这不知要好多少倍,娃们去了他们那里,会生活得更好,教育、康复,以后的劳保、工作都好，为了娃们的幸福，舍不得也不行。

说到伤心处，张崇虎的声音开始哽咽。

我知道，对每个寄养家庭来说，被领养走的只是一两个孩子，对张崇虎却是四十八个，每个都是他创办的服务站这个大家庭里的孩子，是他的心头肉。

屋内一片沉寂，只有小恒敏好奇地看看这个，又看看那个，然后抓住爷爷的手使劲摇晃，爷爷把她抱起来让她坐在膝盖上，她用小手去摸爷爷下颌上的胡茬。不是事先知道她是寄养来的孤残孩子，任何人都会以为两个老人是她的亲爷爷和奶奶。

奶奶说，娃被抱走的时候，他自己不知道这是要去哪里，也不知道美国是什么地方。他以为像平常一样，抱他出去玩玩，很快就回来了，我们谁也不敢说。娃被带到太原的时候，还打电话回来，问我们，爷爷奶奶你们怎么不来看我呢？我们不知道说什么，就让他一定要好好地听话，听新爸爸、新妈妈的话……我们担心他们对他不好，又不敢说。

奶奶说不下去了，起身从屋里拿出一个相框。相框很精致，是八只首尾相连的海豚围成一圈的形状，最上面的两只海豚头顶着一个心形的球，球上面有个"LOVE"的字样。相框中镶嵌着一张照片，一对喜气洋洋的美国夫妻和五个服务站的孩子坐在服务站会议室的沙发上合影。

美国妈妈的膝盖上抱坐着个男孩，圆圆的脸蛋，眼睛略微眯着，睁开的角度不大。奶奶指着这个男孩子，伤心地说，他就是俺养的那个娃。俺养了五年，让抱到美国去了。俺这辈子再也见不着他了。

张崇虎怕又一次引起她的伤痛,就说,那倒不一定咧,国家规定领养五年后可以回访。说不定,过几年,娃的美国爸爸妈妈就带他回来看你了呢。

奶奶的脸上一下又有了笑意,笑意中满含憧憬,仿佛娃回来就在明天。她说,真要有这天就好了,俺是真的好想俺这个娃。

我的心头一热,鼻子发酸,赶紧起身告辞。告辞里也有掩饰的成分,面对他们,我的心理和情感其实挺脆弱的。我为这些孤残孩子感到不幸,年幼无知时,亲生父母遗弃了他们;我又为他们感到幸运,这个世界上有这样一个家庭,虽然他们只是短暂地生活过一段时间,但这里有他们至亲至爱的人,始终牵挂他们的人,盼望他们再回到西张吴村的人。无论他们去了哪里,走了多久,这里有他们的家,有一直在等他们回来的亲人。

也许,离开西张吴村的很多孩子,再也不会回到这里,但等待可以给人期望,也可以给人幸福。这世界上还有比被亲人等待更值得期许的事吗?这份期许,对于等的人,被等的人,都一样。

回到服务站,张崇虎给了我一些资料,其中一张"心语"引起了我的注意,展开一看,纸上写道:

> 岁月如涛波逐波,
> 人生还能有几搏;
> 重权厚薪心不动,
> 乐与残童耳鬓磨;
> 鞠躬尽瘁不言苦,

张崇虎

> 余晖丝丝喜心窝；
> 身负重任不停步，
> 夕阳路上乐呵呵。

我问张崇虎——虽然是明知，也还是做了个故问——这是您的心迹写照？这么爽朗的老人居然也扭捏起来，他说，有感而发，有感而发，胡咧咧的，不当事。我没敢评论，任何评论都是虚浮和粗浅，不自量力。我甚至都不敢伸出一个大拇指，一个大拇指太单薄、太式微，配不上这八句话，甚至配不上这五十六个字中的任何一个笔画。

我默默地把这张"心语"和其他资料装进包里时，看到了上午党晓寒送给我的画，这张充满童趣和想象、画有苹果树和长颈鹿的画，让我倍加小心，用手抚平它表面的皱褶，我将它夹在所有资料的中间，叠好、放好，又检查了一遍，才拉上包的拉链。

我要把这张由一个被父母遗弃的脑瘫孩子用脚夹住彩笔在A4打印纸上一点点"推"出的画带回去，珍藏起来。有空时，我会经常拿出这张画，静静地观赏、体会。

看着它，我会想到我们同一片国土上的山西，山西的运城，运城的临猗，临猗的西张吴村，西张吴村里的服务站，服务站里的张崇虎以及与他朝夕相处的乡亲们，特别是那些从各地来，又到各地去了的娃娃们。

高宜荟

女儿是我的影子,永远不离不弃

时间：2017年夏
地址：四川省凉山彝族自治州
　　　德松且康宁乡康和小学
身份：脑瘫孩子妈妈

见到高宜荟是2017年的夏天，她是凉山州农村的一个小学老师。高宜荟没有学过医，但因为女儿是脑瘫孩子，她懂得了很多关于脑瘫的知识。她向我介绍说，脑瘫有两种，一种是软性的，一种是硬性的，她的女儿是软性脑瘫，智力发育比较落后，行为能力方面通过康复可以有进步。她说，从发现女儿是脑瘫开始，从来没有打算放弃过她，也舍不得放弃。

① 发现女儿是脑瘫

我的女儿叫刘小康，她出生后两个月，我的一个朋友来我们家,她看小康的嘴唇是青色的,就提醒我小康会不会心脏有问题。我一听急了,抱着女儿去德松县人民医院看了急诊,一个年轻的医生摸摸她的头,说这孩子的头可能有问题,但到底什么问题,他也说不上来。我不放心,又挂了个专家号看,那个专家脾气很大,他简单看看就冲我发火:好好的孩子有什么问题?那时我也相信女儿不会有什么问题,就回家了。

2010年的2月1日,我们学校组织老师去西双版纳旅游,我带上了小康,她爸爸是德松县里一所中学的老师,也跟着一起。德松去西双版纳要从攀枝花坐火车。那一阵,小康的脸上总是出现一块块的紫色斑点,我以为是过敏造成的。在攀枝花等车时,我对小康爸爸说,攀枝花的医疗条件好,我们抽空带小康去妇幼保健医院做个过敏源检查,看看到底什么原因。

在儿科检查的时候,医生觉得小康有些不对劲,就问我,你这孩子多大了?我说十一个月了。医生让我带她去看保健科,给看的医生也是德松人,他检查后直接告诉我们,你们这个孩子是脑瘫。那是我第一次听说"脑瘫"这个词,也不太明白,问了医生一阵,医生让抓紧去大医院治疗。我是乘坐当天晚上的火车去西双版纳,临时决定让小康爸爸带她去我攀枝花的舅舅家住,继续找医生看。第二天,我舅舅陪着他们又去了妇幼保健医院,医生检查后详细讲了小康的病的严重性,让带她去攀枝花的东风医院的专科去看。东风医院的医生给小康查了CT,说要做长期的康复治疗。

结束旅游我从西双版纳回来了。以后的日子,每次想到这次旅游,我都非常自责,想自己怎么还会去旅游。但那时候,作为一个大山沟里的小学老师,我真不清楚脑瘫是怎么回事,也不清楚脑瘫对我、对女儿、对我们家庭意味着什么。

我们住在小康爸爸工作学校里面的家属楼,回来后,小康得了脑瘫的消息很快传了出去。她爸爸的一个同学在重庆工作,他给小康爸爸电话,说重庆第三军医大学和重庆儿童医院在治疗脑瘫上面很厉害,让我们到重庆去一趟。当时正是春节期间,我们决定过完年,2月27日出发去重庆。2月26日我们收拾行李准备出发,偶然遇到了小康爸爸学校图书馆的一个老师,他说学校的一个刘老师家孩子也是脑瘫,在成都治疗效果挺好,让我们和她问问看。刘老师是小康爸爸的同事,我只见过几次,不是很熟悉,不过平时看她表面很平静,从来不知道她的孩子也是脑瘫。小康爸爸于是和刘老师联系。刘老师说,她的孩子出生后两个月检查出是脑瘫,就到成都的第一人民医院,治疗效果很好。听她这么说,我们又改变主意,决定去成都。

出发前,小康又出了点意外,发烧了。她九个月以前很少生病,偶尔发个烧,我用棉球蘸酒精给她擦擦,多喝点水,很快就好了。这次不知什么原因,高烧一直不退,吃了退烧的"开瑞克"也没用。我们只好推迟出发时间,但是到县医院挂了三天水烧也没退。后来没办法只好吃着退烧药,从德松出发坐了一百八十多公里的大巴车到西昌。小康的烧还是没退,我担心她烧坏,又到西昌的医院看医生,开了紧急退烧药,再坐十个小时火车到达成都。

刚到成都,我一个朋友担心我们在成都举目无亲,就打电话介绍我们去找一个医生,说他可以帮我们安排挂号看病。我们和这个医生联系上了,他说他来安排没有问题。没想到的是,他向我们借钱,还说要联系一个香港的基金会帮我们去香港看病。他当着我们的面打电话,说得有模有样,可他借了钱之后就没消息了。虽然只借了四百块,但这些钱来得真不容易。来成都,我们总共带了不到四万块钱,其中有两万是小康爸爸学校的老师和学生捐的款,还有是向亲戚朋友借的。

我们只有自己排队挂号了。早晨六点钟,小康爸爸就去医院挂了号,然后排队等医生。我们挂的是成都某医院最好的神经科一级专家的号,2010年的挂号费就是五十块钱。挂他号的人太多了,等到中午十二点才看到我们。可是,他只随便看看小康,问了几个问题,让我们在一个表上做了几个选项,不到五分钟,他就让我们出来了。我问他,孩子怎么样?他说,你不要花冤枉钱了,带回家好吃好喝地养着就行了。我说,没什么治疗办法吗?他说,你真要医的话,我给你开一种药水,一针两百块,两天打一次,一次开十针,和其他药水混合在一起用。

从那个一级专家那里出来,我不甘心,又去成都另一家医院挂了另一个专家的号。这个专家让小康在床上躺下,检查了一下,然后不客气地对我说:别的孩子可以,你的这个孩子不行。我听他的口气就很生气,我的孩子为什么不行?专家说,她是典型的脑瘫。我说,我知道她是脑瘫才来找你们看的。专家不说什么原因,就让我们走了。我很失望,心也很痛。专家的话深深刺痛了我,我们满怀希望而来,却被轻易地打发了,我觉得自己像是一下掉进了地狱。也是从那时起,我暗暗地发誓,一定要努力让自己的女儿好起来。生气归生气,我们还是选择使用那个一级专家开的药水，尽管很贵，但我们想，只要对女儿的病有好处，再贵也值得。这样，小康前前后后打了有四十针那种药水，花了差不多一万块钱。那个药有个很怪的名字，叫"鼠神经生长因子"。

刚到成都的那几天，小康的烧还在持续，我们又带她去看了儿科。医生开了药，要挂水。在输液室，四五个护士忙了两个小时也找不到她的血管，手上、胳膊上、脚上、腿上，都找遍了，就是扎不进去。在德松县医院输液的时候，小康头发已经剃掉一块，脑门上也肿了，无法扎针。病人很多，护士们急了，她们开始用成都话骂，说几百年也找不到像你们这样一个。她们以为我听不懂，其实我都听懂了，但听懂了也装作没听懂。我不和她们吵，只是一个劲地道歉，向她们赔不是，我希望她们尽快找到血管，帮小康输液，让她的烧早点退下来，少受一点苦。两小时后，她们扎坏几个针头，终于把针扎进血管，开始输液。护士在小康身上设了留置针，还加了泵，后面就可以直接输液了。连续输液一个星期，小康的烧才一点点退下去。我和她爸爸这才松了口气。

② 在成都的两年治疗

成都那家医院我们不想去了，经过多方打听，又听说成都市第一人民医院治疗脑瘫效果很好，就带小康去那里。

到了楼上，我们惊呆了，在这里看病的和小康差不多的孩子起码有两百个，楼道里挤的都是人。一群群家长带着一个个脑瘫孩子,满脸的焦急,满脸的期待。等了好一会,轮到我们了。给小康看病的医生姓董,别人都喊他董主任。我们觉得运气挺好,我都以为不会再有人接纳我们了。董主任对病人很认真,他帮小康仔细检查,告诉我们什么情况,说治疗时间会很长,让我们在成都租房子住下来。别的家长告诉我们,这里是西南规模最大、条件最好、治疗效果也最好的脑瘫儿童康复机构。我激动地在医院里来回看,有高压氧舱、多感官室、电疗室,还有各种康复训练室。

家长们之间很照顾,前面来这里的家长告诉我们该怎么做比较好。他们说在二环路外租房子便宜,一个月房租三百块。我问他们来医院路上要多久,他们说要换几趟车,一个来回大概四个小时。我和小康爸爸商量,那样太远了,大把的时间不能花在路上,就考虑在医院周围租房子,目标是到医院步行不超过半个小时的距离。

成都市第一人民医院处于离市中心很近的位置,周围房租很高。为了尽量找到便宜点的房子,我和小康爸爸抱着小康在医院四周到处找,走累了就在一个房产中介的门口坐下来。中介看到我们一家就知道是来看病租房子的,就给我们推荐了一个七十多平方米的房子,位置在成都电视塔附近,离医院很近,房租一个月一千两百块。我们觉得贵了,承担不起。中介说,这房子有两个房间,你们租一个出去,可以省不少,我还可以帮你们和房东说说,把租金再降低点。我们同意了。房东是一个九十多岁的老爷爷,他是个老革命,第二野战军离休的老干部。老爷爷的女儿和儿子见我们是来看病的,就把房租减了两百块。

我们一家就在成都住了下来。那天是2010年的3月2日。

3月3日,小康在成都市第一人民医院的康复训练治疗正式开始。高压氧一次五十块,坚持每天给她做一次,多感官训练一分钟一块钱,她每天做四十分钟,同时还做电疗、脑循环、动态平衡等其他各种功能的训练。这些训练我们在成都坚持了整整两年,离开成都时,已经是2012年的2月21日。小康爸爸陪了半年,他得工作,不能长时间请假,就回去上班了。两年中,我没有离开女儿半步,也没有回过家。有时,我给朋友打电话,说自己快扛不住了,但是我从来没有想过要放弃女儿。

康复训练开始一个月左右,我们又听说成都有个老专家,从川港康复医院退休后,被返聘到四川省人民医院名老中医专家门诊,大家喊她张婆婆。说是张婆婆自创了一套脑瘫康复训练的操,效果很好。我们如获至宝,迅速赶到省人民医院见到了张婆婆。张婆婆八十一岁了,慈眉善目,看小康像看自己家的孩子一样。她鼓励我们,你们这个孩子很有希望,可以恢复得不错,你们要有信心。知道女儿叫小康,就用成都的说法喊她康妹妹。她说,你看我们康妹妹多好,多能干。她让我们多表扬女儿,称赞女儿。我激动得泪流满面,感觉一下从地狱走了上来。张婆婆是小康看病以来,最让我们全家感动的医生。她身上有亲情,有温暖,有人情味。张婆婆看病很便宜,她说外面的药店不贵,让我去药店买了个三十块钱的医用小按摩器,就教我们做操,在小康的关节和穴位按摩。一共二十个动作,她反复教,我们反复学,很快学会了。我们天天做,一周下来,奇迹真的出现了!小康在家里竟然能翻身了,也能坐住了!我吃惊地看着她,计算着她坐的时间,五秒、十秒、二十秒。以后,每隔一个月,我们就去见一次张婆婆,张婆婆教的操,我们一直坚持做到小康五岁。

在成都的训练非常艰苦。早上去医院,下午才能回来,午饭提前在家做好,带到医院吃。

我照看着女儿,精神高度紧张,时间长了,身体不好了,就去成都市中医名医馆看中医。在名医馆,我看到很多和小康类似的孩子进进出出,就敏感地询问。有人告诉我,这里有个姜主任针灸功夫很厉害,对治疗脑瘫有作用。我赶忙放下自己的病,带着小康去看姜主任。姜主任不仅医术好,人也好,对我们很耐心,她的快针技术让我们眼花缭乱。小康躺在床上,姜主任手中的针在她的手指尖、脚趾尖、脊背、身上的各个穴位飞快扎动,不一会儿就扎好了。小康对扎针心理上有恐惧,每一次扎针都拼命躲藏叫唤,每一次我都是用力按住她、鼓励她。看着她哭,我也会偷偷流泪。我们每周去姜主任那儿五天,扎五次针。姜主任对我们细致耐心,熟了之后,我们喊她姜婆婆。姜婆婆不断鼓励我们,要我们有信心。扎了一年的针,小康终于可以迈开脚步走路了,直到现在我们依然在寒暑假抽空去扎针。我时常感叹又遇到了好人,姜婆婆是我们在成都看病遇到的第二个好婆婆。

白天在医院康复、针灸、治疗,晚上回到家里,还得继续训练。每天晚上我们——开始是我和小康爸爸,后来他回去上班了,我妈妈和妹妹来成都照看——都要"强制"小康训练,一般要到十二点,十一点之前睡觉都是早的了。对小康来说,爬行是件很困难的事。为了训练她爬,两个大人一个在前面抓住她的手背往前拉,一个在后面把她的脚向外掰开推着她移动。家里的客厅地上铺了塑料垫子,小康在上面一圈圈艰难地爬动,一个晚上要爬四十圈,四十圈要用上两三个小时。大人躬着腰、低着头,还要小心保护她:用劲不能太小,太小了她爬不动;也不能太大,太大担心把她的骨头弄断。我们比她更累。每次训练结束,我总是一头倒在塑料垫子上,大口地喘气。

尽管省吃俭用,钱还是用得很快,每用一点钱都要反复考虑,但我们在女儿身上用钱一点也不缩手缩脚。她的脚向内侧翻卷,为了矫正她的脚型,价格很高的矫治功能鞋,我一买就是三双,价格分别是九百元、一千两百元和一千五百元,让她可以长期换着穿。

为了促进女儿康复,我们什么办法都想尽了。我们在成都治疗时租的那个老爷爷的房子是四川交通运输公司的家属区。那是个很老的小区,里面住的主要是老年人。有个老婆婆养了一只漂亮的吉娃娃,名字叫点点。小康特别喜欢点点,看到它就乐呵呵地跟在后面跑。那时她几乎不能走路,摇摇晃晃地走几步还要大人扶着,但看到点点她仿佛就有了巨大的力量。

于是,小区里经常出现这样的场景,我妈妈拿着饼干或者糖果在前面隔一段距离丢一个,点点跟着去吃,然后小康就开心地在我和妹妹的保护下去追点点。开始是一米、两米,后来可以追到十几米、几十米的距离。她每一天追小狗的距离,我都详细记在一个本子上,多走一米,我都很高兴。虽然是很短的距离,但对小康来说已经很远了。小区道路两边坐着的老爷爷、老奶奶看着小康追小狗的路一天天延长,他们苍老的脸上都是慈祥的笑容。点点家的婆婆看小康这么喜欢点点,有空时就会把点点带下楼，让她去追。大概半年后，点点家的老爷爷去世了，婆婆搬离了这个小区。婆婆知道小康喜欢点点，就要把点点送给我们。我推辞了。我知道婆婆和点点有感情，而且那时我们也没条件养点点。婆婆很善良，她每隔一两个星期就坐很远的车把点点带回来，让小康跟着跑，一直持续到我们2012年离开成都。后来，小康看到所有和点点差不多的小狗，都以为它们就是点点，都会跟着它们追。我没有纠正她，她认为它们是点点就是点点吧。点点家的婆婆是我们在成都看病遇到的第三个好婆婆。

对女儿的康复治疗，我们有两个目标，一个是在成都治疗期间她要学会走路。她在追点点的那个阶段，我们每天还带她爬楼梯，从我们住的单元楼一楼爬到四楼。我妈妈在家烧饭，我和妹妹就扶着小康一个台阶一个台阶地抓着栏杆往上爬。四层楼梯对她来说实在是太长、太高了。我狠心要求她，每天必须完成爬一遍的任务，爬不动也得爬。时间长了，她的腿上有了力量，再从楼梯到平地就轻松了不少。离开成都时，她终于慢慢地会走路了。康复治疗的第二个目标是要让她能够慢慢做到生活自理，但是到现在她八岁了，还是没能实现。

③ 脑瘫后遗症

女儿有脑瘫后遗症，不小心就会引发癫痫。从成都回到德松后，她的体质比较弱，扁桃体经常发炎，会引起抽搐，重的时候会昏迷。在成都治疗时，医生确诊她有癫痫的隐患后，就开始吃抗癫痫的药，每天早晚各一次。但即使是吃药，她也会时不时地发作。由于癫痫,她这么小的年纪就已经去过三次重症加强护理病房,抢救过三次了。

2012年10月的一天,小康发低烧,在家里突然就抽了。她抽的时候,自己也感觉不好,还喊了一声:爸爸、妈妈,哎呀!然后就昏迷了。那是她第一次完整地说出六个连贯的字。我们立即把她送到医院,医生抢救一番,醒过来了,第二天早上九点钟出院回家。

第二次发作是在一天下午的五点二十分,当时她爸爸不在家,他出去修摩托车了。这次发作得更严重,才几分钟就抽得手脚往外翻,整个人都僵了。我使劲掐她的人中,可是她毫无反应。我抱起她从学校的家属楼,穿过一个足球场、一个篮球场、一座食堂,向学校大门口跑。

那会儿正是下课的时候,校园里都是人,老师学生看着我抱着女儿在跑。跑到门卫室的时候,我实在跑不动了,瘫坐在地上。我对跟在后面的妈妈喊:妈,快喊保安来帮我。保安跑过来接过她。我爬起来挥舞着双手拦车,一辆出租车看到我们,可是它没有停,可能是看到有个生病的孩子,犹豫了一下又开走了。小康已经昏迷了近二十分钟,我快急疯了。这时,她爸爸学校的周校长骑着摩托车从外面回来,我赶紧冲上去让他送我们去医院。到了医院,立即把她送到抢救室,医生抢救了几个小时也没有醒。

其他人不能进来,我一个人坐在抢救室的地上,一直在哭。医生让我在"病危通知书"上签字,我的手抖动得很厉害,写了几十年自己名字的三个字,那时却怎么也写不出来。我哭着说,这个字我签不下去。到了夜里十二点,小康还在昏迷。我吓坏了,觉得这次是真的要失去她了。我坐在地上一动也不动,直愣愣地看着她。我害怕一走神,她就走了,就会没了。时间真的很漫长,到了第二天的下午六点钟,小康终于苏醒了。不知她去了哪里,然后又蹒跚着走了回来。她整整昏迷了一天一夜,二十五个小时。

小康昏迷的时候,我却异常警醒,一点没睡,就那么守着,守着她,寸步不离。

2017年春节,我们一家人去云南的罗平。过年开心,大人买了块蛋糕,小康吃了后引起了肠胃炎,半夜开始呕吐、抽搐。早晨四点,我们赶紧把她送到昆明的延安医院,进了重症加强护理病房,住了四天的院才好转。

由于后遗症,小康到现在生活还是要依赖大人照顾。她不会穿衣服,不会吃饭,大小便不能控制,天天穿着纸尿裤。

小康还有个让所有人都觉得很怪异的举动,她抓到什么都往嘴里送,都吃下去。跟我去学校,看到课本、尺子、喝水的纸杯,尤其是粉笔,抓起来就吃,这几年,趁别人不注意,她不知道吃了多少粉笔。我想控制她,但防不胜防,我一不注意,她就拿了过去。后来,教室里的黑板换成电子白板,粉笔少了,她就吃那种粗粗的水笔,弄得满嘴巴墨水。在学校里所有的老师中,我的教材和备课本是最破最脏的,我的备课本上全是她的口水。她经常拿起我班上学生的文具、书本来吃,学生告诉我,我就给他们道歉,再花钱买新的赔给他们。我说,康康,你不能吃这些东西,会把身体吃坏的。她懂我的意思,可是不知道为什么,她控制不了自己,看见这些东西就想吃。我手机充电器的电线,也被她吃坏了好几根。

小康是我的影子,从知道她的病到现在,我没有离开她超过二十四小时。我们家里参加的活动,像婚礼、同事或朋友的聚会,我都带着她。我陪着她,可她爸爸也很累,他只是个普通的教师,但要把整个家扛起来,挣钱给她治病。

因为小康,我承担了太多的压力,经历了太多的痛苦和煎熬。有人对我说,你是怎么坚持下来的,要是我,早就跳楼了。我说,我不能跳,我跳了,我的女儿怎么办?她需要我,在这个世界上,她最离不开我。

④ 我的困扰

我后来被调到离德松县城不太远的一个小学工作,每天上班都得带着小康。学校里有个老师,不知为什么,每次看到小康都很烦她,对她吐口水、骂她。我和她理论,她就骂我一定是上辈子作了什么孽,才会生这么个女儿。我气得泪水往肚子里流。其实,小康对那个老师挺好,每次看到她都笑嘻嘻的。她虽是个脑瘫儿,但她愿意对别人好,看到每个人都会露出笑脸,挤出笑容。她想,她对别人笑,别人就会对我好一些,对她也好一些。

我们住在县城,到我上班的学校有二十公里。早晨我们六点起床,六点四十出门,坐专门跑乡村客运的中巴车上班。车票一次五块钱,我和小康一天来回需要二十块,我一个月工资只有两千多块,每个月累积下来,车费对我们家是笔不小的开支。中巴车是私人承包的，开车、卖票的叔叔、阿姨知道我们的情况后，很同情，就决定不收小康的车票。他们说挣钱也不在乎一个残疾孩子的车票钱，让她每天免费坐车。我很感激他们，可是学校里有几个老师不高兴了，因为她们的孩子平时也会跟着来学校，来回要花十块钱买票。她们就和我比，说，凭什么你家孩子不用买票？残疾有什么了不起？残疾还比我们孩子的待遇好。

有段时间，县城到学校在修路，来回跑时间很长，会迟到。我就向学校申请了一间临时宿舍，带小康住在学校里。宿舍是旧房子，电线出了问题。学校里只有三个男老师，两个年纪都大了，只有校长比较年轻，我就请校长帮忙修理电线。有几个老师知道了很不高兴，就攻击我，说很多难听的话。我没办法，再有什么问题，也不好找校长，就让小康爸爸骑摩托车从县城赶过来处理，弄好了再赶回去。

我不知道自己怎么得罪了那几个老师，她们老是攻击我，我很无助，也很委屈。我人生最痛苦的时期，不是发现小康是脑瘫在成都治疗的那两年，而是在这个学校工作的前几年，觉得自己的心每天都在灼烧，都在炙烤。我一直忍着，不和她们争吵。终于有一次，在一起吃饭的时候，她们又攻击我和女儿。我忍无可忍，爆发了。我对她们说，你们不要和我比这个、比那个，你们就和我比一条，为什么我的女儿一直生病，而你们的孩子不生病？我说完这句话就哭了，嚎啕大哭，我憋得太久了，太累了！

我每天把小康带到学校，一来，把她放在家里不放心，我妈妈年纪大了，腰部有病，家里还有个一岁多的小妹妹。二来，我也是想让她到学校里多接触人，也听听我上课，让她能增加点知识。我们县里有一所特殊教育学校,但只接收聋哑孩子上学,小康这样的脑瘫孩子没合适的地方可去。我也不想让她去特教学校,她有一定的模仿能力,环境对她的影响很大,我想让她进步得更好一点。

前几年,我在学校有临时宿舍,上课时就把小康放在宿舍里,把她的鞋脱掉,让她坐在床上看电视。小康有个特点,脱掉鞋以后,她就不会下地,不会乱走。我锁上门去上课,上完一节课再回宿舍看看她。后来宿舍没了,我向学校的领导汇报后,把她带进教室。上课前,我批改作业,她会趴在讲台上,看学生们玩,模仿他们的举动。上课时,我把她放在教室的后面,坐在最后一排单独给她准备的桌椅前,让她不要动。我上课,她知道不能离开座位,但她有时会突然发出"啊"的一声尖叫,我很害怕。我是老师,而她是我的女儿,在我的课堂上是不允许尖叫的。她尖叫也许是想证明她的存在,和前面几十个坐着的学生一样,她也是个活生生的孩子。

有次,我们学校有批志愿者来学校捐赠图书,要搞一个捐赠活动。有人给学生捐书,我很高兴,一大早起来洗漱,还给小康换上平时很少穿的漂亮衣服。

那天学校里很热闹,来了很多人,有老板,有大学生志愿者,还有教育局的领导。这个平时很少来人的山村小学校熙熙攘攘,一下沸腾起来,学生们像过节一样,叽叽喳喳地不停奔跑。老师们把所有学生集中在操场上,排成整齐的队伍,等着捐书。

我把小康留在教室那边,她就一个人靠在教室的走廊上,远远地看着这边欢乐的场景。那时候,所有人都不会注意到她,这些热闹与她无关。但是我的注意力永远在她身上。就是那个时候,我哭了,还不能让人看出来我在哭,在那样一个大家都欢乐的地方哭。我把哭泣压在心里,不露声色地哭着。我忙碌地照看自己的学生,响应着大家共同的欢乐,我不能不合时宜,但还要不时回头看着那个靠在走廊上远远看着这边的女儿。女儿孤孤单单的,很落寞的,一个人待在远处,像被大风刮开的一片受伤的落叶。没有人关注她应该去哪里,只有我在不时回头看她。面对着一大群活蹦乱跳的孩子,我在想,我的女儿为什么不能和他们一起分享这份快乐,我的心就在刹那间崩溃了。没有人注意到我的崩溃,就像没有人注意到小康的存在一样。

小康经常会发病,给我带来困扰;她很少会说连贯的话,给我带来困扰;她生活不能自理,给我带来困扰;她八岁多了,只有1.21米的身高,给我带来困扰。我有时做梦,梦见她的脑瘫好了,是个健康的孩子,跟在我后面有说有笑。我可开心了,就笑醒了,醒来后,面对的还是病着的她。

一天天、一年年过来,我的心理负担越来越重,想要向别人倾诉,又无处诉说。有一次,我参加一个培训讲座,听一个从西安来的石油大学的老师讲心理课。过后,我萌发了参加心理学专业学习的愿望。我征求妹妹的意见,她在网上搜索了一番,建议我读北京师范大学心理学专业的网络远程教育,我就报了名。

我一边工作,一边照顾小康,一边学习,顺利学完了所有课程,提交了毕业论文,取得了北师大的本科毕业证书。我的顺利毕业与小康也有关系。我学的是心理学,考试时,与心理学有关的问题,我就结合养育女儿的特殊经历谈我的感想、得失、思考。

学习让我增强了自信，我的心也越来越释然，不再因为自己有个脑瘫女儿而纠结。

在我们这个还比较偏僻的地方，没有多少人能理解小康的残疾，常常会有异样的眼光看她。我不在乎这些，我坦然地带她到任何场合，和所有爱自己孩子的妈妈一样，疼她、爱她、保护她。小康也是老天送给我的礼物，和别人不一样的礼物，但对我尤为珍贵。在我们德松，像小康这样的脑瘫孩子也不少，但能像我一样为她尽心尽力的家长太少了，很多脑瘫孩子被长期封闭，连家门都出不来。我带小康去服装店买衣服，营业员很奇怪，说这样的孩子来买衣服她们还是第一次看到。她们问我，这个孩子你还带她出来买衣服？我说，我为什么不能带她出来买衣服，她是我的女儿呀，她也要穿得漂漂亮亮的。

有人告诉我，像小康这样程度比较重的脑瘫儿，一般不会活过十二岁。我听了很害怕，八年来，她已成为我生命和生活中割舍不掉的部分。我不能没有她，没有她，我不知道怎么去生活。

小康是幸运的，有爱她、呵护她、始终不放弃她的爸爸妈妈，有求医路上帮助关心我们一家的好人。可是，我也常常感到无助。小康可以说话，但需要专门的语言训练，可是我们这里没有专业的老师；她很需要长期、专业的康复训练，也没有这样的机构收留她。

在治疗脑瘫的路上，小康小小的生命已经跋涉了八年，她渴望关爱，渴望康复，渴望爸爸妈妈和来自周围的温暖、笑容。

我们会一直努力，一家人彼此搀扶着向前走。

张秀芸

我到底是正常人,还是残疾人

时间：2017年夏
地址：浙江省金华市义乌市秀山镇石村村
身份：右眼失明人

2017年5月11日，《中国青年报》在第3版刊发了一则1700字左右的报道，说的是浙江省义乌市一位名叫张秀芸（化名，与该文中化名不同）的幼儿园教师，因为教师资格考试体检标准认证问题而起诉义乌市、金华市教育局。

报道说，张秀芸是单眼盲人，自小因视神经疾病右眼失明。拿到大专毕业证书后，她于2015年2月参加了2015—2016年幼儿园教师资格考试，笔试、面试成绩均合格。同年7月，张秀芸在义乌市中医院参加教师资格认定体检时，被认定为"右眼义眼无眼球"，并判定体检结果为"不合格"。此前，张秀芸已在义乌市当地从事幼儿教学工作八年。2016年8月，张秀芸向义乌市教育局递交"关于要求依法颁发幼儿园《教师资格证》的申请"后得到如下回应:"依据医院的体检结论,我局不能颁发你《教师资格证》。"之后,张秀芸将金华市教育局、义乌市教育局告上法庭。

看到这则报道,我很是疑惑,印象中关于各类残疾的划分,从没有提出过"单眼"的概念,以前也很少听说过"单眼人"的事情。在"百度"搜索框里敲入"中国有多少'单眼人'","百度"似乎也犹豫了一下,给出了关于历史上几个"单眼人"的事迹或故事,再无其他。看来无所不知的"百度"对"单眼人"也知之甚少。

我萌发出要和张秀芸见面的想法,经多方联系,才和她通上电话。征得她的同意后,2017年的8月3日中午时分,在烈日炎炎的盛夏时节,我来到义乌,走出义乌火车站,见到了张秀芸。

第一面,她给我两个印象,一是看不出眼睛有问题,两只眼睛都看不出,即便我事先已经知道她是"单眼人";二是个头比较矮,与她和我在电话里说话的语气及声音相比,比我想象的要矮。这两点都让我有点意外。

张秀芸让我感动,她冒着四十度的高温从乡下换了几趟公交车来到火车站。义乌市只有一个火车站,似乎位于繁华地带,周边人头攒动,熙来攘往,热闹非凡,就像另一个小商品市场。但围着火车站走了有五百米,没找到一个适合聊天的场所。我们打车,目标是随便哪家茶社,驾驶员说得去市区,出租车兴致盎然地跑了四十分钟,在义乌的主城区找到一家茶社。

就着两份简餐、两杯白开水和一盘水果,我和张秀芸开始一番长谈。

① "单眼"让我多余

张秀芸是姐弟五人,上有一个姐姐,下有两个妹妹和一个弟弟,弟弟最小,她排行老二。

张秀芸是个早产儿,出生时只有三斤七两,捧在手上像只小猫似的。早产给她的身体造成很大影响,右眼先天性失明,体内胃上部位有胃膈疝,压迫着胃,吃东西经常往外吐。就这样勉勉强强长到了一周岁,一天,张秀芸突然休克了,昏迷不醒。家里人估计她是不行了,母亲、奶奶和叔叔都说,扔掉算了。父亲舍不得,在医院的太平间里,父亲看着她瘦小的身体,心里异常难受,就用手在她的胸腹部一遍遍反复揉搓,希望用父爱的力量创造奇迹。不知道过了多久,张秀芸在死亡的边缘挣扎了一回,醒来了。

后来,一个杭州的女军医下乡到东阳巡诊,途经义乌市人民医院。因为人民医院的院长和张秀芸的父亲是朋友,女军医得知她的身体情况,就通知了张秀芸的父亲带她去检查。女军医在父亲签完保证书和交完押金后,给她做了手术。手术后,张秀芸的胃部没再出现过问题,饮食也和别人一样。只是,幼年的伤病,除了在她的身上留下一道永远消失不了的手术疤痕,还影响了她的身高,到了成年,她比同龄人要矮上一个头。

单眼没有阻止张秀芸的生活,她在家庭所在的大队上了幼儿园、小学、初中,高中又去了镇上的学校。读书对张秀芸来说是非常快乐的事,如果学校里只有学习该有多好。她比别人少一只眼睛,但她的聪慧、应变、语言表达,一点不比别人差。她用一只眼睛看到的世界,和别人用两只眼睛看到的一样丰富、多姿。学校里还有活动,有各式各样让孩子们心动的比赛等。然而,这些活动和比赛,给张秀芸的童年、少年留下的却是许多痛苦的记忆。

小学二年级,学校组织歌唱比赛,以班级为单位参加。音乐老师让班上的每个同学先单个试唱,其他同学唱了一遍就过了,张秀芸唱了三四遍。唱完后,班主任对张秀芸说,你不要参加比赛了。张秀芸小心翼翼地问,为什么?音乐老师说,你的个子太矮了,站在队伍里,会影响班级的得分。张秀芸感觉自己像做错了事一样,低着头一声不吭地走回家。她知道他们是嫌自己的眼睛不好看——那时她还没有带上义眼片,右眼的失明特征很明显。可是他们不知道,对于歌唱比赛,这个只有一只眼睛的二年级小女孩是多么的渴望参加。她做了那么多精心的准备,早早把裙子和红领巾洗干净、压平、叠好,放在床边上,就等着比赛那天穿戴在身上,和同学们一起快乐地歌唱。她没有得到这个本属于她的歌唱机会,也没有得到那份快乐。那以后,张秀芸在学校里便很少说话。她人在学校,但她其实活在自己的世界里。她觉得,无论对于老师还是同学,她都是个多余的人。

到了高三,高考前的半个月,张秀芸和班上的一个女生发生了矛盾。那个女生骂她,你读书比我厉害有什么用?还不照样是个"独眼龙",还读什么书?张秀芸气坏了,一怒之下离开了学校,也放弃了高考。人到中年,而今四十四岁的张秀芸再说到这件事已不复怒意,剩下的只有后悔。她说,这一辈子最后悔的就是当时放弃高考,失去了上大学的机会,不然自己的人生道路可能会是另外一番景象,至少不会是现在这个样子。

面对学校里的伤痛张秀芸还有逃离的余地,可对于家里亲人的言辞和行为,张秀芸只有默默地忍受,自己消化。面对家人,她说自己逃无可逃。

张秀芸很小的时候,母亲发现她右眼的问题后,带她去了杭州的儿童医院检查,结果显示是完全失明,就回家了。长大一点后,张秀芸想让父母带自己到北京、上海的大医院去,看能不能有什么好的办法治疗。家里是母亲当家,母亲说,不痛不痒的,有什么好看的,要花大一笔钱,还不知道能不能有用。张秀芸就不敢说话了。她也明白,家里孩子多,只靠在供电局上班的父亲一个人的工资生活,很艰难。

姐妹弟兄多,在家里打打闹闹的不可避免。一次,张秀芸和大妹妹抢东西吃,打了起来,张秀芸身小体弱,打不过妹妹,被她压在底下,东西也被抢走了。妹妹得胜之后还骂她:你是个"独眼龙",有什么资格和我抢。那时妹妹还小,也是不懂事说出了这句"毒话"。可是,张秀芸的右眼,还有心像被针狠狠地扎了一下,疼得抽缩在一起。母亲回来后,张秀芸告诉她,说妹妹骂自己是"独眼龙"。母亲非但没有批评妹妹,反而对张秀芸说,妹妹说的没错,你本来就是一只眼睛,不要和他们抢东西,该让的就让给他们。张秀芸什么也说不出来,她觉得在家里,对父母、姐弟,她也是个多余的人。从那以后,她慢慢把自己封闭起来,封闭在自己的世界里。

高中毕业后,放弃高考的张秀芸去了义乌遍地都是的小商品加工厂打工。她每天独来独往,挣到的工资大部分交给家里,年复一年地重复着自己的孤独生活。

这样的日子持续了七年。二十五岁的时候,父母亲托人在邻村介绍了个农村的青年给她做对象。关于这桩婚姻,父母亲只对她说了一句话,那是个身体健康的正常人。三个月后,张秀芸被嫁了出去,有了自己的家,也离开了那个她生活了二十五年给她留下很多痛苦记忆的家。

张秀芸嫁得不远,就在邻村,但是她很少回娘家。逢年过节,或者父母家里有事情的时候,她才会回去。和父母,特别是和母亲坐在一起时,她不知道说什么,甚至家常一样问候母亲身体之类的话,她也难以说出口。她的回去是程序性的,带点东西,进门,枯坐,吃饭,枯坐,回家——回自己的家。看着父母一天天老去,她也想和他们说点什么,聊点什么,哪怕是客套话之类的。比如问问父母亲的身体好不好,天气冷了热了,多穿点或少穿点衣服之类的话,本应随口而出,可她就是做不到,就是憋在心里,有时话已经努力到了口边还是说不出来。现在父母亲年事已高,头发花白,母亲的身体也不太好。看着他们,张秀芸也会心动、心疼,可是她始终表达不出来。她没办法,在父母的家里,她习惯了封闭。沉默不过是封闭的表象。沉默乘以二十五年,已经放大成一个黑洞,她陷在里面,发不出声音,也找不到自己应有的温情。

姐弟们各自长大后,姐姐和其中一个妹妹在父母早期购买的义乌小商品城内的摊位每人半个摊位上免费经营了三年,摊位的租金一年就是二三十万,她们收入丰润。弟弟结婚后,价值三四百万元的摊位的所有权就给了弟弟。另一个妹妹顶父亲的职进了供电局上班,姐姐一家还住进了父亲单位购买的在义乌市里的集资房。张秀芸依然在农村和自己见面三个月就结婚的丈夫一起生活,住在丈夫家三十年前建的房子里。房子很旧,女儿出生后,他们在上面又加了一层,变成两层的楼房,住起来宽敞些。丈夫种田之余做做泥瓦工的活,挣点零星收入,她则继续打工,哺育供养自己的女儿。

张秀芸说,我不怪父母,他们对我已经尽了抚养的责任,供养我上学,一直读到高中。如果不是自己意气用事,放弃高考,相信他们也会供养我上大学。我也不羡慕姐弟们,他们比我长得好看、乖巧、灵活、会说话,讨人喜欢。在他们心里,我是个多余的人,只会拖累他们,不能给家里带来任何脸面和荣耀。

② 一张教师资格证引发的官司

2008年9月,张秀芸的女儿上了小学,考虑到双休日能在家陪伴女儿,她就打算从工厂出来另外找份工作。正好当时离家不算太远的地方有一个民办幼儿园招聘教师,要求是高中毕业就可以。

张秀芸决定去试一试,面试后,她被留下来试用。

张秀芸非常珍惜幼儿园的工作,竭尽所能地干活。在幼儿园里,张秀芸比任何人都勤快。她会手工,能制作各种小工艺品,孩子们很喜欢;她对孩子们很耐心,家长也很认可。

试用了一个学期,园长告诉她可以留下来。这样干了一年,这家幼儿园因为校舍不达标被关闭了。张秀芸有些不舍，园长觉得她很适合做幼儿教师，就推荐她到另外一家幼儿园，然后就一直干了下来，不知不觉间已过去了八个年头。

其间，张秀芸感到自己高中毕业做老师文凭低了点，就报名参加网络远程教育，拿了个幼儿教育的大专文凭。这是张秀芸人生中很快乐的一段时光，尽管给孩子们上课，带他们活动，还要干园里其他的活，工作量很大，也很累，但她很充实。她真心地对孩子们好，孩子们也真心地喜欢着她，依赖她，跟前跟后地喊着她。

女儿出生后，她已经去医院做了右眼的义眼片，戴上去和真眼无异。这里不是老家，没有人知道她是单眼，她和他们一样工作、生活。她说，幼儿园的这八年，一定程度上改变了她的性格，她变得开朗、乐观起来。她说话的声音大了，话语间的笑声也多了。

农村的民办幼儿园管理和要求比城里要低，过去很多老师都没有教师资格证。前两年，园里的同事陆续开始报名参加教师资格证的学习、考试，并获得了教育局颁发的证书。拿到证书后，她们的待遇提高了不少，工作也显得更加名正言顺。聊天时，她们会说教师资格证多么难考、不容易通过的话。张秀芸就想，真有这么难吗？自己也要去考一张。一是自己喜欢幼儿园的工作，应该有一张教师资格证；二是看到别人炫耀，就觉得这么多年自己还没有取得过像样的成绩，也想通过考教师资格证证明自己。当然，拿到证后收入的提高也是现实的需要。

张秀芸报了名，认真复习准备，很顺利地通过笔试和面试环节。拿教师资格证之前需要体检，体检中，她被查出来是"单眼"。

2016年7月2日，义乌市中医院在张秀芸的教师资格认定体检报告上写了"右眼义眼无眼球"，并给出了"体检不合格"的结论。义乌市教育局根据医院的结论决定不通过张秀芸的教师资格认定，也就是对她不予颁发教师资格证。

张秀芸的努力和对教师资格证的渴望落了空，在律师朋友的指导下，张秀芸向义乌市教育局递交申请，要求撤销不予通过的认定，又向金华市教育局申请行政复议，但都没有效果。

万般无奈之下，张秀芸在"益仁平"（北京的一个公益机构）群主的帮助下找到了愿意免费帮助她的公益组织。

2016年9月29日，张秀芸对义乌市和金华市两级教育局提出行政诉讼，要求撤销以上两部门对其做出的不予通过教师资格认定的行政行为。

2017年3月20日，金华市婺城区人民法院判决：撤销义乌市和金华市教育局的行政决定，责令义乌市教育局在判决发出的十五日内对张秀芸的教师资格申请做重新认定。

义乌市和金华市教育局不服判决，提出上诉。2017年6月22日，金华市中级人民法院做出终审判决，决定驳回上诉，维持原判。

终审之后，张秀芸满心期待事情能有个圆满的结局。她想，教育局还能不服从法院的判决吗？在她的期待中，2017年7月7日，义乌市教育局启动了重新认定程序。7月19日，张秀芸在指定的时间到义乌市人民医院再次参加教师资格认定体检。7

月21日，义乌市教育局对张秀芸发出了《体检结果复查告知书》，结果为"体检不合格"。7月24日，义乌市教育局向张秀芸寄送了《教师资格申请拟不予行政许可告知书》。7月28日，张秀芸书面回复不要求听证。

2017年8月2日，义乌市教育局以红头文件对张秀芸发出《关于教师资格申请不予行政许可决定书》，明确"根据《〈教师资格条例〉实施办法》第八条第（三）款、第二十条及《浙江省教师资格认定体检工作实施办法（试行）》第四条的规定，我局对你申请幼儿教师资格做出行政决定如下：不予认定你的教师资格"。其中，还告知张秀芸，如对本决定不服，可以申请行政复议，也可以继续提出行政诉讼。

从2016年8月2日到2017年8月2日，刚好一年的时间，历经周折，事情很热闹，律师援助、法院判决、媒体报道，仿佛充满希望，最终又回到原点。

张秀芸不知道下一步该怎么办了。当初起诉教育局的时候，她是鼓足了勇气，现在法院的判决也帮不了她，她真的不甘心。

张秀芸有些后悔，后悔自己干吗要考什么教师资格证，没考之前，幼儿园没人知道她是单眼，现在大家都知道了。她的心里有了负担，不知道同事、家长和孩子们会怎么看她。

打官司之后，幼儿园的态度已经发生了变化，园里网站上教师的名单中她的名字已经被删去。园长在她起诉教育局后专门找过她，告诉她如果撤诉，园里会补贴她大专学习和考教师资格证的相关费用，但如果继续告下去，园里的压力很大。张秀芸听懂了园长的意思，继续告教育局，恐怕她就得走人，丢掉这份工作。张秀芸理解园长的难处，她也不想丢掉幼儿园的工作。她不会主动提出离开，她认为自己没有错，也能胜任这份工作。如果有一天园里提出让她走，再说走的事。张秀芸担心的是，已经 8 月份了，很快就要开学。同事们都知道她在和教育局打官司，现在官司赢了，却还是拿不到教师资格证，回到幼儿园，她担心大家会笑话她。越是受挫折的时候，心思越重。

张秀芸说，也许是我想多了，但没有办法，我不能不去想这些事。这是我四十四年来遇到的最大的事，我怎能不去想。

③ 我到底是正常人还是残疾人

让张秀芸坚持不撤诉还有一个因素。

她说，这不是我一个人的事，在我身后还站着一群和我一样的"单眼人"，他们都在看着我，暗暗地期待着我。

张秀芸有个 QQ 群，群里都是"单眼人"，有六百多个成员。大家经常在群里交流各自遇到的困难，也包括喜怒哀乐，好吃的，好玩的，好看的。

以前，一群"单眼人"需要考驾驶证，大家形成联动，一起呼吁、发声，最后取得了成功，不少"单眼人"已经通过考试，拿到了驾驶证。

张秀芸申请教师资格证对其他"单眼人"来说还是件新鲜的事，没经历过，大家不知道怎么联动。

张秀芸说，其实有几个"单眼人"私下里告诉我，他们已经拿到了教师资格证,只不过有的是通过做工作,以特批的方式获得的。

安徽省有个叫何涛的"单眼人"与张秀芸有相似的经历,只是他的机会比较好,在律师的帮助下,在他准备向法院提起诉讼的过程中,教育局经过协商给他颁发了教师资格证。受到他成功案例的鼓舞,张秀芸曾经以为通过法律途径,她也会顺利拿到教师资格证。她没有想到事情会这么复杂。

事情进展困难的时候,张秀芸想让这些拿到教师资格证的"单眼人"朋友帮自己在申请书上签名,证明他们是"单眼"但也拿到了教师资格证,可是朋友们退缩了。他们说,其他事情我们都可以帮你,但这件事不行,我们的证也不是通过正常渠道取得的,如果公开了,弄不好也得被撤销。那样不仅帮不了你,还害了我们自己。张秀芸理解,也强求不了,大家都不容易。不过,他们的这种心态反而激发了张秀芸通过法律渠道获得教师资格证的决心。"单眼人"拿教师资格证为什么就一定要偷偷摸摸?

在金华市中级人民法院二审开庭的时候,还有一件事情也深深刺激着张秀芸。作为上诉方,金华市教育局和义乌市教育局请了辩护律师,那位律师在辩护时说的一段话让张秀芸忍无可忍。那位律师慷慨陈词,他对法庭,也是对张秀芸说,如果你这样的失去一只眼睛的人都能拿到教师资格证去当教师,那教师谁都可以当了,躺在医院里的植物人、大街上扫垃圾的人都可以提出申请去当教师。

这话伤人伤重了!

张秀芸的胸口像被重物沉沉地撞击了一下,透不过气来。

在他的眼里,"单眼人"如此不堪、没用,已经和躺在病床上的植物人相提并论了。因为是在法庭上,张秀芸无法爆发怒火,只能用自己的左眼紧紧盯住这位"能言善辩"的律师。他一定也感受到了来自一个"单眼"的身材矮小的弱女子目光中的尖利。是的,也许她的尖利不够深刻,但是她至少不尖刻,没有他这个有两只眼睛却针对只有一只眼睛的人的那种尖刻。审判长听不下去了,瞪了他一眼,严厉提示他不要说超出案件范围的话。

教育局提出上诉,二审开庭后的那段时间,张秀芸经常做梦,梦的基本是一个场景,自己走在一条漫长的黑咕隆咚的隧道中,里面弥漫着浓浓的雾霾。人走在里面,呼吸困难,喘不过气来,感觉快要窒息昏迷,然后就浑身难受,使劲挣扎,可挣扎也没用。这时人就醒了,醒了再难以入睡,睁着有光感的左眼和没有光感的右眼,熬过长夜,在一两声寂寥的狗吠中等待天明。

庭审中的那个片段让张秀芸久久难以释怀,有时她甚至会负气地想,如果她能光大正明地取得教师资格证,就证明了"单眼人"是可以获得的。她成功了,就可以在全国起一个好的示范,其他"单眼人"也就可以顺理成章地向当地教育局提出申请,为他们减少障碍。或许自己的努力能为他们做出一点贡献。张秀芸想,如果"单眼人"都不敢为自己争取,就不会有人来关心他们,他们的身体已经"睁一只眼闭一只眼"了,不能再让自己生活在"睁一只眼闭一只眼"的世界里。

张秀芸说,气归气,说归说,可是具体到自己身上,还是觉得很委屈,自己吃尽辛苦取得大专文凭,又通过了教师资格证的各种考试,体检却说自己身体不正常、不合格,不能给我发证。

和教育局打官司的过程中，有人给张秀芸支招，让她去找义乌市残疾人联合会，说残联帮残疾人说话有分量，请残联出面帮她和教育局协调，事情可能好办些。张秀芸说自己不符合残疾的标准，不是残疾人。别人说，我们村的那个谁左手被机器绞断了一根大拇指，就成了残疾人，领了残疾证，还有补贴，你一只眼睛都瞎了，怎么还不是残疾人呢？

张秀芸无法解释，也解释不了。

早些年，她想申领残疾证时就查过相关资料。国家制定的《中国实用残疾人评定标准》中关于视力残疾这样规定：盲或低视力均指双眼而言，若双眼视力不同，则以视力较好的一眼为准。若仅有单眼为盲或低视力，而另一眼的视力达到或优于0.3，则不属于视力残疾范畴。按这个规定，张秀芸虽然右眼失明，但左眼正常，所以她不能被鉴定为残疾人。

张秀芸说，我不知道上哪里去说理，申请教师资格证，说我不正常、不符合条件，申请残疾证，又说我不符合残疾人标准，也不符合条件，那我到底是正常人还是残疾人呢？！难道"单眼人"是正常人和残疾人中间的另一种人吗？

虽然不敢去找残联，但张秀芸其实有本残疾证。前些年，在工厂干活实在太累，她就想回家在村里开个小卖部，如果有个残疾证，就可以减免一点税收。有了这个想法后，正好赶上义乌市残联的人到村里来为残疾人上门服务，张秀芸就向村干部和残联工作人员求了个情，偷偷办了个残疾证。后来小卖部没开成，残疾证也就一直躺在家里，没用上，也不敢拿出去用。

小的时候，在学校里，老师总是会问同学们长大后的理想。

张秀芸说,我那时最大的理想就是有一天我的两只眼睛都能看到东西。随着年龄的增长,她慢慢知道这个理想只是个梦,不可能实现了。

在张秀芸的"单眼人"群里,大家会交流"单眼"看这个世界的感觉,交流一阵得出了结论,那就是像张秀芸这样先天"单眼人"并没有特别的感觉,因为从出生后看到的世界就是这样,没什么变化。而后天"单眼人"会有一段时间的痛苦和不适应,他们统计过,一般需要六个月左右的适应期,过了适应期也就习惯了。有时,他们在群里会自我解嘲地说,"单眼"有"单眼"的优势,看东西更集中,比如射击普通人就得闭上一只眼睛,才能瞄得准,"单眼人"射击都不用闭上另一只眼睛就可以直接瞄准,比两只眼睛方便多了。

在现实社会中,可能很少有人注意到还有"单眼人"这样一个特殊的群体。张秀芸了解到,除了自己加入的这个"单眼人"QQ群之外,全国还有好几个专门的"单眼人"群,总人数至少在5000人以上。

④ 我的要求并不高

打官司之前,在义乌市教育局沟通的时候,人事科的一个人对张秀芸说,你没有教师资格证,可以在幼儿园做做后勤工作,干吗一定要做老师呢?张秀芸听了很生气,我有做老师的能力,已经干了八年,你凭什么让我去做后勤?

张秀芸拼力争取教师资格证,也是为了自己的收入能高一些。她现在一个月工资两千七百元,扣除社保等,实际拿到手只有一千九百元。张秀芸算过一笔账,如果有了教师资格证,按规定幼儿园每个月给她增加六百元,教育局还有五百元的补贴。另外,张秀芸已经有了大专文凭,如果拿到教师资格证,她的社保费用就不用完全由个人负担,而是变成教育局、幼儿园和她自己各承担三分之一,每个月又可以省下五六百元。拿到教师资格证后增加的这些工资和福利,几乎是她以前实际收入的一倍。她说,我的要求并不高,不属于自己的从来不去多想,但这些都是我通过辛苦努力可以得到的收入,我为什么不去争取,别人又有什么权力剥夺我应该得到的呢?

几十年的经历,让她本就对生活不敢有太高太多的要求,说踏踏实实也好,说畏畏缩缩也罢,反正这些年就这么悄悄地过来了。

这次,她为了一张教师资格证非常坚持,甚至不惜和教育局打官司,也让家里和周围的人感到诧异。

张秀芸说,如果这件事放在二十年前,需要别人支持,我一定会选择放弃。这么多年我从未为自己做过主,什么都听别人的,包括婚姻这样的终身大事,我也毫无怨言地听从了父母的安排。人活一辈子,我要为自己争取一回,不然这辈子就白活了。

历经一些波折,非自己内心所愿,也是生存所迫。面对自己的时候,会有纠结,偶尔也会产生怨愤,无助和无力更是常有的心境。

好在张秀芸有个乖巧的女儿,十八岁,已经长大了,还是和张秀芸属于贴心贴肺小棉袄式的那种母女关系。

2017年夏天,张秀芸的女儿考上了位于温州的浙江东方职业学院,学的是计算机应用技术专业,费用不低,一年的学费就要一万两千块钱,加上学杂费、住宿费、生活费、来回的交通费,累计下来每年都是笔不小的开支。如果拿不到教师资格证,张秀芸想着自己在幼儿园每个月不到两千块钱的收入确实低了,自己就得重新回到工厂去打工。生活是现实的,即使她喜欢幼儿园的工作也不行,她需要钱,为了家庭和女儿,她需要通过自己的努力尽可能多挣点钱。

除了要为女儿在经济上创造好点的条件,张秀芸还从自己和母亲的亲情关系缺失的角度做了很多的反思和总结,她很注重和女儿建立起良好的母女关系。从女儿出生开始,她就总是有意识地加强和女儿的接触与交流。

女儿长大了,和她无话不谈,她们成了好朋友。

张秀芸问女儿,妈妈是单眼,你介意吗?女儿很懂事,也很会说话,妈妈单眼有什么关系,单眼看到的东西一点不比双眼少,有时候,妈妈一只眼睛看到的世界比别人两只眼睛看到的还要好呢!知道妈妈为了教师资格证在和教育局打官司,而且事情比较难,妈妈有负担,女儿就安慰张秀芸,妈妈你不要有负担,就算最后拿不到教师资格证,你再坚持三年,三年后我大学毕业了就可以挣钱养你,你不用再辛苦了。听了女儿的话,张秀芸心中生起感动,生出安慰,也生发了希望。这些年的委屈、辛苦和付出,都值了。

女儿让她惊喜不多的生活有了寄托,有了色彩和奔头。把这些事情放在一起想,张秀芸会轻轻地叹口气,人生即使有缺憾,也是幸福的。

回到南京,我通过微信继续询问张秀芸教师资格证的进展,频率大概每两三天一次。她的回复总是——"在等",或者是"律师建议什么什么"。到了8月下旬,我不再询问她了。重复无望的询问,实质是费心的折磨。

张秀芸参加了义乌市宾王文创园组织的"寻找造物主"手工艺作品制作比赛,她的作品是钩针编织的一对"寿星公婆"。

我看了作品的图片,钩得很细心,很喜气,也很萌。一对年画中的中国老头和中国老太,鹤发童颜,憨态可掬,喜眉笑眼,很有"中国范"。

张秀芸在微信上呼吁好友们给她投票,我积极响应,每天投一次。比赛规则要求每次必须且只能投五票,我就按照她微信上的指示,玩点小心眼,把她和其他排在后面的四个作品一起投,以期拉高她的票数。这是个比赛,也是个游戏。张秀芸却很看重,她希望自己作品的票数能够最终进入前十名。结果,在这个比赛中,她成功了。她在微信上晒她的"造物达人"证书,我为她高兴。

生活总是要有些喜气和亮色的。

新学期要到了,如果9月1日前张秀芸还拿不到教师资格证,开学后,她即使不离开幼儿园,恐怕也得离开教师岗位去当保育员,做保育员比她过去做没有教师资格证的教师的工资更低,每个月只有两千二三百元,再除去社保的费用,拿到手只有一千四五百元。我想,如果真的是这样,张秀芸还能在幼儿园坚持多久呢,最后她会不会带着遗憾和失落重新回到工厂去打工呢,毕竟生存和养家糊口是现实的需要。

"单眼人"也是人,单眼的母亲也是母亲,养育好女儿、过好日子的重担一样压在她的肩上。

井长海

为了将来，每次训练要举起三万公斤重量

时间：2017年夏
地址：江苏省南京市浦口区顶山镇江苏省残疾人体育训练中心
身份：双腿重度残疾人

2016年里约残奥会，中国残奥代表团取得107金81银51铜共239枚奖牌的好成绩，金牌数量比第二名英国和第三名乌克兰加起来的金牌总数105枚还多2枚。

是什么原因让中国的残疾人运动员取得如此骄人的成绩？

我和同事们聊天，有个人的话给我强烈的冲击。他说，中国的残疾人体育走的不是举国模式，残疾人运动员也不能享受职业运动员的待遇。他们很多都是半路出家，因为出路不多，他们只有拼命训练，将残奥会当作改变命运的机会，这才是他们取得好成绩的根本原因。我说，难道没有为国争光的原因吗？他说，争光当然首先是国家的荣光，他们是代表国家去比赛，但对获得奖牌的运动员个人来说则是他们人生道路的彻底改变。

他的话似乎很有道理,同时也提醒了我,虽然接触了很多残疾人,我却没有和残疾人运动员交流过。我得补上这一块。

我联系了江苏省残疾人体育训练中心的朋友,他们推荐我采访四届残奥会冠军傅桃英。我说,我想采访一个处于成长期有潜力的运动员。于是,他们推荐了来自苏北农村的小伙子井长海。

让我没想到的是,这个正在升起的残疾人体育之星的人生经历竟如此曲折。

① 受骗到深圳乞讨

很多双腿残疾的人都是在轮椅上度过自己的童年,井长海的童年却依靠一张小板凳,通过小板凳的移动,挪出自己人生弯弯曲曲的道路。

井长海今年(2017年)二十七岁。二十七年前的那个秋天,苏北泗阳县的雨水特别肆意,日夜冲刷着大地。井长海位于泗阳农村老家的房屋是土坯墙,土坯墙禁不住雨水的折磨,外表还很顽强,内里却一点点在垮塌,终于在一天的晌午放弃了最后的坚持,软软地滑向地面。

那天,井长海的爸爸不在家,哥哥、姐姐上学去了,妈妈去了邻居家。失去了墙壁支撑的屋顶落了下来,压在躺在床上睡觉的井长海腿上。四个月大的井长海不知道发生了什么,疼痛让他哇哇地大哭起来。家人把他送到医院,医生检查后说没事,皮外伤，没有伤到神经。清理了伤口之后，他们就回家了。那时，没人知道，一个四个月大的孩子的命运已经悄然改变，以后漫长的人生道路会有多少苦难等着他去跋涉。

到了学走路的年龄，家人发现井长海的脚不对劲了。他的双脚向外侧翻，脚背憋着劲朝外拧，脚掌不能正常落地。把他放在地上，他用脚背的外侧站立，自然是站不住，大人一松手，他就倒下来。去了县城的医院，医生说脚部神经受伤，生长畸形，治疗不了。

小孩子闲不住，脚无法走路还是喜欢动，大人就给了井长海一条小板凳。双手撑着小板凳，井长海收紧双腿，顿一下，向前挪一次小板凳，然后再向前顿一下，就算一步步开启了自己的人生旅程。每一步都靠双手在小板凳上使劲，他的上肢越来越发达，力量很大，但下肢肌肉在不断萎缩，双腿越来越细。双脚扭曲得更加厉害，坐下来，左右脚本该朝下的脚底板总是迎个正着，"面面相觑"。

不知道磨平了几条板凳的凳面，顿坏了几条板凳的凳腿，井长海长到了八岁。

为了改善家里的经济条件，供养哥哥姐姐上学，父母亲去了外地打工，只在农忙时赶回来匆匆地收割、播种，然后又匆匆地离开。哥哥姐姐上学去了，井长海就和奶奶待在家里。奶奶年纪大了，害怕井长海出事，不让他出去，就把他看在家里。

井长海想上学，偷偷撑着板凳到学校找校长。校长说你不能上学，不安全，还会影响其他人，井长海就在学校哭闹。校长喊来村主任，村主任吓唬他，再闹就喊派出所把你哥哥姐姐带走，你们谁也上不了学。井长海不闹了，他想，不能因为自己一个人上不了学，让哥哥姐姐也都上不了学。后来，每每尝到不识字的痛苦，他总是后悔这段经历。他恨恨地说，早知道，闹到天王老子那里，也要坚持读书。没文化，害了自己。

井长海撑着板凳在村里走的时候，有时有淘气的小孩觉着好玩，就趁他不注意，把板凳藏在不远的地方。没有了板凳，井长海寸步难移，他只好趴在地上一点点向前爬。其实，板凳就在旁边的一棵树后面，或者一个草垛里，可是人们不拿给他，而是抱着胳膊冷峻地看着他，看他能不能爬过去，找到那个属于他的"腿"。开始，井长海恨他们，大声地叫喊。他越叫喊，他们越开心，越喜欢藏他的"腿"。后来井长海不叫喊了，只是锁定藏板凳的地方，坚决地爬过去，扶着板凳立起来，一步一挪，头也不回地走开。

时间久了，同样的游戏已不新颖，人们就不再和他玩了。井长海依然撑着板凳，在村里来来去去。人多的地方，他倚在旁边，一言不发。人们熟视无睹，也并不在意他的来去和有无。

十六岁那年，在离家很近的地方，有人开了家网吧。井长海有了去处，有点零花钱就挪过去上网打游戏。

农忙的季节，井长海在网吧遇到一个人，对他说，你跟我走吧，我带你到深圳去挣钱。井长海问，我能挣什么钱？那人说，我找人教你弹电子琴，学会了去演出，可以挣到钱。尽管已经十六岁了，在这之前井长海连泗阳县城都没去过，深圳对他无异于天边。但挣钱对一个渴望自己有点用的残疾孩子来说是件很有诱惑力的事情，井长海说我得回家问问父母。那人说，我和你一起去说。

正赶着农活的父母一听坚决不同意。那人也很耐心，反复劝说。说了几次，井长海心动了，他想自己长大了，总不能一辈子让父母养着，就让父母放自己去。那人信誓旦旦，把他的身份证复印好交给井长海父母，说如果出问题让他们报警抓他。看儿子的态度很坚决，父母虽然犹疑担心，最后还是同意了。

带上几件换洗衣服，井长海跟着那个人出发了。到了深圳，井长海眼花缭乱，真正地不会走路了。

那人很不错，带着井长海在深圳游玩了两天，让他见见世面。

两天后，他对井长海说，你要出去要钱。井长海说，要什么钱，不是学弹琴吗？那人一反常态，拉下脸：弹琴以后再说，先要到钱才行。看他不愿意，那人歪歪脑袋，很快几个人围上来，盯着井长海。他吓坏了，这时才知道遇上了骗子。

骗子强迫井长海脱掉衣服，光着上身，也光着脚，穿一件破烂不堪的半截牛仔裤，在深圳的一个路口坐在地上，面前放着一个黑乎乎的大号搪瓷碗，开始乞讨。乞讨了几天，井长海发现，骗子的手上还有其他残疾人。每天，骗子安排团伙中的人每人负责带两到三个残疾人出去，分开在不同的地方乞讨，晚上再负责把钱和人都带回来。

井长海的乞讨有任务，每天不能少于五百块钱。完不成任务，晚上回来就是一顿皮带抽打。骗子给井长海吃得很少，早晚各一碗粥，中午没有饭吃。

在深圳的烈日下，井长海很快被晒得黝黑。天天吃不饱，他蓬头垢面,瘦得皮包骨头。十六岁正是长身体的时候,但他的体重只有六十斤。这正是骗子想要的效果,又黑又瘦,病怏怏的,才能引起路人的同情,施舍给他。深圳外国人多,骗子训练他,看见老外走到面前时,就要不顾一切地抱住他们的腿不放。老外嫌麻烦,也是同情,就会给钱,一般给的还是外币。

乞讨了两个月,井长海的心快死了。他想,自己要么跑掉,最多也就是给他们抓回来打死,要么就在这里乞讨,给他们折磨死。反正都是死,还是想办法跑吧。

一个周末,井长海完成任务回来,骗子不知有什么开心事,喝了不少酒。喝完后也没忘记把井长海的裤带和他的裤带用链条锁锁在一起,然后放心地躺在地铺上睡觉。睡了一会儿,井长海推推骗子,他没有动。井长海觉得机会来了,就解开裤带,悄悄脱掉长裤,和骗子分开。他慢慢爬到房间外面,抓过一个板凳,轻轻挪到大门后,打开门,挪了出去,再带上门。井长海的心里像装了一百只兔子,每只兔子一蹦就跳到了嗓子眼。

出了大门,他撑着板凳不再是挪动,而是全身用力蹦跳着离开了关他的地方。他只选灯光暗的地方走,一口气不知跑了多远。看看后面没有人追过来,他才喘了口气,找了个电话亭报警。

警察过来了,他的心终于落到了肚子里。警察让他带他们回去找骗子。他带着警车绕了几个来回也找不到。他确实不知道住的地方,这两个月,他每天都是被蒙上眼睛架到支着塑料布的三轮车上进出的。他再也不想看见那个骗子,他恨他,也害怕他。

警察简单做了笔录，看没办法处置井长海，就把他送到了深圳市乞讨流浪人员收容站（后来因一个事件，全国所有的收容站都改为救助站）。收容站真不错，夜里还有饭吃。就着一份大白菜炒肉片，井长海吞下两海碗米饭。收容站的人倒也不感到奇怪，任由他吃饱。

在深圳收容站待了七天，收容站的人说送井长海走，用一辆面包车把他和一个坐轮椅的残疾人，还有一个流浪的健全人一起拉到广州就丢下了。

广州太大了，他们身无分文，也不知道广州市收容站在哪儿，就在街上边走边问。饿了讨点东西吃，晚上睡在天桥下。一个流浪的正常人带着一个坐轮椅的和一个撑着板凳的残疾人在广州街头走了三天，终于找到了广州市收容站。在广州又住了一周，井长海和一同流浪的另外两人分手，他被送上去徐州的火车。广州收容站的人真不错，给了他三袋泡面，让他在火车上吃。

到了徐州，离泗阳就不远了。三天后，井长海终于回到家中。原本就提心吊胆的父母得到消息赶忙从外地赶回，看到离开家不到三个月就已经被折磨得不成人样的儿子，抱着他失声痛哭。

他们拿着骗子留下的身份证复印件去派出所报案，派出所一查，身份证是假的，查不到这个人。

② 开"小三轮"谋生

在家里养了一阵,井长海的身体和精神都好了不少,父母的心也宽慰了一些。为了生计,父母亲叮嘱了井长海一番,就又踏上了外出打工的路。那时,井长海的哥哥、姐姐都已经辍学,也都去了外地打工,他就和年迈的奶奶在家生活。又过了两年,奶奶去世了,十八岁的井长海就一个人独自在家过日子。

村子里有人买了"马自达"拉客,乡下、城里地跑。井长海看他们生意不错,心就动了。他想开"马自达",就打电话和父母商量。父母看他整天闲在家里确实也不行,就专门赶回来带他去卖"马自达"的车行试试,但他双腿都不能使劲,不能踩发动杆点火,启动不了"马自达"。有人建议他试试用手拉动引擎点火的残疾人"小三轮",比"马自达"小一点,但不影响带客。那种车泗阳当地没有,车行老板有办法,帮他从外地调了一辆过来。拿到手,井长海试着练了几天,很快就上路带客做生意了。他的"小三轮"和别人不一样的是,他的座位旁边总挂着个板凳,那是他的"腿"。

开上"小三轮",井长海的活动范围得到大大的扩展。一天三四十块,甚至五六十块的收入,让他看到了自己的价值。他自己在家,又不会做饭,就早晨一袋方便面加一个鸡蛋,中午在外面吃个盒饭,晚上回家又是一袋方便面。很苦,但他很坚持,他喜欢开着"小三轮"驰骋的感觉,"小三轮"让井长海找到了自信。有什么事能比让一个下肢瘫痪的人自由移动,并且获得收入更快乐呢。

随着"小三轮"的奔跑，井长海的知名度得到提高，人气也旺了起来。人们听说有个双腿残了走路要靠板凳的人开起了"小三轮"，还靠它挣钱，有好奇的，有同情的，甚至有慕名而坐的。井长海的生意比别人要红火，他的"小三轮"让满街跑的"马自达"有点生气，还有点嫉妒了。

开"小三轮"不是一个很高档的活，但故事绝对不比开出租车少。故事有好有坏，好事自然是挣的钱多一点，坏事是井长海开"小三轮"还是会不时有"不期而遇"的困难。

拉到喝酒的客人是跑运输人的家常便饭。有天晚上，井长海送个客人到泗阳县城后已经八点多了。想着顺道带个人回乡下再回去睡觉，他就开着"小三轮"在县城的几个小酒馆门前兜圈。已经有经验了，像县政府招待所和县里档次比较高的新世界大酒店这些地方，井长海不去，那里出来的人不会坐"马自达"这样的车，嫌掉价，和肚子里的酒水饭菜也不相称。小酒馆出来的人不管，拦着什么车都上，不用自己走路就行。

那晚机会不错，兜了一会儿，还真让他拉上了一个酒足饭饱的老兄。老兄喝得挺高，爬上来嘟囔一声说了个地名，"小三轮"还没开几步，他就睡着了，吹出的呼噜声盖过了机器的嘶叫。到了地方，井长海喊他下车，好不容易叫醒，他歪下车，突然脚下一个哧溜，人本能地抓住"小三轮"，"哇"地吐了出来，晚上的酒菜都给了"小三轮"。井长海那个恶心。老兄还不错，吐完后没有忘记给钱，递给井长海十块钱摇摇晃晃地走了。

晚上没地方洗车，井长海拉着一车"酒菜"回到家，一手扶着板凳,一手拎着小桶,来来回回,冲洗了半个多小时才把车弄干净。车干净了,人却脏了,好像那顿酒别人付了十块钱,自己替他喝了。

车子出故障也是井长海必须面对的问题。

健全人开"马自达",车坏了,手脚灵便的好处理,了不得下车推一阵,找个地方修修。井长海的车一坏,他处理起来就很困难。

2010年的端午,淮河流域的气温有些反常,温度比往年明显偏高,雨水还多,天地之间湿漉漉一片,像是江南的梅雨季节搬迁到了这里。不管天气怎样,人们忙着抢收抢种,外出打工的人,也纷纷赶回来争取用最短的时间干完田里的活,再回到打工的地方,两头都不想耽搁。毕竟,保证地里能有粮食是根本,老人孩子在家也得吃饱才行。过节加农忙,是跑车带客的好时节。

井长海早出晚归,连和年后就外出、刚赶回来几个月没见的父母兄妹吃顿饭,都没空。停不下来,停下来就是和钱过不去,就会愧疚,就会难受。

五月初三的夜里,下起了大雨,是春夏之交时少有的暴雨。犁好的农田被淹没了,白汪汪的成了海洋。田埂上一排排意杨列队站在水里,表情新奇而又茫然。

早晨起来,太阳躲在飘忽不定的云层后面,泛着犹豫的淡光。夜里的水没有退去,道路和池塘连在一起,低洼的地方看不出深浅。父母担心不安全,让井长海不要出车了。

待到中午光景,水退下不少,刚好他又接到一个水果店老板的电话,要他送端午的福利去一个单位。老客户了,不能推辞,井长海就开车出门。一出门就收不住了,生意真是好。人们下不了农田,打工的人兜里又揣着多少不一的钱,干脆认真过节、走亲访友。客人几乎是一个连着一个地上下,弄得"小三轮"和井长海都很亢奋。"小三轮"中途还加了两次油,井长海忙得午饭也顾不上吃,在加油站的便利店买了块面包啃掉。

天黑时分,父亲给他打了个电话,告诉他天气预报说晚上还有大雨,催他赶紧回家。车上还拉着人,一家三口去十公里外的高家村。井长海匆匆地说,送完这趟就回家。下了客,天完全黑了,雨很听气象台的话,如约而至,在天地间织出一道雨幕。

井长海往回赶,但不敢太快。开着,开着,他感觉不对劲,"小三轮"总往一边偏,龙头重得很。他停下车,裹紧雨衣,摘下板凳,谨慎地挪到车左边,轮胎好的,又挪到右边,车胎瘪了,像个受了儿媳妇气的七十岁老头,一脸无望地看着他。他从工具箱掏出手电,找到一个铁钉,像蚊子吸血般咬在轮胎上。大雨天,前不着村,后不着店,补胎不可能。也不能继续朝前开,不然"揉"到家,车胎就废了,等于一天白跑了。

井长海坐在板凳上,把"小三轮"右侧垫高,呼哧呼哧忙了一会,把车胎扒下来扔进车厢。他发动"小三轮",以很低的速度让光光的轮毂一点点转动,一点点向家里挨去。路并不长,可是夜很黑,在雨中挨到家门口,将近十点钟。十公里不到的路,他"揉"了两个小时。停下车,他已无力靠着板凳自己进门。哥哥把他背进家里,脱开雨衣,里面蒸腾着热气,雨水汗水灌满了球鞋。脱掉球鞋,一双不能行走的脚被泡成了一对发白、变形的"死鱼"。

妈妈和姐姐的眼泪"哗"地淌了出来。

井长海安慰他们，没事，轮毂没磨坏就是好事。

两年下来，井长海手上积攒了近三万块钱。家里说不要他一分钱，让他自己留着，以后好干点什么。钱攒得越多，他越舍不得花。以前方便面几包几包地买，后来是批发，一批就是十几箱，批的越多越便宜。装车时，"小三轮"塞得满满当当，批发部的人以为他是给哪家小店送货。

2011年开春，井长海拉了个前村的人，是个五十出头的中年男人，头发却梳成下一代的，腋下夹着个"鳄鱼"小包。上车自称姓张，他夸张地拿了一根"软中华"给井长海。井长海不抽烟，客气地谢绝了张老板。在蹦蹦跳跳的"小三轮"上，张老板一路给井长海讲钱生钱的道理。末了，车停在一栋楼房前，张老板撂给井长海一句话：有钱放我这儿，一万我一个月给你三百，立字据。下车时递给他一张名片，转身进了楼房。

那几天，井长海反复想张老板说的"钱生钱"的事。父母不在家，他没人商量，也不想告诉父母，怕他们在外地不安心。想来想去，他决定先试试。反正知道张老板的家，也跑不掉。联系上张老板，他送去了一万块，张老板写了张收条给他，让他每个月来拿一次利息。井长海每个月多了三百块钱的收入，他感觉自己遇上了贵人，总想怎么稍稍表示一下谢意。

半年投资结束了。张老板笑眯眯地说，本钱拿回去也行，多投点也行，多投就多得，钱生的钱就多。井长海思忖片刻，他心里在算账，如果再多投两万，每个月就是九百，半年就是五千四，半年也快，到年底收回来就是。两万块钱交给张老板，加上原来的一张收条，井长海拿到两张收条。他把风霜雨雪中开"小三轮"挣的钱全部投给了张老板。

接下来的事情就不在井长海的意料和控制中了。后面的第一个月他去拿利息，张老板让他等下个月一起拿。再下个月，他打张老板的手机，关机了，去他家，大门紧锁。井长海一下坠入了深渊。"小三轮"也不开了，井长海每天坐在张老板家门口守他。守了几天，来张老板家守他的人多了起来。相互一问，都是来要钱的。于是知道，张老板是个"大忽悠"。他们联合报了警。过了几个月，警察通知井长海，张老板抓到了，但钱被他赌博输光了，房子也卖掉。最后，张老板被判了刑，和井长海的钱一起不见了。

井长海把"小三轮"丢进牛棚，不开了。再开一定会冲进河里。他和张老板生气，和"小三轮"生气，更和自己生气。他不能接受，钱生钱，怎么把他的血汗钱给生没了！

很快到了年底，家人回来一合计，让他把"小三轮"折价卖了。

井长海又回到了无事可做的"悠闲"状态。这回是真的闲了，大门不出，网吧也没心思去了。

③ 艰辛的举重训练

2012年5月，一个肢体残疾的朋友喊井长海去县体育馆玩，说江苏省残联来选拔举重运动员。井长海抱着看热闹的心理去了。选拔的教练是著名的残疾人举重运动员、残奥会冠军张海东。

到了现场,县残联通知的几个残疾人在试举,教练在观察。不经意间,张海东的眼睛落在了撑着板凳在旁边移动的井长海身上,他以教练的敏锐捕捉到了井长海的潜质。张海东让井长海过来试试,井长海学着别人的样子躺在举重架上,托住杠铃使劲向上推,推了七十公斤。张海东比较满意,选中了井长海和另外两个人,让县残联送他们去位于南京浦口区老山脚下的省残联体育训练中心训练。井长海的父母得知消息后不同意,担心儿子再次受骗。县残联的人做了工作,告诉他们这次是政府行为,父母这才放心。

井长海开始了全新的生活。训练量很大,教练在不断地给他加重量。每周的一三五练下午三个半天,每次训练要推的杠铃总量达到三万公斤。练的时候,井长海能听到自己骨头被拉开、肌肉被挤爆的声音,因为腿部使不上劲,全靠腰部和手臂发力,对上身的负担特别重。每一次训练下来,井长海浑身都像散了架,躺在床上一动也不想动,连翻个身都很奢侈。训练不当还会引发伤病,在扬州集训的时候,井长海因为用力不当,导致右肩部肌肉拉伤,养了三个月才恢复训练。

体育训练中心的训练很枯燥。中心免费提供给他们不错的食宿,但没有工资和福利,养老保险也不缴。不过,中心每个月给每人发放九百元的训练补贴,与其他地方比,这已经是很好的待遇了。

运动员所有的希望都寄托在训练成绩的提高,寄托在国内外重大赛事获奖的奖金上。但获奖毕竟是少数人的事,而且遥遥无期。和井长海一起从泗阳来的两个人,实在坚持不了,练了一阵就放弃了，回去了。井长海咬着牙坚持，他知道自己没有退路，不能退，也退不起。退回家，他就真的一无是处了。

在中心一同训练的老运动员，有的取得了一届、两届，甚至三届全国残运会和残奥会的冠军，他们一边刻苦训练，一边享受着功成名就的生活。

井长海看到他们停在训练中心公寓楼下专门改装过的奔驰、宝马车。有位苏南的三届残奥会乒乓球冠军，他的老婆也是世界冠军，夫妻俩用奖金买了辆进口奥迪，请的是德国大众的老外来中国上门给他们改装车子，所有材料都从德国原厂运过来。另外还听说他们在老家买了三层楼的别墅，家里装了电梯，直上直下。当地残联还帮他们解决了事业单位的编制，将来不练了，也衣食无忧。乒乓球馆和举重馆不在一起，但平常运动员吃饭在一个餐厅，井长海几乎每天都和他们见面。这是近在眼前的成功者，也是活生生的刺激和动力。他们已经成为井长海的偶像和目标。他们的成绩，他们的荣耀，他们的生活，他们的富足，都刻在井长海的脑子里、肌肉上。他更知道，这一切不会凭空而来。即便这样了，这些冠军运动员在训练上毫不含糊，在生活上毫不娇气，住集体公寓，吃集体伙食，参加集体活动。

训练时，井长海的心里会有这些小九九在活动。教练看出他注意力不集中，提醒他。他赶紧收心，开始发狠，把所有的不甘发泄在杠铃上，和杠铃较劲，和生活较劲，和自己较劲。

父母没有来训练中心看过井长海，他们很想知道儿子怎么训练的，苦不苦。井长海请人拍了段训练的视频发给他们看。视频中，井长海平卧在举重架上，一根宽大的皮带把他紧紧固定在架板上，不让身体移动，也是让腰部能发上力。井长海发力推起杠铃，他的全身在震动，胸腔像被鼓风机吹足的皮囊迅速鼓起、胀满，在嗓子低沉有力的呐喊声中，硕大的磨盘般粗重的杠铃应声而起，稳稳地停在空中。

父母一遍遍看着视频，视频中的儿子，儿子的训练。看一遍，热泪盈眶，不忍心再看。可是，忍不住，又看一遍。

井长海来中心已经五年了，教练说五年里，他的成绩提高得很不错了。第一年最快，举到一百三十公斤，第二年又增长了十五公斤，后面慢点，但也在不断地进步。

虽然教练很看好他，但井长海对自己并不满意，认为到现在还没取得像样的成绩，也没拿到奖金。在江苏省残运会上，他轻而易举获得了冠军，但这是参加全国残运会的选拔赛，没有奖金。2015年的第九届全国残运会，他最后一把动作没到位，手有点抖，裁判亮了两盏红灯、一盏白灯，拿了个第六名，铩羽而归。2017年的全国残疾人锦标赛，他因为体重比同级别争冠军的那个选手重了零点二公斤，屈居第二名，但锦标赛同样是选拔赛，没有奖金。

教练帮井长海评估了现在的成绩状况，他已经可以举起一百八十公斤的重量了，这个成绩在国内同级别选手中稳居前三，全国残运会拿牌没什么问题。但要想在世锦赛和残奥会上拿牌，必须要有一百九十公斤以上的实力，如果能冲到两百公斤，基本就"高枕无忧"了。

井长海给自己制订了一个"四年计划"：2017年的墨西哥世锦赛好好锻炼，积累经验；2018年争取有大的提高；2019年的天津残运会国内突破，力争金牌；2020年的东京残奥会确保拿牌。

到东京残奥会时他就三十岁了,等不起了。虽说举重运动员的运动寿命可以坚持到四十岁左右,但那是世界顶尖选手的高水平保持,如果一直没有实质性的突破,维持到四十岁也毫无意义。

坦诚地说,井长海需要钱,需要获奖得到的奖金。

这五年,家里哥哥结了两次婚,花了近三十万,盖房子花了十几万,欠了不少外债。父母年纪大了,还常年在外打工。自己回去后也得有个保障。有人告诉他,他这个腿并没有完全坏死,如果到大医院治疗,可能会有所好转。

井长海计算过,如果全国残运会拿到金牌、残奥会拿到前三名以上,国家、省里还有家乡政府的奖金合起来差不多在八十万到一百万。有了这笔钱,他回家建个房子,再去大医院看看腿,剩余的钱开个小超市维持生计,生活就有保障了。如果能拿到残奥会金牌,根据以往的惯例,县里会给他解决个事业编制,有稳定的单位和收入,人生的道路从此大不同,那样就更理想了。

④ 在爱的路上前行

体育训练中心地处偏僻,周围除了山地,就是花农的苗圃,外出距最近的顶山镇也有四公里的路程。不是外出比赛、中心的集体活动或节假日回家,运动员们很少外出。

训练之余,休息时,井长海会摇着轮椅在院子里走走,其余的时间则待在宿舍里与手机做伴,用手机上网看视频、聊天。没读过书,经过多年的磨炼,他写字还是不行,但认识了不少常用字。买了手机后,他学会了拼音输入,打字没问题。聊天时,别人发过来不认识的字,就用字典软件读。

网络打开了井长海的社交渠道,他上得最多的一个网络平台叫"快手"。在"快手"上,他先后认识了两个女朋友。

第一个女朋友二十六岁,离异带个小孩。井长海想自己是个残疾人,只要她愿意和自己谈,也就不在意她结没结过婚、有没有小孩。谈了一阵,过年放假,他带女朋友回家看看。

那时候,父母、哥嫂、一家人住在一起。到家之后,问题来了。嫂子不让他们进门,女朋友很尴尬。父母做嫂子的工作,说大过年的,不能让人家站在外面。嫂子勉强答应了。女朋友在家里住下,可嫂子一直甩脸,冷眼相对。女朋友待不下去了,没几天就走了。

嫂子没明说,但家里人都明白,她不愿意这个残疾的小叔子现在谈对象,要他取得成绩拿到奖金后再谈。事情很显然,如果井长海不能成功,结婚的一大笔钱就得家里掏,父母的钱有限,她和哥哥就得出钱。这个嫂子是哥哥的第二次婚姻,家里人知道自家条件不好,老二还是个残疾人,担心关系闹僵了,如果再离婚,哥哥就麻烦了。因此,在家里,什么事都让着嫂子,也让嫂子在家里变得越来越强势,不考虑其他人的感受。父母不敢多说,哥哥也没办法,井长海只有忍了。但是该说的话他还是对嫂子说了。他说,我现在一无所有,如果人家愿意和我谈,就是真心的。如果我真的取得了成绩,有了钱,人家找上门来,那就是冲着钱来的,而不是看上我这个人。难得有人看上我,有什么不好?嫂子不为所动,一副不屑的嘴脸。

家里人知道,井长海也知道,一个农村妇女,她在心里怎么也不相信,这个已经二十七岁的连路都不能走的小叔子能成功,能有出人头地的一天。她满脑子寻思的都只是如何减轻、逃避他给他们带来的负担罢了。

井长海谈第二个女朋友时,父母已经从自己辛苦打工多年盖起的两层楼房里搬了出来,盖了三间平房,和哥嫂分开住了。

这个女朋友姓黄,比井长海小三岁。小黄是西安人,在西安的一家理发店工作。在"快手"认识了一阵,两人聊得越来越热乎,彼此都有了见见"真人"的想法。

2017年的"五一"假期,小黄从西安赶到南京,辗转到训练中心。之前视频了多次,井长海的基本情况,她在视频中都已清楚,因此见面显得很自然。井长海宽阔饱满、小山一样堆积的胸肌,牛腿一般粗壮的大臂,让她有了厚重的踏实、信任感。她扶着轮椅,陪他在院子里散步,谈生活、谈将来。

井长海问她,自己年龄不小了,如果以后不能取得好成绩,会不会拖累她。小黄很干脆,说只要我们两人是真心在一起,困难总能克服。她安慰井长海:你不用担心,就是不成功,我们去你老家,我还有点积蓄,我们盖个房子,开个小店,我理发的手艺养活我们自己没问题。井长海没说话,只是把小黄白皙的小手放在自己老茧纵横的掌心里爱惜地摩挲。这双长年累月与杠铃搏斗的手,上面的茧硬得要命,那一刻却柔得像棉花、春雨一般,缠绵、淅沥。

井长海没有发誓,也没有表态,他的心狂跳着撞击胸腔,重复着一个念头:我怎么能让一个女人养着我呢?!

小黄给井长海买了休闲款的服装,让他不训练时换上,给他买了块表盘威武的男式机械手表,戴在手上,让井长海平添了几分男子汉的气息。小黄很珍惜来训练中心的几天,尽心尽力地照顾井长海,把他的被子、衣服、鞋子全都洗刷出本色,在太阳下晒得香气四溢。一天中午吃饭时,赶上停电,电梯歇火,井长海的轮椅去不了餐厅,小黄跑上跑下,从餐厅把饭菜端到宿舍。中心的工作人员和其他运动员,赞叹井长海有福气,遇到个好姑娘。

小黄还带来了她的理发工具。回去之前,她给井长海围上白净的围布,巧手腾挪,给他做了个"冠军头",井长海印象中在电视上看到过有个欧洲的球星就顶着这个发型在足球场奔跑。

去院子里散步,保安看着井长海的脑袋,目不转睛地跟着走了有两百米,实在想不出怎么形容,就搜肠刮肚后说,用红漆刷刷,和大公鸡的鸡冠有一拼。

小黄的脸红了,井长海笑了,难为这个常年穿保安服的家伙了。

假期结束,小黄走了,井长海在"快手"上一路把她"送"到西安。

井长海训练更加刻苦了,杠铃已不是他一个人的事,也不是为自己举了。举得起杠铃,他才有资格托起一个女人,托起两个人的人生。

井长海告诉小黄,他们得有一段时间要减少联系,教练通知他要赴国家队参加集训,然后出征墨西哥世锦赛。他很想告诉小黄,2020年要在电视上看自己在东京的比赛,要和他一起迎接成功。

不过,井长海没有说。他知道,他不说她也会看的。

他要做的是,给她看什么。

庆祖杰

我们该怎样认识残疾人

① 残疾人与人类社会与生俱进

残疾是人类不可避免的社会现象，自有人类社会，就有残疾人。

人类社会对残疾人的认识迄今经历了残废、残疾、残障三个阶段。

在较早的生产力还比较落后的时代，人们主要依靠体力劳动来维持生存和发展，同时，由于可以获得的物质资源有限，不同的族群、种群之间常常为了争夺资源而发生争斗。在需要付出体力的劳动和争夺资源的争斗中，残疾人没有任何优势可言，处于非常不利的境地，他们往往成为群体的累赘、负担。那时的残疾人普遍被当作"废人"、无用之人，甚至被认为是魔鬼附体，是不祥之人，可能会给别人带来灾难。基于这样的认识，早期残疾人的命运可想而知。据史料记载，尽管在古希腊、古罗马以及中国古代不乏著名的残疾人军事家、学者、诗人、乐师，但在古希腊与古罗马时期，西方对于残疾人的遗弃、绝育、杀戮也不少见。

始于 14 世纪的欧洲文艺复兴运动倡导人文精神，使人们开始更多地关注人类自身，加上科学的进步，人们对残疾人的认识也进入到一个相对理性的阶段，认为残疾是一种病态，残疾人就是有病的人，需要对他们施加医疗手段。残疾人从此被归入病人行列，形成了他们在社会生活中的弱势地位。

　　进入 21 世纪，人们对残疾人的认识迎来新时期。2006 年 12 月 13 日由联合国大会通过的《残疾人权利公约》中，首次使用"残障"的表述，并用残障代替残疾。一个字的更改，反映了人类社会在残疾认知上的巨大飞跃。残障是指由于残疾而导致的不利处境，该处境进一步限制了个人履行相关的社会角色或要求。比如，肢体残缺人士因缺乏有关通道设施而不能自由进出某些场所，从而失去工作、学习和社会参与的机会或能力等。由此，我们知道，残疾人不是无用的"废人"，也不是一直处于病态的"病人"，而是由于他们自身以及来自环境的不便，产生了障碍，限制了他们的能力，影响了他们的社会参与。

　　当然，因为多年来约定俗成的称呼，在日常生活中，人们还是习惯性地把残障统称为残疾，把残障人称作残疾人，但其中的含义已发生了很大的变化。比如我们以往说的聋哑人、聋子、哑巴、瞎子、呆子、傻子、痴子、瘸子、瘫子、神经病等称谓正慢慢被聋人、听力障碍、盲人、视力障碍、智力障碍、肢体残障、精神残障等所代替。

② 残疾人是人类社会进步的"牺牲者"和贡献者

导致残疾有先天和后天两种原因。

无论先天还是后天,一代又一代的残疾人都是人类进步的牺牲者,为人类研究、认识、防范残疾做出了贡献。

先天因素导致的残疾人,为人类在遗传、病理、基因等方面提供了研究范例,让人们通过对他们的研究,可以采取有效的手段减少或避免类似残疾的发生。比如,古代的人们,喜欢亲上加亲,近亲结婚,但近亲婚姻生育的后代出现残疾的比例明显高于非近亲的婚姻,时间长了,经过比较,人们发现这是一个问题。于是,人们会主动避免近亲婚姻,包括中国在内的很多国家还通过立法的形式禁止这种婚姻行为。

后天导致残疾的因素很多,有疾病、战争、自然灾害、车祸、运动和不当的生活方式等。到目前为止,疾病依然是产生残疾的主要原因。在治疗疾病的过程中,人们不断积累经验,有效防范了残疾。比如,现在很少会有家长担心孩子出生后患上小儿麻痹症,因为经过长时间对小儿麻痹症患者的研究,医学界发明了专门的药物——"糖丸",它是一种疫苗,可在新生儿出生后服用,可有效遏制这种疾病导致的残疾。

现在的听障孩子也越来越少,一是因为优生优育的婚检孕查起了作用,二是较早地发现了孩子的听力障碍后,可以通过植入人工电子耳蜗的方式,尽可能恢复他们受损的听力,再经过语言训练,可以让他们成功地脱离无声世界。

战争改变了人类社会，也改变了许多人的命运。由于战争的残酷无情，很多原本身体健全的人加入了残疾人的行列。从战场回到社会和家庭中，他们感到了生活的不便、精神的折磨。于是，他们一方面呼吁和平，反对战争，促进人类社会的相容；另一方面他们也深刻地认识到健康的重要、残疾的不便，利用自己经历战争获得的社会地位为残疾人奔走，促进了残疾人生存、生活状况的改变以及生命质量的提高。美国的残疾人事业发展高潮就始自第二次世界大战后，得益于一批从战场立下战功但致残的军人的强力推动。

人类不断进化，残疾的现象和种类也在不断地变化。

人们认识了一些残疾，有效地防治并逐步减少了一些残疾，但新的残疾类型也在演变、产生。比如，现在引起全世界关注的自闭症（也称孤独症），就是一种新的残疾类型。十年之前，人们对其还十分陌生，将这类人群划入智力障碍或精神障碍的行列。十年之间，自闭症患者已呈"井喷式"增长。2015年4月2日是"世界自闭症日"，有关方面发布的《中国自闭症教育康复行业发展状况报告》显示，中国仅不完全统计就有大约1000万自闭症患者，其中0—14岁少年儿童约200万。美国公布的自闭症数据则显示，少年儿童自闭症患者占同龄段儿童人数的比例为万分之十五。这是非常令人震惊的数字。而更令人担忧的是，至少，到目前为止，人类还无法破解自闭症形成的原因。不知道原因也就很难从根源上予以解构，因而就很难用有效的方法对其进行治疗，目前采取的摸索式的康复手段，大多也收效甚微。

从发现残疾、认识残疾，到研究出有效的治疗方法，都是以身负残疾的残疾人为"实验对象"的,他们承载了人类社会进化、发展、演变过程中不可回避也无法回避的风险,承担了人类必须面对的痛苦和负担。因为他们的残疾,分担了和他们生活在同一个时代其他人的痛苦和风险,也正是因为他们的残疾,让后来的子子孙孙减少了残疾的可能,特别是同一种类型的残疾的可能。从这个意义上说,人类历史上的绝大多数残疾人,都是人类社会发展的"牺牲者"和贡献者。

因此,残疾人的痛苦、负担不应由残疾人独自背负。就如地壳运动会引发地震,我们不能说生活在地震带的人遭遇地震是他们的不幸,就要他们自己承受灾难,而不施以帮助。确切地说,残疾也是人类进化演变过程中的灾难,只是过去、现在和将来存在着的残疾人群代替其他健全人接受了这些灾难。但我们不能健忘。不忘记灾难,是人类进步应有的良知。全社会每一个健全人,没有理由不对残疾人产生敬意和感激,没有理由不主动俯下身段。你可能不需要说太多的话,只要相遇时给他们一个友善的微笑、一个理解的眼神、一个温暖的肢体动作,就足够了。

③ 残疾人的发展还面临重重障碍

当前,残疾人在事关他们的切身利益的方方面面上,还存在现实的障碍。分析这些障碍,有助于整个社会帮助他们进一步克服困难,从而促进残疾人自身、残疾人事业和整个社会的共同发展。

教育障碍。中华人民共和国成立后,特别是改革开放以来,残疾人接受教育的情况已经有了翻天覆地的变化。但我国是个残疾人口大国,特殊教育起步晚,基础弱,残疾人接受教育的现状,依然不容乐观。2016年《教育部公报》显示,全国共有特殊教育学校2080所,特殊教育学校共有专任教师5.32万人,全国特殊教育在校生49.17万人。普通小学、初中随班就读和附设特教班在校生27.08万人,占特殊教育在校生总数的55.06%。《公报》还显示,同年全国义务教育阶段普通学校有22.98万所,在校生1.42亿人。从数量上看,特殊教育学校是普通学校的0.9%,在校残疾学生是健全学生的0.35%。不能忽视的是,我国残疾人数量占总人口的比例是6%左右。

国家《第二期特殊教育提升计划(2017—2020年)》提出,2020年残疾儿童少年义务教育入学率达到95%以上,而普通孩子同年龄段的入学率早在2012年,小学为99.5%,初中为98%,同比差距在十年左右,高中和大学阶段的入学率差距更大。同时,残疾人走向社会后的继续教育,终身教育,更加困难重重。

再来看看成年残疾人的受教育状况。江苏作为一个教育大省,残疾人的受教育情况在全国也处于领先位置,但2014年统计的全省就业年龄段76万残疾人的文化程度令人咋舌:大专以上1.85万,占2.4%;高中8.1万,占10.7%;初中28.1万,占36.9%;小学38万,占49%。

交通障碍。国家关于城市规划中的无障碍设施的规定,得不到充分落实。无障碍设施不完备、不科学,挤占盲道等无障碍通道的现象屡见不鲜。城市公共交通工具为残疾人考虑的个性化服务措施不足，如语音报站、轮椅辅助等普遍缺乏。残疾人驾驶交通工具出行，仍然受到法律法规及传统认知的制约。

就业障碍。求职、入职难，很多用人单位不愿招纳残疾人，以缴纳就业保证金代替安置残疾人就业的现象突出。同时这些障碍还表现在就业歧视上的同工不同酬，进修、提升机会少。二次就业困难，残疾人一次失业，往往意味着终生失业。

信息障碍。残疾人运用新媒体获取信息的渠道不够通畅，没有专门为残疾人量身定制的手机、电脑、电视机。重要会议、重大活动使用手语和盲文翻译的频率很低。每年除夕全中国人共享的春节联欢晚会直播时不加字幕，对两千多万听障人是一个很大的缺憾。

维权障碍。残疾人在合法权益受到侵害后，自身的维权能力受到限制，往往需要通过媒体的呼吁、外界的援助，付出更多的精力，经历更多的曲折。法律法规对残疾人的特殊性考虑不够，保护不力，发展的眼光不足。

思维发展障碍。从思维的发展来看，残疾人的思维和健全人一样，也要经历感性动作思维、具体形象思维、抽象思维三个阶段。由于认知上的原因，大多数残疾人比较难逾越的是第三个思维阶段，尤其是智障人员。

心理发展障碍。从心理学角度而言，人的一生就是走出自卑、超越自我的过程。每个人都想努力使自己变得重要，但人的重要程度主要由他们对别人和社会所做的贡献决定。绝大多数残疾人在超越自我、实现对他人和社会的贡献上很难有大的作为,由此引起的自卑心理,影响着他们的人生道路。

文体活动障碍。我国人口众多,大众公共文化、体育活动设施充足,但在城乡为残疾人专门设置的盲人门球、乒乓球馆,盲人电影院,盲人图书馆,轮椅篮球场等场地、设施严重不足,很难满足残疾人的文体活动需求。

婚姻家庭障碍。残疾人的社会接触面、选择面都较窄,相关部门为残疾人举办的婚姻相亲活动很少,加上残疾人自身的不足,使得残疾人组建婚姻家庭困难重重。中国残疾人联合会发布的《全国残疾人状况及小康进程监测报告》显示,适龄残疾人在婚率2010年度为62.5%,2013年度为63.7%,增长缓慢。其中,男性的在婚率低于女性约13个百分点。也就是说,全国的成年残疾人有一半男性处于未婚单身状态。这一现状着实堪忧!

参与政治生活障碍。在各级党政机关、人大、政协,包括群团组织中参政议政、参与社会公共事务的残疾人数量还明显不足,残疾人发声的机会较少。

在建设小康社会的征程中,残疾人的发展已经得到了党和国家及社会的空前重视,但改变并非一朝一夕之事。发展残疾人事业,提高残疾人生活、生存质量的本质,就是帮助他们克服这些有形、无形的障碍。我们应形成共识,拆除藩篱,打破枷锁,为残疾人松绑,特别是一些法律法规中给残疾人发展带来障碍的条款迫切需要修订,甚至废止。

一种障碍就是一堵墙,移除挡在残疾人面前的障碍之墙,可以激发残疾人的内在潜力,促进他们和健全人一起为社会的发展创造物质和精神财富，可以促使残疾人回归主流社会，共享社会发展成果。

霍金从身体条件来看，属于多重和重度残疾，生活都无法自理，但借助现代科技手段排除了沟通障碍之后，他的惊人智慧发挥出来，探索研究出"黑洞"理论，成为人类最杰出的科学家之一。

中国残疾人艺术团的演员们执着于对艺术的追求，克服障碍、刻苦训练，用一场美轮美奂的《千手观音》演出震撼了世界。他们的系列节目在全球巡演，所到之处，一票难求，展示了中国残疾人的魅力和自强。

2015年3月24日，西班牙马德里普拉多博物馆举办了一场主题为"触摸普拉多"（Hoy toca el Prado）的展览，展出的是与原作相差无几可供触摸的3D"浮雕"仿品。这些经典画作仿品一共六幅，其中有达·芬奇的《蒙娜丽莎》、戈雅的《阳伞》。仿品用一种叫"Did"的凸版印刷技术制作，最终成品跟3D打印相似。为了制作这些有质感的画作，工作人员需要先获取原作的超高分辨率照片。之后他们会花上40个小时做印刷处理，为求达到最适合盲人触摸的材质、纹理及大小，因为任何看起来微不足道的细节，都可能影响对作品主题的理解。除了可以用手触摸画中细节，展览现场还设有盲文说明和语音导览，给盲人带来了独特的艺术体验。

④ 对残疾人的态度折射出社会的文明程度

不同的国家认定残疾的标准不同,标准越低,残疾人所占那个国家人口的比例也越高,与之相对应的,那个国家残疾人能够享受到的保障也越好。中国(港澳台地区除外)残疾人占总人口的比例在6%左右,而美国3.2亿人口,它认定的残疾人数量达到了5000万之多,约占总人口的16%。这是因为美国对残疾的认定标准比较宽泛,如糖尿病患者、手术摘除过器官的人,都被认定为残疾人。人们之所以愿意被认定为残疾人,是因为他们可以获得优于健全人的社会保障及其他福利。而在经济相对欠发达的非洲地区,残疾人占人口的比例要低于世界的平均水平,安哥拉认定的残疾人比例只有0.25%。

中国是文明古国,自古就有善待残疾人的良好风尚。

我们的先贤孔子就是一位尊重和礼待残疾人的典范。史书记载,有一次,盲人乐师师冕来见孔子,孔子赶紧走出屋外相迎。师冕走到台阶前,孔子说,请慢点,这是台阶。师冕来到坐席边,孔子说,这是坐席,请坐下。待坐定后,孔子向师冕逐一介绍周围的人,某人在这里,某人在那里,然后才开始交谈。交谈完毕,孔子又把师冕送到室外。孔子的学生子张问,这就是同盲人交流的方式吗?孔子说,是的,这本来就是人与人相互学习帮助的礼仪规范啊。

早在唐宋时期,中国人就很注意扶残助困。唐代设立悲田坊和普救病坊帮助残疾人。宋代对残疾人等社会贫困群体实行的赈济更进一步,《宋史·食货志》记载,熙宁九年"知太原韩绛言：'在法,诸老疾自十一月一日州给米豆,至次年三月终……',从之。凡鳏、寡、孤、独、癃老、疾废、贫乏不能自存应居养者……依乞丐法给米豆；不足,则给以常平息钱"。唐宋时期对于残疾人在赋税和徭役方面实行蠲免政策。唐代对残疾人等社会弱势群体的赋役减免做了明确的规定,在授田时也照顾到残疾人。为了保障残疾人等特殊群体能够切实享受到减免税的权利,法律还规定了对违法者的处罚。唐德宗时规定"鳏寡孤独不济者,敢加敛,以枉法论"。宋代残疾人则享有免除丁税和保甲义务的特权,国家还专门设立了各种福利机构以救济收养残疾人,如福田院就是以收养残疾人为主要职能。南宋丞相吴潜在明州创立广惠院专门"聚城内外鳏寡孤独喑聋跛躃之将沟壑者使居焉"。

这些尊重、关爱残疾人的良好举措深刻影响着后来的历史,在中华民族的发展过程中,形成了独特的扶残、助残、育残的优良传统。

当然,与整个社会发展的速度相比,残疾人还远远落后于健全人,这与他们在资源分配中处于弱势地位有密切的关系。

这个世界上纷争的起源和根源主要在资源配置。国家和国家,民族和民族,地区和地区,单位和单位,个人和个人之间都在竭力为资源而争。包括话语权的争夺,也是为资源的分配鸣锣开道。当今社会,实现社会正义的最大障碍一直是有限的社会资源。从人类的欲望来看,对资源的需求永无止境,起码在相当长的时间内是这样。就残疾人而言,资源是个很敏感和脆弱的话题,他们依靠自身的能力获取资源的机会有限,需要外界的支持。

　　提供给残疾人的资源无非是两个方面：物质和精神。这也是全人类都需要的资源。对于残疾人，在不可比和落差已经很大的情况下，我们不得不思考一个问题，就是整个社会有多少资源是一回事，愿意拿出多少给予残疾人又是另一回事。我们确实要拷问自己，我们到底是否心无旁骛，我们是否已经向残疾人倾斜，还能再倾斜多少。

　　一个社会、一个国家、一个城市的发展速度、和谐程度、温暖尺度、精神厚度，不仅是看她有多少高楼大厦拔地而起，也不仅是看她的道路有多宽阔、车流有多滚滚、夜晚的霓虹有多闪烁、人们的夜生活有多丰富，还要看她和在这里生活着的人们对待残疾人的心态和举措，要看这里的残疾人是否能够走出角落、见到阳光，是否得到尊重，是否体会到眷顾，是否感受到平等，是否有机会参与，是否能够共享，是否进出从容，是否面对大众神情自若，甚至一不小心就忘记了自己还是一个残疾人，就如每个健全人犯不着每天花心思去想自己是不是一个正常人一样。

　　这是残疾人的理想状态，也是文明社会的应有姿态。

后　记

我从小在农村长大,家所在的村庄有一百来户人家,五六百口人。村子的南北走向有一条土路,村里人称为大路,是村里的主干道。孩子上学、大人上街都要通过这条路。

村子南边的入口处,有几株老槐树,树下掩映着一排平房,横向数数共十个门窗。房屋陈旧,一半青砖一半泥土夯在一起的墙壁,屋顶趴着参差不齐的小瓦。墙壁斑驳,被风雨涂涂改改,像泼了若干遍水墨。年久老态的小瓦上,长着一蓬蓬蒿草。两棵小槐树不知什么时候攀了上去,像模像样地站在屋檐边,对着大路探头探脑。

平房中间的三间屋子住着个寡妇,带着儿子。儿子大了,没有钱娶媳妇,村里人都想,寡妇家这以后的日子怎么办呢。让人欣慰的是,有一日,寡妇的儿子结婚了,只是新娘子是个外地的哑巴(当时的俗称)。哑巴不会说话,但她大体能看出别人的意思,还会发出尖尖的"喔""啊"声。村里人对哑巴充满了未知。

后 记

每次上学路过她家门口,小孩子都会把脚步绕开一点,如果她家的门开着,还会鬼鬼祟祟地向她家里瞥一眼,然后惊鸿一般闪开。

结婚几年了,哑巴没有生孩子。寡妇家里常常会传出哑巴尖利的呼喊,没人知道她在喊什么。后来,我去了南京上学,工作后回去的时间很少,只是听说寡妇去世了,哑巴还是没有做上母亲。彼时,哑巴已经是年过四十的中年妇女了。再后来,村庄拆迁了。哑巴家没要镇上的安置房,他们拿了钱不知去了哪里。

20世纪90年代初的某个夏末秋初的日子,下午三四点钟的光景,我去了南京城南的一所特殊教育学校,正赶上放学。

特教学校的放学,大门口没有车水马龙,没有越过宽阔马路的期待,也没有矜持的微笑、自信的对视和张扬的簇拥。这儿似乎不适合喧哗,是沉默,是悄悄的分流,是稀疏的归途。

站在大门口,我看到一个妈妈来接孩子。

妈妈的左肩挂着个布制的书包,书包单薄,可以想象里面的内容。她的右手牵着孩子——一个身高超过她一头的智障学生。太阳架在偏西的天空,不炽烈也不冷淡,用一副若无其事的表情俯视人间。日光拉长了母子俩的影子,身影茫然地向前挪动。一前一后,一长一短,一高一矮,一左一右。他们不说话,也不交流,就那么在太阳下晃动着身影。两个影子都很慢,是漫无目的的慢。

拐过一个路口,他们走出我的视线。我看不见他们了。二十多年过去了,他们的影子一直没有离去,一直晃动在我的眼前。我常常努力想要凝视,可呈现在眼前的往往是模糊。

有人说,残疾人本身并不痛苦,痛苦的是他们的亲人,特别是他们的父母。残疾人本身痛不痛苦我不敢妄断,但他们的父母痛苦我一定相信。一个自闭症孩子的妈妈说她只有一个愿望,就是不要死在孩子的前面。每个残疾孩子父母的痛与苦,是一波未平一波又起的海浪,既敲打着白天,又弥漫在黑夜,贯穿了今生,延续到来世。生生不"息"。

据说有着"第一人间清净地"的普陀山祈福很灵。

我去普陀山是个夏天。那个夏天江南迎来了数年不见的持续高温,江浙一带火烧火燎。越过舟山,上了普陀,旅行中迎来一场不大不小的雨。雨快而急,宣告一下就结束了,没有降温,反而激起愈发的燥热。

一条蚯蚓,不知何故爬到了景区的柏油路上,雨水蒸发过后的路面如同平底炒锅,蚯蚓焦灼地扭动身躯,不知把哪一段躯干放在地面合适。我找了段小树枝,试图将它挑进路旁的草丛里。可它并不领情,像个发脾气的顽童,由着性子和树枝缠斗了一番。

一个孩子好奇地跟上来:妈妈,妈妈,看这个叔叔他在干什么呀。妈妈可能是个幼儿园老师,很童话地说,蚯蚓迷路了,叔叔在帮它回家。蚯蚓似乎是上过幼儿园,一下听懂了阿姨的话,架在树枝上被我送进了草丛间的泥地。旅行旺季,身边人流如潮,关注这条蚯蚓的好像只有我和这个孩子。

到了普济寺,香烟四起,善男信女摩肩接踵,如过江之鲫,挤

后 记

挤挨挨,大殿内外已经找不到一个独立上香的空间。场景恰如媒体上报道的某地的山坳或河滩发现了玉石、宝藏,人们蜂拥而至,挥舞着各式工具疯狂地挖掘着脚下的每一寸空间。

我从普济寺大门进去,遥看了一眼大雄宝殿,就直接被挤到偏门,在一棵冠如华盖的千年古银杏树下站了一会儿。银杏树上人够得着的枝丫都结满了祈福带。佛在青烟缭绕中表情专注地俯瞰着芸芸众生,可我的心里还是想着那个去了草地的蚯蚓,它是否安然拱进了土地,回到它的家中。

三年前,我萌发了为残疾人写一本书的想法——我看过写留守儿童,写空巢老人,写农村变迁,写农民工,写城中村命运的各种书卷,却没有看到一本写残疾人生存生活的纪实性作品。

定了目标,我开始奔波。

十余个省区市,数万里路程,我用出差的间隙、假期的空档、旅行的顺道,朝辞夕归地往返,与一个个过去从未谋面的人见面、访谈、录音。

每次回来,录音倒进电脑,我不敢动笔。我反复听,反复听,回味我们的谈话,谈话的场景,交流的延伸,语气的跌宕,泪眼的重现。两小时谈话,五六次回放,三四天枯坐,眉头深皱,呼吸沉重。

三年中,我时时渴望坐在书桌前。每一遍倾听,意味着我又走进了他们的世界一点。然而我又害怕打开电脑,有打开就有关闭。屏幕陷入灰暗的一刻,声音和文字都不见了踪影。因为常常是夜晚,虽然窗帘厚重,我依然可以想象外面的华灯绽放。

城市一脸璀璨。而我静静地坐着。我的脑中会一片空白,我会问自己跑这么远的路,敲这么多的字,于我采写过的残疾人到底有什么意义。于是我会强烈地怀疑自己。

也许,怀疑自己是给自己最好的"云南白药"。

古往今来,徘徊于文字中的人似乎一直在追寻两件事。一是"爱",二是"知道"。因为"爱",风雨兼程;因为"知道",风餐露宿。

地球是圆的,世界却是平的,宛如一面镜子。

镜子给我们抖了一个"包袱",它本身并不会发光,这是镜子的本质决定的,不能怪它虚伪,它只能在明亮和黑暗间做单项选择。把镜子放在黑暗中,它的模样就是黑色。我们要做的是,给镜子光明,给我们自身光明,给这个世界光明。

想带着感恩之心,向接受我访谈并袒露心声的每一位残疾人朋友,或其家人,或与残疾人相关联的人致敬,尽管,出于无须多言的原因,部分人名、地名我做了相应处理。

向中国精神残疾人及亲友协会温洪主席,中国残联教育就业部教育处韩咏梅处长,江苏省残联高小平理事长、蔡振康副理事长,江苏省残疾人事业发展研究会牟民生副会长,江苏省残疾人体育训练中心叶霆主任、仲几坚科长、赵玉俊科长,南京市残联宣文处石俊副处长,郑州工程技术学院团委陈洁副书记,太原市聋人学校付晋蔚校长、范光云副书记,温州市特教学校李科校长,长沙市特教学校王磊副校长,苏州市姑苏区特教学校刘嫣静校长、谈玉芬副校长,宁波市特教学校柴林副校长,江苏省淮安

后 记

市洪泽区特教学校胡明兵校长，山西省运城市临猗县特教学校吴英会校长，"暖阳公益"基金会金霖叶老师，中国江苏网唐磊先生、金梦编辑，还有我的同事王伟、陈蓓琴、许巧仙、杨荔、高飞、吴兴、李宏伟、薛浩洁，以及南京师范大学出版社的总编辑徐蕾女士、郑海燕主任、王雅琼编辑等致谢。

是以上各位领导、同仁、同事、朋友的信任、牵线、关注和帮助，让我在艰难中顺利了却一桩心愿，做了一件不喜欢却又想做的事。

现如今，我们不喜欢，又想做的事还多吗？！

2017年10月8日夜
于南京市仙林紫东路9号